우리는　　　　　페퍼로니에서　　　왔어

KB075338

김금희 소설집

우리는 　　　　페퍼로니에서　　왔어

창비

차례

우리가 가능했던 여름

지난봄 오랜만에 일산에 갔을 때 나는 그곳이 내가 살았던 시절과 크게 다르지 않다는 사실에 놀랐다. 그 도시는 어느 정도의 성장을 이룬 뒤에는 그 추동에 무심해진 사람들처럼 정체와 안정 사이에 멈춘 듯 보였다. 그렇지 않아? 하고 동의를 구하자 앞자리의 남편은 그렇지는 않은 것 같은데, 하고 대답했다. 그런데 정말 칭다오와 닮았다,라며 남편은 우리가 지난해까지 살았던 중국의 도시를 떠올렸다. 칭다오는 일산을 닮은 것이 아니야. 칭다오는 그냥 한국의 신도시들을 닮았을 뿐이지. 그게 다른가? 하고 커브를 돌며 남편이 물었고 나는 그렇다고 했다. 일산의 오래된 쇼핑몰인 라페스타에는 붉은 벽돌 외관의 원미우동이 남아 있었다. 나는 아직도 있네, 하며 놀랐지만 어디를 말하느냐고 남편이 물었을 때는 그냥 아는 식당이 있다고만 답했다. 하지만 어쩔 수 없이 장의사가 떠올랐고 더러는 지워지고 묽어져 더이상 나쁘다고만은 할 수 없는 복잡한 통증이 느껴졌다. 우동집은 그때와 다르지 않은 모습으로 쇼핑몰 끝자락에 있었고 영업을 알리는 나무 현판이 나와 있었다.

같은 아파트에 살고 같은 학교와 학원을 다니며 십대 시절을 보낸 아이들을 좀 감상적으로 표현한다면 '장래 하지 않을 장래희망의 변천사를 지켜본 사이'쯤으로 요약할 수 있을 것이다. 우리는 생활기록부의 장래희망 칸이 자주 바뀔수록 입시에 불리하다는 사실을 알면서도 쉼 없이 희망을 갱신하면서, 나중에는 그것이 자의 반 타의 반 제멋대로 굴러가는 과정을 지켜보았다. 꿈이 꿈으로 대체되는, 하나의 꿈이 여러번 종신형을 받아 각자의 인생에서 사라지는 과정을. 물론 장의사는 그 점에서 예외적이었다. '의사'라는 장래희망이 한번도 변하지 않았으니까. 그만큼 공부를 잘했으니 사실 바꿀 필요도 없었다.

애들은 장의사가 은근히 부럽고 아니꼽기도 했지만 그렇다고 괴롭히거나 따돌리는 일에 열을 올릴 만큼 한가하지도 않았기에 별명을 붙여 부르며 적당히 그 감정을 소비했다. 장의사가 정말 의대에 붙으면서 우리는 말이 씨가 되었다고 입을 모았다. 의사 의사 하니까 정말 의사가 되는구나, 하고. 나는 내가 재수에 이어 삼수를 하게 된 것도 그 탓이 아니었을까 가끔 우울하게 반추했다. 아버지가 사고로 세상을 떠나고 난 뒤 엄마와 나는 불운이라는 말을 습관처럼 썼기 때문이었다.

위축되지 않겠다고 다짐했지만 삼수의 봄이 되자 나는 사람을 거의 만나지 않게 되었다. 학원도 서울까지 나가지 않고 일산에서 다녔다. 아침이면 떠나는 사람들로, 저녁이면 돌아오는 사람들로 늘 붐비는 직행버스 정류장과 전철 플랫폼을 이상한 거리감을 두고 바라보게 된 것도 그즈음의 변화였다. 그러다 목련 꽃망울이 맺힌 늦은 3월쯤 장의사를 보게 되었다. 그애는 이른 아침 프랜차이즈 토스트집에 앉아 있었다. 졸업할 무렵에 비해 살이 좀 찐 것 같았다. 처음에는 직행버스를 타기 전 요기를 하나 싶었지만 며칠 동안 반복되자 이상하게 느껴졌다. 그 토스트집은 앉아서 커피를 마시며 브런치 기분을 낼 수 있는 장소도 아니고 매번 찾을 만큼 맛집도 아니었으니까.

그때 나는 손을 떨거나 사람들과 눈을 잘 마주치지 못하는 것, 식사를 거르거나 폭식하는 것, 제대로 씻지 않는 것으로 스트레스를 표현하고 있었다. 머리를 감고 세수를 해서 나 자신을 반짝반짝하게 만들기보다 아무것도 하지 않아서, 그냥 방치해두어서 사람들 앞에 서기 꺼려지고 완전히 고립되는 느낌에 매달렸다. 말라서 볼품없어지는 것도 내가 원하는 상태였는데, 그걸 또 누구에게 들키고 싶지는 않았고 친구들에게는 더욱 그랬다. 한동안 장의사가 앉아 있는 토스트집을 피해 상가건물을 둘러 학원에 가봤지만 바쁜 아침마다 그것도 못할 짓이었다.

그러다 어느 주말, 종로 어디에서 한다는 과학탐구 특강을 들으러 가게 되었다. 그렇게 멀리까지는 가고 싶지 않았지만 백발백중의 유명 강사라고 해서 야간까지 이어지는 강의에 오만원을 내고 등록했다. 폭이 한뼘 정도 되는 긴 테이블에 수백명의 수강생들이 다닥다닥 붙어 앉아 있었다. 필기를 할 때마다 팔이 스칠 정도였다. 내 옆에는 재수생치고는 좀 늙수그레한 긴 파마머리의 여자가 앉아 있었는데, 어느 순간 내게 작은 쪽지를 쥐여주고 나가버렸다. 거기에는 질염이나 냉이 심하면 병원에 가보라고 쓰여 있었다. 동생 같아서 하는 말이고 자기는 이상한 사람이 아니라 서울의 모 대학을 다니다가 의대에 가려고 재수 준비를 하는 사람이라고. 나는 무감하게 읽고는 쪽지를 반으로 접었다. 뒷면은 고깃집 광고였다. "순수 100퍼센트 한우! 아닐 시 100배 변상!"이라고 적혀 있었다. 벌건 고기의 원색적인 프린팅과 변상!이라고 강조된 굵은 글씨, 그리고 순수라는 낭만적인 단어가 뒤엉키면서 뭔가 먹고사는 일을 구차하게 끝 간 데 없이 다운그레이드시키는 느낌이었다. 개사이코 같은 게,라고 나는 속으로 욕을 했다. 자기가 이상하지 않다고 하는 인간들치고 이상하지 않은 경우가 없다고.

그날 처음으로 서울에서 일산까지 택시를 탔다. 강의는 끝까지 다 듣지도 못한 채였다. 강변의 수풀은 시 경계를 지나면서 점점 색이 옅어졌는데 그러면 봄이 아직 흐릿하다는 얘기였다. 아파트 정문에는 엄마가 택시비를 들고 초조한 얼굴로 마중 나와 있었다. 주미야, 하고 엄마가 불렀을 때 나는 표정을 들키고 싶지 않아 고개를 돌렸다.

하필이면 쪽지를 준 사람이 의대 준비생이라서 그랬는지 아니면 등원길마다 자꾸 눈에 띄어서였는지 나는 장의사를 어떻게든 조치해야겠다고 결심했다. 그래서 장의사에게 SNS로 메시지를 보내 미안하지만 그 토스트집에 앉아 있지 말아달라고 부탁했다. 보내면서도 내가 이 거리의 주인도 아니고 이렇게 말할 권리가 있는가 싶었지만 어쩔 수 없다고 생각했다. 너는 의대에 갔으니까 내 처지를 이해해라, 하는 식이었다. 보내고 나서 한 이틀은 공부가 손에 잡히지 않았다. 나는 무엇보다 소문을 걱정했다. 이 동네 아이들의 신상은 유리알만큼이나 투명해서 누군가 머리 스타일만 바꿔도 삽시간에 퍼질 정도이니까. 그

마당에 1902호 집 딸애가 삼수생활로 좀 이상하게 되었다더라, 우울증에 걸렸다더라, 하는 말이 아파트에 퍼지는 건 두려운 일이었다.

장의사는 며칠 지나 "네가 무슨 말을 하는지는 잘 알겠어"라고 답을 보내왔다. 충분히 이해할 수 있어. 하지만 당장 들어주기는 힘들겠다. 나도 사정이 있어서 거기서 시간을 보내야 하거든. 설명이 긴데 잠깐 만나서 얘기 좀 할 수 있을까. 부담은 갖지 말고 그냥 캐주얼하고 오픈된 마인드로.

누구를 만날 기분도 처지도 아니었지만 거절할 수가 없었다. 아파트 공터에서 잠깐 보자는 장의사의 말은 아이스크림이나 먹을까 하는 제안으로, 이왕이면 맛있는 점심을 먹자는 결론으로 바뀌었다. 나는 엄마가 아무리 권해도 찾지 않았던 미용실에 가기 위해 4월의 토요일, 스스로 집을 나섰다. 막상 머리카락을 자르려고 보니 지금까지 어떻게 다녔을까 싶을 정도로 엉망이어서, 나는 고개를 숙였다. 햇볕이 부드럽게 목덜미를 쥐어 따뜻해졌는데, 가능하면 그것이 나의 무언가를 녹여주었으면 싶었다. 겨우 스물하나였던 나는 그게 뭔지 정확히 알 수는 없었지만 그런 내면의 균열이나 변화가 필요하다는 예감은 하고 있었다. 상해야 한다면 돌이킬 수 없게 상하고, 다쳤다면 그 다쳐버린 상태를 내보일 수 있는 무른 마음을 갖는 것. 하지만 그때는 그런 마음의 형질을 헤아릴 수가 없었고 너울처럼 나를 덮는 나쁜 상태를 이기기 위해서는 더 견고해져야만 한다고 생각했다.

　오랜만에 만난 우리는 잘 지냈느냐는 간단한 인사를 하고 곧장 예정해놓은 햄버거 가게로 향했다. 마치 그걸 먹는 일이 만남의 유일한 목적인 것처럼, 별다른 말도 없이 앞서거니 뒤서거니. 공통으로 아는 친구들 이름을 대며 말문을 열었지만 둘 다 그들의 근황에 대해서는 모른다는 점만 같았다. 햄버거 가게는 문은 열어놓고 영업을 하지 않고 있었다. 정전이라 햄버거를 팔지 않는다고 사장이 말했다. 그러면 그냥 돌아서면 될 일을, 장의사는 오히려 파는 것이 낫지 않아요? 하고 참견했다. 어차피 굽는 건 가스로 하고 전기가 나갔으면 냉장고에 쌓인 패티들도 문제일 텐데 차라리 얼른 팔아버리라는 말이었다. 사장은 패티 역시 가스가 아니라 전기 그릴로 굽는다고, 한전에서 곧 올 거라고 상대를 해주었다. 우리는 기다리기로 하고 가게 한구석에 서 있었다. 30분쯤 지났을까, 장의사가 사장에게 가서 한전에서 왔느냐고 확인했는데, 그때에야 우리가 거기 서 있는 줄 깨달은 사장은 "내가 아까 영업 안 한다고 안 했나?"하고 되물었다. 사장의 그 한마디에 장의사의 얼굴이 일순 차갑게 굳는 것을 나는 지켜보았다.

"아저씨, 경우가 참 없으시네요."

장의사는 안경을 천천히 벗으면서, 거슬리는 무언가가 시야를 가린다는 듯 눈두덩이를 문질렀다.

"내가 시간을 정했나, 곧 준다 약속을 했나, 경우는 학생이 없네."

이번에는 사장도 그냥 넘길 수가 없는지 불쾌한 표정으로 언성을 높였다. 나는 장의사가 원래 이렇게 공격적인 애였나 잠시 생각했다.

"그리고 지금 목장갑 끼고 계시죠?"

장의사가 손가락을 들어 가리키자 사장은 자신의 두 손을 물끄러미 내려다보았다. 주방에서 식자재를 다듬다 왔는지 파슬리 같은 것이 붙어 있고 불그스름하게 핏물이 번져 있었다.

"그거 끼고 음식 다듬는 거 식품위생법 위반이잖아요."

"아니야, 뒤쪽에서 내가 연장 정리 좀 했지. 주방에서는 쓰지를 않아요."

"무슨 연장 정리하셨는데요?"

"연장이라고 하면 여러가지인데 일단 여기가 식당이

니까 식자재를 가져오는 트레이도 있고 화구 같은 것도
있고."

"전기 그릴 쓰신다면서요."

사장은 장의사가 그렇게 물고 늘어지자 잠깐 생각하다
가 일단 목장갑부터 벗었다. 전기가 나간 가게 안은 너무
고요해서 대로변의 소음이 들린다기보다 밀려들어오는
것 같았다. 다행히 장의사는 더는 흥분하지 않고 내게 가
자고 했다.

우리는 동네의 그저 그런 식당들을 함께 돌아보았다.
햄버거 가게에서 나온 뒤에는 더더욱 어디를 들어가기
가 망설여졌다. 물론 약속을 접고 그만 집으로 갈까 생각
도 했지만 그렇게 하고 싶지 않은 감정의 인력 같은 것이
있었다. 이윽고 장의사는 라페스타의 윈미우동을 떠올렸
고 전화를 걸어 정전이 아니라는 답을 들었다. 얼마 전 김
조교 형이라는 사람과 가봤는데 일본 본토 못지않은 맛이
라고 인정받았다고 했다. 나는 조교이면 조교이고 형이면
형이지 조교 형은 또 뭔가 싶었다. 과 조교냐고 묻자 장의
사는 고개를 끄덕였고 좋은 분이셔,라고 묻지도 않은 말
을 덧붙였다. 그래서 내가 형이라고 불러.

배도 고팠으면서 그날 우리가 왜 그곳까지 걸어갔는지

는 기억나지 않는다. 햄버거 가게에서의 일 이후 우리는 서로에게 어떤 면을 들킨 듯 어색했고 그 서걱거리는 공기를 바꾸려면 그 편이 낫다고 생각하지 않았을까. 중앙로를 따라 걸으면서 장의사는 원래 예과 2년간 기숙사 생활을 해야 하지만 2학년부터는 일산에서 다니기로 했다고 말했다. 작년 내내 잘 보이지 않다가 갑자기 나타난 게 그 때문이었구나 싶었다. 장의사는 삼수생활을 잘하고 있는지, 같은 공부를 연이어 하면 좀더 쉬운지 물었다. 인터넷 강의는 뭘 듣는지에서 지금 다니는 학원 선생은 정말 명문대 출신이 맞는지까지.

"너 재수 생각하는 거면 하지 마라, 하지 마."

"재수한다는 말은 아니지만 왜 그렇게 생각하는지 물어봐도 될까?"

"상할 대로 상하니까 절대 하지 마."

장의사는 상한다,라고 내 말을 따라 하더니 더는 말하지 않았다.

우동집에는 브레이크 타임을 알리는 팻말이 걸려 있었다. 그렇게 계획이 어긋나자 장의사의 얼굴은 다시 어두워졌고 나는 낭패다 싶은 생각에 빠져들어갔다. 되는 일이 없구나, 하는. 장의사는 사전에 안내받은 내용을 다시 확인하기 위해 자기와 통화한 직원을 찾았다. 사장이 그

직원은 쉬러 갔다고 했다. 쉬러 갔다고요? 하고 장의사가 되묻는 소리가 먼 데서 나는 것처럼 아련하게 들렸다. 좀 생각하던 사장은 그럼 뭐, 드십시다, 하고 풀었던 앞치마를 매고는 자리를 안내해주었다. 우리는 대표 메뉴인 모시조개우동을 골랐다.

"지금이 두시 사십분이니까 그렇게 특혜를 입은 건 아니야."

사장이 주문을 받아 주방으로 건너가자마자 장의사는 말했다. 나는 우동 한그릇 먹을 수 있게 된 것이 뭐 그리 특혜인가 싶었다. 그리고 또 바꿔서 생각하면 그것이 특별한 혜택은 아니라고 꼬집어 말하는 이유는 뭔가, 사장 들으면 기분 나쁘게. 얘는 예의가 없는 건가 눈치가 없는 건가. 나는 대화를 이어가기가 불편해서 여기 가라아게도 있나봐, 하고 벽면의 메뉴판을 가리켰다. 장의사는 나를 따라 시선을 주더니 자기는 대학에 들어가면서 고기를 끊었다고 했다. 아까 햄버거 가게에서는 채식버거를 먹으려 했다고. 건강 때문인가 물었더니 그건 아니고, 하면서 머뭇거렸다. 그리고 연구실에서 사용하는 실험동물을 관리하면서 그렇게 됐다고 했다. 그 일은 원해서는 아니고 김조교 형이 권해서 하게 되었다고. 물론 김조교 형은 좋은 사람이지만. 나는 말끝마다 그 사람이 좋으니 어쩌니 하는 게 어이가 없어서 피식 웃었다.

장의사에 따르면 김조교 형은 우리보다 여덟살이 많은 75년생이라고 했다. 교수의 인정도 받고 있고 연구 실적도 뛰어나서 아마 졸업하고 나서는 바이오 관련 신사업을 하는 의료재단에 채용될 것이라고, 거기 페이 닥터는 연봉이 일산 아파트 한채 값이라고, 조교 형은 강남에 살아서 학교가 있는 부천까지 택시로 등하교를 한다고.

"그래서 그 사람이 좋은 사람이란 거야?"

"그건 아니지만."

장의사는 눈길을 피했다가 다시 날 보면서 너는 왜 그렇게 엄지를 물어뜯느냐고 물었다. 나는 나도 모르게 입에 가져다대고 있던 손가락을 떼고 살펴보았다. 거스러미들이 벗겨져 벌겋게 상처가 나 있었다. 장의사가 가방을 뒤져 밴드를 꺼냈지만 나는 괜찮아, 하면서 내민 손을 거절했다.

"조교 형 말로는 여기가 본토 맛에 가깝긴 한데 제대로는 아니래. 제대로는 강남에 있다고."

"강남 얘기 많이 한다, 너. 누가 보면 강남 출신인 줄 알겠어."

"내가?"

손님들은 나가고 밑국물을 끓이는 화로 이외에 다른

것들은 아무것도 끓지 않는 식당 안, 행주를 싹싹 빨아서 널어놓은 직원은 외출하고 출입문에는 쉽니다,라는 안내판이 걸린 식당은 조용해서 우리의 대화가 돌출적으로 느껴졌다. 장의사가 말을 천천히 멈췄고 우리는 어디선가 불어들어온 바람이 출입문에 매달린 작은 풍경을 흔드는 소리를 들었다.

"겨울에 김조교 형이 택시기사랑 싸웠어. 기사는 나이가 많았고."

장의사는 시선을 내리고 말을 골랐다. 그때 내가 십대 시절부터 알고 있던 장의사의 얼굴, 명석하고 총기가 있기는 하지만 눈초리가 처져서인지 어딘가 유약하고 의기소침해 보이던 얼굴이 나타났다 사라졌다.

"과속을 했거든. 반말을 하고. 김조교 형이 차를 세우라고 하더니, 그 사람 멱살을 잡더라."

그렇게 말하며 장의사는 약간 울상을 지어 보였지만 다시 담담하게 물을 마셨다.

"그런데 왜 좋은 사람이라는 거야?"

내가 묻자 장의사는 그러게,라고만 했다. 나는 여기서도 뭘 먹을 수는 없겠다고 생각했다. 우리는 마주 본 채 한동안 아무 말 하지 않다가 의자를 슥 뒤로 밀고 일어섰다. 장의사가 나가면서 주방 쪽에 우리 갈 겁니다, 하고 말했는데, 주방에서는 그래, 가요,라는 사장의 심상한 목소리만 들렸다. 나중에야 나는 그 인사가 잘 가라는 말이 아니라 가라는 말이었다는 사실을 깨달았다. 우동집에서 나와, 아침에 거기 앉아 있지 말라고 다시 말했을 때에야 장의사는 나는 거기서 아빠 차가 빠져나갈 때까지 기다려야 해,라고 고백했다. 나는 대학을 그만둘 생각인데 아빠는 내가 수업을 들으러 갔다고 알고 있거든. 장의사는 토스트집에 앉아 있다가 승용차가 아파트 입구 사거리를 지나 사라지면 집으로 돌아간다고 했다. 내가 그러면 엄마는 어떻게 하고,라고 묻자 엄마는 열심히 기도하시지 하는, 질문과는 다른 맥락의 답이 돌아왔다.

장의사와 헤어진 나는 독서실로 돌아가 아무것도 먹지 않고 자리를 지켰다. 이미 2년 내내 들은 방송강의를 다시 재생했고, 한 강좌를 듣고 나서는 스테이플러를 허공에 한번씩 집어 심을 빼내 그것으로 팔뚝이나 허벅지를 긁어 상처를 냈다.

그렇게 해서 아프게 하면, 고통이 느껴지면 기이한 안도와 충족감이 찾아왔다. 모든 상황이 불행 쪽으로 아귀가 맞추어지고 그것이 온당하며 지금과 다른 삶이란 가능하지 않으리라는 낙담 쪽으로 나 자신을 미는 힘, 그건 무엇이었을까. 그런 것도 생장의 힘이었을까. 선하지도 악하지도 않게 그저 여여한 성장을 이루는. 독서실의 우리는 대개 서로를 잘 몰랐고 매일 정해진 시간마다 같은 자리에 앉아 각자의 할 일을 할 뿐이었지만 그런 공기랄까 정조랄까 하는 것들을 공유하고 있었다. 열패감과 울분, 불안과 무기력으로 압착된 독서실 안에서 저마다의 편벽과 강박을 들키며 계절들을 건너가고 있었다. 맞은편 재수생은 습관처럼 에효, 죽어, 그냥 죽어,라고 자조하곤 했는데, 나는 스스로 그렇게 상처를 내는 행위에 몰두해 있다가도 그 말이 들리면 정신이 들면서 나무판으로 가려진 맞은편을 멀거니 바라보기도 했다.

　그날의 만남은 시간 낭비였다고 생각했지만 그후로 사거리를 지나는 일이 그다지 불편하지 않았다. 과연 장의사는 사거리가 가장 잘 보이는 자리에 앉아, 캡을 비스듬히 눌러쓰고 밖을 살피고 있었다. 자영업을 하는 장의사의 아버지는 출근시간이 조금씩 이르거나 늦었기 때문에 그렇게 세심한 망보기가 필요한 것이었다. 나중에 내가 차라리 엄마한테 연락을 해달라고 하지 그러느냐고 묻자 장의사는 안 돼, 하고 손을 내저었다. 이상한 말이지만 장의사의 엄마는 아들의 상태에 대해 정확히 알기를 거부하는 것 같았다. 그럴 시간이 아닌데도 학교에 다녀왔다고 하면 알았다고 하고 오늘은 안 갔어, 쉬는 날이야,라고 하면 역시 알았다고 한다고 했다. 의대가 학업량도 많고 상시적인 테스트가 치러진다는 건 삼수생인 나조차 아는 사실 아닌가. 하지만 아버지를 그렇게 두려워하는 장의사를 보면 엄마의 행동에도 이해 가는 면이 있었다. 그건 오랫동안 집안을 눌러온 어떤 공포 때문에 가능한 역할극 같았다.

우리는 처음에는 데면데면했지만 점차 인사를 하며 지나가는 사이가 되었다. 그러다 나중에는 자주 만나 대화를 나눴다. 어느날은 지겹지만 토스트집이기도 했고 쇼핑몰에 조성해놓은 옥상정원이기도 했고 우리 아파트에서 되도록 먼 편의점이기도 했지만 대개는 각자 책을 펼쳐놓고 장시간 마주 앉을 수 있는 주민센터의 마을문고였다. 옆에서 보니 장의사는 등교를 거부하는 것이 아니라 등굣길에서 낙오하는 것에 가까웠다. 가능하면 가려고 했다. 그랬지만 두통이 심한 날이 많아서 버스를 타지 못하고 토스트집에 앉아 견디는 것이었다. 대학병원에서 검진을 받아도 원인을 찾을 수 없는 그 증세는 고용량의 진통제로도 잡히지가 않았다. 두통이 오면 장의사는 진땀을 흘리면서 참다가 하얗게 질려 집으로 돌아가곤 했다. 코

너에 몰린 복서처럼 머리를 두팔로 감싸고 걷는 장의사를 보면 차라리 무언가에 항복하고 투항하는 편이 낫지 않을까 싶은 생각이 들었다.

말로는 그만둔다고 하면서도 장의사는 학과 공부도 게을리하지 않았다. 항상 영어로 된 원서와 노트를 펼쳐놓고 공부를 했다. 노트에는 수업 내용 외에도 교수가 했던 농담이나 잡담까지 모두, 정확히 적혀 있었다. 장의사는 그래서 과 사람들이 자기를 '옵세'라고 부른다고 했다. '강박적인'이라는 뜻인 옵세시브(obsessive)의 앞 두글자를 딴 별명이었다. 나는 장의사라는 별명보다는 좀더 의대답다 여기면서도 그래도 우리가 붙인 별명은 미래에 대한 축원이었는데 지금의 별명은 현상태에 관한 차가운 풍자밖에 되지 않는다고 생각했다.

장의사가 말한 학과 공부는 짐작보다도 무시무시해서 오히려 삼수생인 내가 낫다 싶은 착각마저 들게 했다. 너무 많은 것을 외워서 지금 뭘 외우고 있는지도 모를 과부하된 정보의 세계였고 아무리 받아 적어도 받아 적을 것이 많아서 양손잡이가 아니면 그 필기를 다 하는 것이 불가능해 보이는 세계였다. 더 비극적인 것은 예과 공부는 본과에 비해서는 아무것도 아니라는 점이었다. 그 엄연한 미래가 장의사를 압박했다.

장의사는 김조교 형이 아니라면 애초에 학교를 그만두 거나 목을 맸을 거라고 했다. 장의사는 빗물이 끊임없이 타고 흐르는 유리창을 보며 그 말을 했고 학교에서 자신을 기숙사 생활에서 제외해준 것도 한번 그런 일을 벌였기 때문이라고 고백했다. 그 순간 나도 모르게 장의사의 손을 꽉 움켜쥐던 나와, 독서실에 앉아 스스로를 해하면서 그 실제적인 손상감에 젖어들어가던 나, 가로수의 무수한 잎처럼 헤아릴 수 없이 나부끼는 감정들로 일산의 여름을 났던 나, 그 모두가 동일한 스물한살의 나였다는 사실을 믿기가 힘들다. 마흔이 다 된 지금의 나는 손으로 꼽을 정도의 패턴으로 일상을 살고 있기 때문이다. 그렇다면 나는 삶의 어느 모서리를 잃어버린 것이 아닐까 싶었지만, 어쩌면 그런 감정의 분화는 오직 생장의 시절에만 가능하다는 생각도 들었다.

그 무렵 장의사의 생활에서 가장 중요한 사람은 김조교 형이었다. 그는 학과 공부에 관한 노하우와 시험 족보를 제공해서 학사경고 직전의 장의사를 도왔지만 그런 선후배 관계라고 여기기에는 넘치는 영향력을 지니고 있었다. 우선 그는 너무 자주 전화하는 사람이었다. 학교에서만이 아니라 어디서 무얼 하든 한번 전화했다가 받지 않으면 두번, 세번, 잠시도 기다리지 않고 전화를 해댔다. 어느날 나는 자전거를 가지러 장의사가 밖으로 나간 사이 스무번 가까이 울리는 김조교 형의 전화를 좀 소름 끼쳐하며 바라보기도 했다. 테이블 위에서 그것은 매미나 아니면 소동물처럼, 분명한 진동을 내며 집요하게 떨고 있었다.

그날 우리는 호수공원에 갈 계획이었지만 그러지 못했다. 화가 난 김조교 형을 장의사가 한시간 가까이 통화하며 달래보려 했지만 뜻대로 되지 않았기 때문이었다. 단지 전화를 못 받아서가 아니라 학과 일과 관련해 자기가 잘못을 했다고, 그걸 김조교 형이 도와주려고 연락했는데 일이 이렇게 됐다고 장의사가 변명했지만 나는 믿지 않았다. 김조교 형과 오해를 풀어야겠다고 일어서는 장의사에게 가지 말라고 충고했다. 장의사는 내가 단호하게 말하자 잠깐 주춤하며 그러는 편이 나을까, 하고 물었다. 하지만 당연하지,라는 내 말은 최종적으로 장의사를 가로막지는 못했고 그는 몇분쯤 더 내 앞에 앉아 있다가 서울로 가는 직행버스를 탔다.

결국 나는 혼자 자전거를 타고 공원으로 갔다. 여름의 공원은 사람들을 받아들인다기보다는 밀어내는 것에 가까운 싱싱한 에너지를 가지고 있었고 그 모든 것은 식물들에게서 나오는 것이었다. 나는 뜨거운 햇볕 때문에 사람이라곤 없는 공원을 땀을 뻘뻘 흘리며 돌았다. 장의사는 참 머저리 같은 새끼라고 생각하며 돌았다. 그렇게 마음이 약해빠져서 무슨 의사가 될 수 있겠어, 하고 욕하면서. 나중에는 햇볕을 너무 받아서 얼굴이 따가울 정도라 하는 수 없이 공원 벤치에 자전거를 기대놓고 앉았다. 등나무 가지가 뻗어나와 그 옆의 작은 나무를 포박하듯 얽어서 자라는 것이 보였다. 뒤부터 껴안듯 해서 수형이 한쪽으로 비틀어져 있었다. 나는 내가 그렇게 남겨졌는데도 장의사가 전화하지 않는다는 사실을 의식했고 이렇게 학원과 독서실에 빠지다 결국 나만 더더욱 낙오하리라는 생각을 했다. 지금은 시름시름 앓고 있지만 장의사는 어떻게든 적응해서 한해 한해 일산의 아파트값을 블록처럼 쌓으며 살아갈 것이다. 그런 애에게 이 여름의 날들이야 가뭇없이 사라지는 순간들에 불과하겠지. 그러자 마음에 광포함이 들었는데, 그래도 이전으로 돌아갈 순 없다고 속으로 변명했다. 그 밀폐된 독서실로 돌아가 죽어버리라는 누군가의 혼잣말이나 들으며 스물한살을 보내고 싶지는 않았다.

집으로 돌아와보니 엄마는 식탁에 앉아 이미 여러번 셈했을 것이 분명한 공방의 장부를 들여다보고 있었다. 미

간을 찌푸리며 정말 안 되겠네,라고 중얼거렸다. 재수생
활에는 돈이 들었다. 그걸 두해나 해내는 건 집안 사정으
로는 쉽지 않은 일이었다. 나는 엄마의 기대와는 다르게
이 도시를 마음 가는 대로 떠돌다 온 것이 찔려 무슨 일이
냐고 묻지도 못했다. 입었던 옷을 세탁기에 넣고 내 방으
로 들어가려다 약간 용기를 내서 엄마를 불렀다. 엄마는
장부에서 시선을 떼고 으응, 하고 비로소 나를 보았다.

"엄마, 나 요즘 좀 건강해진 것 같지 않아?"

나는 두팔을 벌려서, 그렇게 해서 누군가가 나의 몸을
확실히 자세히 볼 수 있기를 바라며 한바퀴 돌았다. 엄마
는 옅은 미소를 지으며 그렇네,라고 했다.

김조교 형을 만난 건 여름이 한창이던 때였다. 극장에
서 영화를 보고 있는데 장의사의 전화가 연속해서 울렸
다. 일산에 누구 병문안을 온 김조교 형이 장의사를 찾는
전화였다. 장의사는 눈에 띄게 초조해했고 이미 내게 가
지 말라는 경고를 한번 들은 터라 쉽게 말을 꺼내지는 못
했다. 그러면서도 신경이 쓰이는지 연신 휴대전화를 봤고
만두를 먹다가 간장을 쏟았고 냅킨으로 입을 닦다가 물통
을 팔꿈치로 쳤는데 내가 그만해,라고 소리쳤다. 나는 장
의사가 그렇게 주의 없이 자신의 긴장을 드러내는 것이

싫었다. 누군가가 우리 사이에 그렇게 투명한 막처럼 끼어 있는 데에도 화가 났다. 대체 김조교 형이라는 사람이 누구인지, 어떻게 생겨먹은 인간이기에 이렇게 제멋대로 구는지 알고 싶었다.

우리는 라페스타로 가서 그를 기다렸다. 곧 온다던 김조교 형은 한시간이 지나도 오지 않았고 나는 다행스러워해야 할지 아니면 이 기회가 지나가버리는 것을 아쉬워해야 할지 모르겠다고 생각했다. 두시간이 다 되어서야 나타난 김조교 형은 들어오자마자 미안하다고, 정말 미안하다고 거듭 사과했다. 정말 그렇게 미안한 건지 내가 무릎을 꿇을게요,라고까지 해서 어색한 나머지 괜찮다고 할 수밖에 없었다. 얼굴이 희고, 가느다란 안경테를 쓴 사람이었다.

우리는 호프집으로 가서 맥주를 마셨다. 장의사에게 들은 것과 달리 김조교 형은 맥주를 고를 때도 가장 싼 오백짜리를 고르고 과일 안주를 주문하면서는 싹싹하게 사장님, 많이 주세요, 저녁 대신이에요,라고 말하는 사람이었다. 사장이 그러면 탕수육이나 소시지를 시키라고 하자 저는 고기를 못 먹습니다, 죄송합니다,라고 고개를 꾸벅 숙였다.

그날 김조교 형은 주로 우리가 어떤 사이인지를 장난

스럽게 물었다. 우리는 그런 설명을 해야 하는 자리에 가본 적이 없었기 때문에 그냥 중고 동창이라고, 정작 십대 때는 친하지 않았다가 우연히 재회하게 되었다고만 말했다. 그러자 그는 근데 그렇게 자주 만나요? 그러면 그거 연애잖아요,라고 했고 우리가 둘 다 동시에 그렇지 않다고 하자 만면에 웃음을 보이며 둘 다 너무 예쁘다,라고 대답했다.

장의사도 술을 제법 마셨다. 나는 장의사와 한번도 술을 마셔본 적이 없어서 개한테 그런 폭주의 습관이 있는 줄은 처음 알았다. 김조교 형은 장의사와 속도를 맞춰서 술을 마시다가 어느 순간부터는 잔만 부딪치고 내려놓았는데, 그때가 바로 장의사가 취해서 화를 내기 시작한 때였다. 장의사는 내가 모르는 여러 사람을 거론하며 그들이 모두 자신을 미워한다고 분노하다가 나중에는 소파에 완전히 기대서 맞은편에 앉은 김조교 형에게까지 두다리가 닿도록 뻗더니 운동화를 툭툭 차며 "형, 형 나 이겨요?"하고 물었다. 시비를 거는 말투 같아서 "야, 너 왜 그래? 취했어?"하고 말렸다. 그러자 장의사는 가만있어봐, 우리 솔직해져야 하잖아,라고 했다.

"좀 무섭네, 옵세야."

김조교 형이 입가를 한껏 올리며 완연하게 웃었다.

"옵세 그거 하지 마요. 형, 형, 내가 형 이겨요."

김조교 형은 정말 선한 사람인 건지, 그런 말들이 그냥 술주정으로 받아들여질 만한지 적어도 오늘 술로는 네가 이겼다,라고 했다. 그날 우리는 취한 장의사를 데려다주어야 했다. 김조교 형은 편의점에서 탈취제와 가글을 사서 화장실로 들어가더니 전보다는 확실히 숙취가 덜한 모습으로 돌아왔다. 이런 상황에 알맞은 모든 노하우를 알고 있는 듯 보였다. 그는 장의사의 휴대전화로 일단 장의사의 엄마에게 문자를 보낸 다음, 어머니 안녕하세요, 저 민석이예요,라고 친근하게 통화했다. 아빠가 자고 있어 조용히 들어가야 한다며 장의사의 엄마는 아파트 입구로 직접 데리러 왔다. 귀밑까지 내려오는 단발은 언제나처럼 변함없었고 가운처럼 생긴 홈웨어를 입고 있었다. 나는 장의사의 엄마가 볼 수 없게 아파트 나무 뒤에 숨어 지켜보았다. 그렇게 해서 가로등 아래에 그들의 얼굴이 비치던 장면은 그후로도 이상하게 잊히지가 않았다. 나는 그 순간 그 밤이 나쁘지 않다고 생각하고 있었다. 취한 장의사조차도 엄마 앞에서는 스스로 서보려고 노력하고 있었으니까.

장의사가 들어가고 난 뒤 김조교 형은 우리 집에도 데려다주겠다고 했다. 나는 한번도 남자에게 그런 에스코트를 받아본 적이 없어서 괜찮다고 거절했다. 독서실에 가방도 두고 와서 가지러 가야 한다고. 하지만 김조교 형은 아주 찬찬히 자기는 원래 어떤 모임이 있든 모두를 데려다주는 편이다, 만약 주미씨가 현관으로 들어가는 모습을 보지 못한다면 집으로 가는 자유로에서 불안과 걱정으로 계속 전화를 하게 될지도 모른다고 했다.

"아시잖아요, 제가 좀 그런 거, 아시죠?"

나는 그동안 맹렬히 비난해왔던 김조교 형의 행동이 자연히 떠올랐고 그런데도 실물이 앞에 있으니까 왜 이렇게 다 아무렇지 않은 일이 되는지 모르겠다고 생각했다. 심지어 따뜻하다고 느꼈다. 이 모든 말들이 다정한 농담 같고 진심 같다, 이 사람은 정말 선한 사람 같다. 우리는 독서실 쪽으로 걸으면서 아까 장의사가 자꾸 이기니 뭐니 하며 말을 끊어서 다 못했던 음악 이야기를 했다. 우리는 이미 그때도 한물간 것처럼 여겨지던 팝의 애청자들이었다.

독서실에는 맞은편 자리 재수생만 있을 뿐 모두 집으로 가고 없었다. 걔는 마치 거기에 못박힌 것처럼 정자세로 앉아서 바스락거리는 스낵을 하나하나 집어 먹으며 공부를 하고 있었다. 내가 인기척을 내자 잠깐 건너봤다가 다시 샤륵샤륵, 하며 스낵을 씹었다. 뭘 틀렸는지 볼펜으로 좍 긋는 소리가 나고 또다시 좍 긋는 소리가 났으며 내가 가방 안에 소지품을 넣고 나가려 할 때 죽어, 그냥, 죽어라, 하는 소리가 났다. 나는 나가려다 뒤를 돌아보았다. 그 재수생이 마치 핀 조명을 받은 배우처럼 혼자 불을 밝히고 앉아서 그 숱한 문제집들의 정오답에 따라 죽으라고 자신을 냉소하거나 아니면 달콤한 스낵을 입에 넣어 위무하는 과정을. 졸음을 피하려는지 열어놓은 창문으로 나를 기다리는 김조교 형이 내려다보였다. 그는 파일 공유 사이트에서 제프 버클리의 미발표곡을 다운받았다고 했고 무려 800곡이 들어 있는 MP3 플레이어를 뒤지며 그 노래를 찾는 중이었다. 내가 내려올 때까지 찾으면 그 노래를 걸으면서 함께 듣고, 찾지 못하면 이메일로 보내주겠다고 약속했다. 나는 그렇게 문손잡이를 잡고 서서 조용히 긴장하는 나를 느꼈는데, 그건 그 곡을 찾아서 오늘밤 같이 들을 수 있기를 바라야 하는지 아니면 이메일로 그 곡이 배달되어 나 역시 그의 연락처를 가질 수 있기를 원하는지 알 수 없었기 때문이었다. 나는 알 수 없다,고 생각하다가 그 알 수 없다는 사실이 너무 슬프다고 생각했다. 지겹다고도. 그때 재수생이 또다시 죽으라고 자조했고 나는 입을 열어 그에게 그만해,라고 조용히 힐난했다. 걔는 내 말을 들었는지 듣지 못했는지 별다른 반응이 없었다. 이어폰 따위를 끼고 있는지도 몰랐다. 이제 제발 그만 좀 하

라고, 지긋지긋하다고, 나는 개한테 하는 건지 나 스스로
에게 하는 건지 모를 말을 하고는 독서실 계단을 뛰듯이
내려갔다. 김조교 형은 부지런히 노래를 찾고 있다가 두
손을 양편으로 펼쳐 보이며 못 찾았네,라고 했다. 왜 이렇
게 빨리 갔다 왔어요? 뛰어왔어요?라고.

　김조교 형에 관해서라면 지금은 썩 좋지 않은 톤의 몇
몇 기억뿐이다. 그와 헤어지고 나서 처음에는 아주 세세
하고 구체적이었던 분노가 시간이 지나면서 다 뭉개져
희부윰한 정조나 분위기로만 기억된다는 사실에 놀라며
나는 나이가 들었다. 내가 그의 얼굴을 마지막으로 본 건
3년 뒤인 2006년이었다. 그는 한 시사 프로그램에 모자이
크 처리되어 증언자로 등장했다. 물론 그때까지 내가 김
조교 형과 만났던 것은 아니다. 우리의 만남은 채 한달도
가지 않았고, 아는 사람이 아무도 없는 동네까지 가서 산
임신 테스트기로 내 상황을 체크해본 것이 그와 관련해
내가 해야 했던 마지막 의식이었다. 콘돔을 사용했는데도
임신 테스트기를 해본 것은, 어떤 불운이 작용할 땐 그런
피임기구도 소용없다는 말을 인터넷 게시판에서 읽었기
때문이었다. 나는 어쩌면 그와의 일이 이제 나를 돌이킬
수 없는 구렁텅이 속으로 빠뜨리고, 빠져나갈 수 없는 고

통의 사슬로 묶으리라 생각하고 떨었다. 하지만 그런 일은 일어나지 않았다. 불운은 지나갔고 나는 좀더 오래 독서실에 앉아 있었다. 스테이플러는 여전히 책상에 있었지만 어떤 용도로도 아예 사용하지 않았다. 그렇다면 치워버리면 되었겠지만 나는 무엇 때문인지 아주 치우지도 않았다.

내가 그 시사 프로그램에서 한눈에 김조교 형을 알아본 건 말투와 말할 때의 자세 때문이기도 했지만 그가 재직하고 있는 연구소가 그 무렵 한국을 떠들썩하게 했던 복제 관련 논문 조작에 개입했다는 뉴스를 접했기 때문이었다. 나는 조작 사건의 실험을 담당한 결정적인 제보자가 그 프로그램에 등장한다는 예고편을 봤을 때부터 차근차근 기다려 그날밤 목소리 변조와 모자이크로 가려진 그를 확인했다. 그 프로그램은 오랜 설득 끝에 외국까지 날아가 그를 인터뷰했고 그는 실험의 과정, 불법적으로 채취한 난자와 그것을 공급한 병원과 조작된 난자 기증서들에 대해 선선히 증언하다가도 자신은 지시대로 했을 뿐이라고 항변했다. 가치판단의 불능 상태였다고.

그 프로그램에서 연구소가 행했던 불법과 유린을 언급할 때마다 나는 그것이 나와 완전히 무관하지 않은 듯한 느낌을 받았다. 다 보고 나서는 심한 몸살을 앓았다. 나와 김조교 형의 만남은 충동적으로 시작됐다가 어느 한편의 이기적인 선택으로 끝난 서사에 불과했지만 그래도 그가 종료시킨 그해 여름은 그렇게 단순하지만은 않다고 생각했다. 그것은 더 큰 훼손과 관련 있었다. 왜냐하면 거기에는 장의사의 죽음이라는 문제가 놓여 있기 때문이었다.

장의사가 날 마지막으로 찾아온 건 내가 대학에 들어가고 맞은 첫 여름방학 때였다. 장의사는 한해 전의 나처럼 SNS로 연락을 해왔다. 대학에 입학하자마자 내가 가장 먼저 한 것이 전화번호를 바꾸는 일이었기 때문이다. 토요일에 잠깐 만나자는 약속을 했고 다시 그것은 뭔가를 먹자는 제안으로 바뀌었다. 이번에는 기필코 원미우동에서 우동을 먹자고, 장의사는 그렇게 적었다가 혹시 그 장소가 김조교 형을 떠올리게 할까봐 걱정이 되었는지 다른 의미는 절대로 없어,라고 덧붙였다. 그냥 편하게 만나, 너가 보고 싶어서 그래.

다시 찾은 우동집의 사장은 당연히 우리를 알아보지 못했다. 우리는 이미 그 가게의 운영 방식을 알고 있었으므로 브레이크 타임에는 걸리지 않으면서도 비교적 한산할 한시 반에 만났다. 장의사는 말쑥한 모습으로 바뀌어 있었다. 이제 정말 십대의 태를 벗은 것처럼 보였다. 얇은 셔츠를 걸쳤는데 아주 마른 몸이었다. 반면에 나는 살이 올라 있었다. 대학 선배들은 그게 다 술살이라고 했고 그러면 나는 잔을 다 비우지도 않았는데 자꾸 첨잔을 해준 선배들 탓이라고 원망하곤 했다. 수능시험 결과는 예상대로 좋지 않았고 나는 빛날 것도 자부할 것도 없는 선택으로 생각지도 않던 곳에 진학했지만 모퉁이를 돌았다는 사실만으로도 전 같지 않은 의욕이 일고 있었다.

장의사와 나는 우동을 먹으며 곧 열릴 아테네올림픽에 대해 이야기했다. 평소 가보고 싶었던 곳이라서 장의사도 티켓을 끊을까 말까 고민했다고 했다. 하지만 해부학 실습에서 낙제점을 받아서 그럴 수는 없었다고.

"나는 작년에도 올해에도 달라진 것이 없어. 여전히 그 상태야."

우동은 아주 맛있어서 어쩌면 김조교 형의 판별이 맞았는지도 모른다는 생각이 들었다. 가까워져보니 그는 정말 그런 판별에 적합한 사람이었다. 젊은 우리가 관심을 둘 만한 모든 영역에 선경험이 있는 사람, 영화와 음악, 낭만적인 여행지와 이국 체험, 소비와 주식과 펀드. 그는 정치적으로도 급진적인 편이었는데 그 무렵 정권에 매우 비판적이라는 점에서 그랬다. 그는 자기보다 젊은 대통령은 도저히 인정하기 힘들다는 그의 아버지의 의견을 자주 언급했다.

장의사는 한동안 말을 돌리더니 최근에 내 생각을 자주 했다고 말했다. 미안하다는 생각을.

"그때 너를 만류하지 않았던 것에 미안해졌어. 그러니까 너가 형과 가까워질 때."

개강을 하자 장의사는 더이상 토스트집에 머물지 않고 기숙사로 돌아갔다. 아무런 변화도 만들어내지 못했고 잃은 것도 포기한 것도 겉으로는 없어 보였다. 하지만 나는 그 선택이 과연 모두가 말하듯 현명한 것인지, 혹시 가장 나쁜 상태의 투항은 아닌지 의심했다. 김조교 형의 구애가 이어질 때 나는 연락이 잘 되지 않는 장의사를 찾아 부천의 그 학교까지 간 적이 있었다. 시외버스를 타고 가는 동안에도 김조교 형의 연락이 내 전화기를 흔들었다. 장의사는 학교 앞 과일주스집에서 내 얘기를 모두 들었다. 그리고 잘됐다, 형 좋은 사람이잖아,라고 시선을 마주치지 않고 답했다. 내가 다시 한번 좋은 사람이야?라고 물었고 장의사는 그럼, 좋은 사람이지, 하고 내가 마지막까지 기대하지 않은 대답을 했다.

작년 여름에 대해 이야기하자 우리는 더이상 그 잘 삶긴 우동을 넘길 수 없었다. 단무지도 집어들 수 없었다. 물 한잔도. 장의사는 본과생이 되면서 해부학 실습을 시작했다고 했다. 의대생이라면 누구나 거쳐야 하는 수업이고 가장 난관이리라고 두려워했던 일이었다. 그러다 그 순간이 왔고 처음에 죽은 사람의 털을 밀고 피부를 떼어내면서 시작했던 그 일은 나중에는 온몸을 분해한 뒤 이제 그 몸체의 일부를 교수가 지적하면 바로바로 명칭을 대는 수준으로 단련되었다고. 몸에서 아우라를 떼어내고 물질 자체로 보는 일, 그렇게 해서 개입과 분리와 교체가 가능한 것으로 보는 전환이야말로 장의사의 미래에 필요한 과정이었다. 그런 수업에서 내 생각을 집중적으로 했다는 얘기였다. 나는 기분이 묘해졌다.

"처음 해부학실에 들어갔는데 우리 조가 맡은 시신은 너무 젊었어. 보통은 늙고 좀 병들고, 아무래도 무연고 시신들이 들어오니까. 근데 얼굴을 다 알아볼 수 있도록 젊고, 우리 또래의 여자였어. 아무도 메스를 들지를 못했어. 쪼그라들어서 쪼글쪼글하게, 사람이지만 좀 아닌 것처럼 그래야 하는데, 어떤 애가 여자가 너무 예쁘다면서 울었어. 살아 있는 것 같다고. 나도 무서워서 떨게 되더라. 그러자 김조교 형이, 교수들이 그런 우리의 나약함을 알기 전에 해결해야 한다고 생각하는 형이 와서, 메스로 코를 베어냈어. 그러니까 실습이 시작되었고."

나는 아무리 식당이 한산해졌다지만 여전히 몇몇이 식사를 하는 곳에서 이런 얘기를 꼭 해야 하는가, 그것과 내게 미안하다는 말이 무슨 상관인가 생각했다. 의사 되기가 참 힘들다 그치? 하는 의미 없는 호응을 한 뒤 우동값을 계산하고 나왔다. 그렇게 해서 장의사는 원미우동 앞에서 헤어질 때의 모습으로 영원히 남게 되었다. 푸른빛 셔츠를 입은 장의사는 우동집에서 나와 햇빛이 눈부신 듯한손으로 눈을 가렸고 뭔가 할 말이 더 있는 사람처럼 망설이다가 잘 가,라는 내 인사에 떠밀린 듯이 집으로 돌아간다. 나는 잠깐 쇼핑몰에 들러 수선을 맡겨놓은 정장을 찾아야 한다고 말한다. 선배들이 졸업 앨범을 찍는데 그걸 입고 들러리를 서야 한다고.

  "간단히 끝나는 일이야? 그러면,"
하고 장의사가 기다릴 것처럼 말하는데, 나는 그러고 나서는 독서실에 가서 공부를 해야 해,라고 말한다.

  그때도 나는 수험생처럼 독서실을 끊어서 다니고 있었다. 동기들 대부분 중국 체류 경험이 있거나 평소 중국 영화나 가수들을 좋아해서 중국어에 능숙했다. 나처럼 중국어를 한번도 배워본 적이 없으면서 중국어학과를 선택한 경우는 한명도 없었다. 하다못해 그랬다 하더라도 입학 전에 중국어 학원이라도 다니다 들어왔다. 내 말을 들은 장의사는 그런 선행이 되어 있으면 경쟁이 힘들지,라고 선선히 동의했다. 그러니까, 하고 나는 과장된 한숨을

40

쉬었다.

　"내가 그 지긋지긋한 독서실을 또 가서 공부를 해."

　그날 독서실로 돌아가 자리에 앉았을 때 나는 장의사가 전한 그 이야기가 무심히 넘겨지지 않고 점차 나를 묶는 것을 느꼈다. 그가 아름다움을 정확히 훼손할 줄 아는 사람이었다는 것, 인간을 인간이 아니게 하는 데에 능숙한 사람이었다는 것. 코를 베어낸 과정에서 장의사가 읽어냈을 그의 무감한 폭력에 내가 노출되어 있었다는 것.

　장의사의 의도와 달리 걔가 내게 사과한 일은 오히려 상처가 되었다. 나는 내가 그것에 대해 오래오래, 내 스물한살이 다 닳아 없어질 때까지 떠올리리라 예감했다. 그렇게 나이가 들리라. 스물다섯이 되고 서른이 되고 나서도 결과적으로 그것에 매여 자유롭지 못할 거라는 비관이 들자 아무것도 하고 싶지 않다는 무기력이 엄습해왔다. 나는 의자에 기대어 몇몇은 입시에 성공해서 자리를 떠나 새 얼굴의 재수생들로 채워진 독서실 안을 둘러보았다. 그렇게 나 자신으로 함몰되어 허상 같은 손상감에 다시 빠져들고 싶지는 않았다. 천장에는 스테인리스로 된 스프링클러가 있어서 바로 아래의 재수생, 이제는 안타깝게도 삼수생이 된 듯한 그때 그애를 비췄는데, 대체 공부를 어떻게 하는 건지 오늘도 볼펜으로 엑스만 치고 있었다. 나는 재는 어느 학원을 다니나, 혹시 나처럼 실력 없는 선생들이 명문대 경력만 내세워 그 출신 대학의 허리 벨트나 볼펜 같은 것을 쓰며 실패한 입시생들 앞에서 과거의 영광을 과시하는 그런 학원에 다니는 걸까 걱정했다. 그러니 저렇게 지난해처럼 같은 자리에 앉아서 같은 자세로 같은 오답을 쓰며 사나. 하지만 나는 곧 생각을 바꿨는데, 어느 순간부터인가 개에게서 자기 자신을 저주하는 욕설이 들리지 않는다는 사실을 깨달았기 때문이었다. 그 변화가 성장이나 반성과 이어져 있는지는 알 수 없어도 어쨌든 더이상 그러지 않는다는 것. 나는 한없이 가라앉는 마음을 추슬러 이어폰을 꽂고 어학 강의를 들었다.

대학을 졸업하고 어학원에 취직했을 즈음, 나는 김조교형이 항소에도 불구하고 2년형을 받았다는 소식을 접했다. 연구 책임자인 대학교수를 구명하기 위해 뛰었던 사람들이 만든 인터넷 카페를 통해서였다. 연구소의 그 실험은 묘하게도 맹목적 애국주의와 결합되어 있었다. 그들은 실험 조작을 밝혀낸 것이 정치적 음모이자 모략이라며 해당 교수의 출근길에 태극기를 흔들며 진달래꽃을 뿌리기도 했다. 나는 회원 가입을 하고 월회비까지 내면서 그들의 활동, 그들의 논리, 그들의 흥분과 그들의 계획과 작전과 소망과 포부 등을 일일이 지켜보다가 형이 확정된 날에 카페를 탈퇴했다.

칭다오에 사는 동안 나는 다행히 논문을 완성해 학위를 받을 수 있었다. 학위수여식은 의미가 없는 행사였지만 엄마에게 보여주고 싶어서, 일산에서 시작한 그 긴 공부의 여정이 종료되었다는 것을 보여주고 싶어서 비행기를 타고 와 졸업식에 참석했다. 그때의 동영상을 보면 나는 내내 좀 불안해 보이는데 아이가 자꾸 울었기 때문이었다. 허리디스크가 생긴 엄마는 아이를 안거나 업을 수 없었고 나는 졸업자들이 영광의 상을 받고 거룩한 축사가 이어지는 가운데서도 종종 아이를 밖으로 데리고 나가 달래고 돌아와야 했다. 오늘 정말 눈이 부시다,라는 말로 엄마는 그날의 행복을 대신했고 그다음 해에 내 곁을 떠났다. 엄마의 죽음을 지켜볼 수 있는 일은, 상처였지만 축복이었다. 엄마는 그러고 보면 암이 그렇게 나쁜 병만은 아니라고 했다. 시간을 벌 수 있으니까. 우리는 알잖니, 겪었으니까 너무 잘 알잖아, 사람이 어느 순간 갑자기 사라지는 일이 얼마나 힘든지, 가슴을 쥐어뜯게 하는 고통인지 주미야, 우리가 누구보다 잘 알지.

엄마가 숨을 거두던 날에 나는 강의 지원 때문에 오전

에는 지방에 내려가 있었다. 강의 자리가 났다고 아는 선배가 연락을 해와서 간 것이었다. 간병인이 전화로 자꾸 언제 올라올 수 있느냐고 물었다. 나는 네시요, 아니면 다섯시, 하는데 간병인이 좀더 당길 수는 없느냐고 물었다. 나는 그날 오전 엄마가 죽을 양껏 먹었고 여느 때보다 정신이 맑아 보인다는 말을 들은 터라 간병인이 왜 그러는지 이해하지 못했다. 그러자 간병인은 이미 복도에 나와 엄마가 들을 수 없는데도 소곤거리며 말했다. 원래 사람이 가는 날, 저래, 죽을 때도 힘이 필요하니까 막 먹고 곧 살아날 것처럼 그런단 말이야. 유안이 엄마, 해 지기 전에는 와요, 어? 내가 보낸 사람이 열몇이야, 꼭 그래야 해.

철새가 머물다 가는 습지로 유명한 그곳에서 나는 선배와 그 과의 장이라는 교수와 마주 앉아 낮부터 반주를 시작하고 있었다. 그때 출발해야 해가 지기 전에 도착할 수 있을 거였다. 가을이 되면서 해가 여름보다는 눈에 띄게 짧아졌으니까. 그런데 엄마는 이미 여러번 임사 직전의 순간을 겪어내지 않았나, 오늘도 그러지 않을까. 나는 잔을 빙글빙글 돌리며 망설이다가 자리에서 일어섰고 상경 길에 올랐다. 엄마가 내가 보지 않는 순간에 세상을 떠나는 것과, 세상을 떠난다는 것 자체 중 무엇이 더 불운한 일인지 알 수 없었고 다만 아득한 슬픔과 두려움이 몰려왔다. 엄마는 몸이 크게 흔들릴 정도로 큰 숨을 들이마셨다 뱉어내며 나와 이별했다.

일상의 날들이 흘러가는 동안 일산에서 본 그곳, 원미우동에 관한 생각은 떠나지를 않았다. 그건 추억을 되돌리기 위해 다시 가보고 싶다거나 심지어 나쁜 기억 때문에 싫다거나 하는 것이 아니라 그냥 거기에 그곳이 있다는 감각이었다.

나는 장의사가 스스로 세상을 떠났다는 소식을 몇달이나 지난 뒤에 알았다. 그 죽음을 실제로 받아들이기까지 또 적지 않은 시간이 걸렸다. 원미우동에서의 마지막 대화 이후 서로 안부를 묻지 않아서 우리의 시간은 2004년에 멈춰 있었다. 그렇게 더이상 말을 더해가지 않아도 내가 살아서, 내가 살고 있어서, 우리의 대화는 마치 살아 있는 무언가처럼 자라고 때로는 병들고 확장되었다. 나는 그것이 청년 시절 누구나 보이는 세상에 대한 원론적인 질문이나 염결성에 근거한 사변들이었다고 이해해보곤 했다.

이십대의 장의사가 그랬듯 대학에는 미처 적응하지 못하고 사라지는 학생들이 많았다. 그들은 학교가 자신을 거부한다고 느꼈고 때로는 그들이 학교를 거부하는 듯했다. 어느날은 한 학생이 진로 문제로 면담을 신청했다. 이미 한번 휴학을 한 그 학생과는 두번이나 대화했지만 전임강사인 내가 면담 신청을 거부할 수는 없었다. 학교 라운지에서 만난 우리는 에이드와 샌드위치 하나를 놓고 대화를 시작했다. 공간은 시끄러웠고 학생은 전보다 상태가 좋지 않아 보였다. 어깨를 움츠린 채 기어들어갈 듯한 작은 목소리로 말해서 나는 편안한 분위기를 낸다며 라운지에 온 걸 후회했다. 단체 손님이 들어오면서 홀은 더 시끄러워졌다. 별수 없이 학생의 말에 몇번은 되묻고 나머지는 그마저 못 듣고 감으로 이런 얘기이겠거니 하며 대화를 이어가는데 학생이 선생님, 저희 같은 애들에게는 희망이 없어요,라고 말했다.

한국뿐만 아니라 중국조차도 젊은 세대가 느끼는 빈곤과 무기력은 공통이었기 때문에 나는 그래, 요즘 세대들이 힘들지, 희망이 없지, 그래서 중국 젊은이들도 뤄(裸)라는 한자를 붙여서 가난한 졸업, 무일푼 결혼, 이렇게 자기들을 자조하고, 하며 되는대로 말을 이었는데, 그때 학생이 선생님, 아니에요!라고 좀 큰 소리를 냈다. 사람들이 와글와글 떠드는 소리가 물결처럼 밀려와서 나는 학생이 왜 그렇게 발끈하는지를 이해할 수 없었는데, 학생이 자기는 희망이 없다고 말하지 않고 힘이 없어요,라고 말했다고 정정했다. 나는 당황해서 그게 많이 다른가, 하고 물었고 학생이 "네, 저희가 힘이 없는 거지 희망이 없는 건 아니잖아요" 하는 순간 심한 부끄러움을 느꼈다.

　나중에 운전을 해서 이 도시를, 꽉 막힌 강변도로를, 한강의 대교들을, 교차로를 여러번 지나고 나서 나는 혹시 지금의 시선으로 그 시절을 돌아보는 일은 불가능한 것이 아닐까 생각했다. 그럴 자격이 내게는 없는 것이 아닐까.

　한글을 익혀서 몇자 써볼 수 있게 된 아이는 시시때때로 친구에게 편지를 썼다. 예준이라는 이름을 가진 그 친구는 내 아이를 달음질쳐서 달려가게 하는 아이였고 상어 춤을 잘 추는 아이였고 세상에서 가장 어려워 보이는 '숲'이라는 글자를 쓸 줄 아는 아이라고 했다. 대학 동창이 동네까지 찾아온 어느 평일, 어린이집이 방학을 해서 나는 아이를 데리고 카페로 나갔다. 아이가 자꾸 우리 대화에 끼어들어 주의를 주자 아이는 하는 수 없이 색칠공부 책을 펼쳤다. 얼마간 열심히 칠하다가는 또 예준이에게 편지를 쓰고 싶다고 졸랐다. 아직 아는 글자가 몇개 없어 내가 점선으로 글자를 써주면 아이가 그걸 따라 글자를 쓴다기보다는 그리는 식이었다. 나는 엄마 친구랑 얘기하는데 왜 자꾸 방해를 해, 하면서도 별수 없이 색연필을 쥐었다. 무슨 말을 하고 싶은데? 하고 묻자 아이는 박자를 맞춰가며 예준아, 안녕, 방학 잘 보내,라고 대답했다.

"그건 어제 편지에도 썼잖아. 다른 말 없어?"

나는 아이가 다른 단어들을 떠올리기를 재촉하며 기다렸다. 아이는 입술을 내밀고 곰곰이 생각했다. 그러니까 친구에게 정말 하고 싶은 다른 말이 없는지, 친구에게 묻고 답을 듣고 싶은 특별하고 색다른 말은 없는지 고민하면서. 얼마 동안 생각하던 아이는 없어,라고 말했고 나는 몇번이나 그랬던 것처럼 안녕이라는 단어를 점점이 찍어 색칠공부 책에다 썼다. 안녕이라고, 안녕하라고, 잘 보내라고, 그러다 자꾸 붙들려들어가 생각하게 되었던 원미우동을 떠올렸고 눈물이 차오르는 것을 느꼈다. 내게는 어떤 기회가 있었던 걸까. 그러니까 그건 내가 어떻게 다르게 흘러가게 할 수 있는 여름이었던 걸까. 죄의식이 밀려올 때마다 강하게 부정해왔지만 아이의 부탁으로 그 말을 적어보던 그 순간, 나는 아이가 옳았다는 것을 알 수 있었다. 안녕,이라는 말이야말로 누군가에게 반복해서 물을 수 있고 그렇게 물어야 하는 일이라는 것, 비록 이제는 맞은편에 앉아 있지 않은 사람에게라도 물을 수 있는 일이라는 것, 그것이 일산의 여름을 지켜내는 일이라는 걸.

책을 건네주자 아이는 기쁜 마음으로 글자들을 따라 쓰기 시작했다.

• 이 소설은 2005년의 황우석 사태를 배경으로 하고 있지만 글의 내용은 실제 당사자들과 관련이 없다.
• 해부학 실습을 묘사한 장면에서 신체의 일부를 손상하는 설정은 한 의 과대학의 인터넷 게시판 글에서 가져온 것이다.

크리스마스에는

견과류

　누구나 헤어진 옛 연인이 잘 먹고 잘 살기를 원하지는 않는다. 오직 박애주의자에 버금가는 인격자들만이 그렇게 한다. 그래서 내가 지금 인터뷰를 위해 부산역에 서 있는 것이고.

　SNS에서 맛집 알파고 얘기가 퍼진 건 지난여름부터였다. 맛집 알파고의 활동을 요약하면 이렇다. 사람들이 트위터 멘션으로 음식 사진을 보내면 상호를 맞힌다. 물론 보낸 사람은 사진에 대한 힌트를 전혀 주지 않는다. 예를 들면 별다를 것 없는 떡볶이 떡과 별다를 것 없는 어묵, 평범하기 그지없는 고추장 양념의 색과 그릇을 보고도 M 대학 인근의 엄마손 떡볶이입니다, 하고 답하는 것이다.

정확도는 놀랍게도 99.9퍼센트였다.

당연히 회사에서는 맛집 알파고가 핫한 섭외 대상으로 떠올랐다. 우리가 하는 「능력자」라는 케이블 프로그램은 일상의 숨은 실력자를 발굴하자는 취지였고 주로 SNS나 유튜브에서 화제를 모으는 인물들이 출연했다. 총 세 팀이 번갈아가며 촬영을 맡지만 콘텐츠는 먼저 섭외하는 쪽이 잡는 것이었다. 대놓고 경쟁하지는 않아도 시청률이 신경 쓰이긴 했다. 회사에서는 대체 이 계정주는 사람이 맞는가, 맞는다면 음식평론가인가 셰프인가, 이 많은 음식들을 다 먹어봤다면 돈도 많이 들었을 텐데 재벌인가, 추측이 난무했다. 하지만 나는 이미 정체를 알고 있었다. 옛 연인 현우의 아이디였으니까.

현우를 섭외할까 말까 하루 동안 고민했다. 소주와 와인 각 1병씩을 두고 한 치열한 고민이었다. 나는 알코올을 눈으로 다 마셔버릴 듯이 무섭게 노려보면서 생각이 다른 국면으로 전환될 때마다 술 한잔과 너트 한줌을 먹었다. 견과류에는 뇌에 좋은 성분이 있으니까 이성적인 판단을 가능하게 할 것이고, 술은 생에서 제할 수 없는 파토스 영역에 관한 고려를 놓지 않게 할 것이다.

이런 것이야말로 균형감각이지, 균형감각.

듣는 사람은 없었지만 나는 그렇게 말하고는 물티슈로

식탁의 얼룩을 닦았다. 무섭도록 외롭고 상념이 휘몰아치는 밤이었다. 어느 순간에는 대학 시절 연애란 이제 머리를 짜내야 겨우 몇장면 떠오르는 옛 이야기 아닌가 호쾌하게 괜찮다고 생각하다가도 유리창에 비친 내 표정을 보면 그렇지는 않구나 싶어 얼굴이 굳었다. 아직 끝내지 못한 복수가 있어 어떤 극한의 트레이닝도 견디고자 하는 결기의 은둔자 하나가 거기에 있었다.

병을 다 비워갈 즈음 간신히 내린 결론은 이런 일종의 조커를 인생에서 사용하지 않는다면 내 손해 아닌가,였다. 오래전 대학에서의 그 연애를 끝내며 입은 상처 때문에 인생 자체가 골로 가는 느낌이었는데, 더는 내가 손해볼 필요는 없잖아, 하는. 누구는 섭외를 위해서라면 유산문제로 인연을 끊은 동기간도 다시 찾아가 재회하는 판인데 ─ 옆 팀에서 일어난 일이었다 ─ 그깟 연애가 뭐라고, 그거 적당히 만나 서로에 대해 알아가다가 섹스하고 여행하고 외식하고 다시 섹스하고 갈등하고 서운해하고 더 서운해하다가 끝장나는 것 아닌가. 물론 그런 과정에서도 형사 및 민사 건에 해당하는 패악을 저지르는 것들이 있어서 끝나고 나서도 정리를 위한 확실한 방어가 필요할 때가 있지만 아무튼 그렇지 않은가, 그러니까 그저 그런 것 아닌가.

사실 그렇지만은 않다고, 그런 것만이 아니라는 사실은 이미 욱신대는 상처의 기억이 경고하고 있었지만 나는 그런 우려의 목소리쯤은 견과류와 함께 씹어 아득한 내 장기관으로 삼켜버렸다. 그리고 다음 날 출근하자마자 내가 아는 현우의 정확한 이메일 주소로 편지를 쓰기 시작했다.

　안녕, 나 이지민. 그때 영등포에서 그렇게 헤어지고 12년 만인가, 오랜만이지? 졸업하고 대학원 갔다가 대기업에 들어갔다는 소식까지는 들었어. 굼벵이도 구르는 재주가 있다고 신기하다고 생각했다. 나 MTN교양예능국 피디로 일해. 네가 최근 트위터에서 하는 활동에 대해 알고 있어. 한번 출연해볼 생각 있어? 네게도 꽤 좋은 일. 촬영까지 내가 나갈지는 알 수 없고, 나는 원래 자연 다큐 담당이지 이런 유는 아닌데 회사에서 쪼아서 연락해본다. 근데 그거 어떻게 맞히는 거야? 대기업 연봉, 맛집에 쏟아부은 거니? 네가 먹는 데 집착이 있기는 했지. 근데 먹으면서 흘리는 버릇은 고쳤니? 난 네 입 어딘가에 구멍 난 줄 알았잖아. 하긴 구멍이 있었더라도 연봉이 높으니까 고치긴 고쳤겠지……

전투적으로 손가락을 내리치던 나는 어딘가 잘못되어 간다 싶어 순간 멈췄다. 그리고 건,조,하,게,라고 중얼거렸다. 한겨울 바싹 마른 북어포처럼 건조하게, 국을 끓이려고 잡아 뜯으면 수분 하나 없이 보드라운 살결들이 다 뜯기는 북어포처럼 건조하게. 이번에는 삭막하다 싶을 정도로 인터뷰 제안만 적은, 심지어 내가 네가 아는 그 이지민이라는 사실조차 암시하지 않은, 일련번호만 매기면 공기관 송신용으로 써도 무방할 내용으로 채워졌다. 어차피 기억상실에 걸리지 않은 이상 내 이메일 주소를 모르지는 않을 테니까. 일주일쯤 지나 현우에게서 반갑네, 하는 답장이 왔다. 나는 지금 부산에 와서 살아, 하는.

*

현우와 나는 대학의 문학 동아리에서 처음 만났고 예술적 재능이 딱히 없다는 이유로 급격히 친해졌다. 지금 생각하면 둘 다 예술을 하기에는 너무 천진하고 내면이 단순했는데, 왜 그런 동아리에 가입했는지 모를 일이었다. 하지만 어떻게 생각하면 또 자연스러웠다. 둘 다 옥주 언니에게 끌렸으니까.

언니를 처음 본 건 동아리 홍보 시간이었다. 교양강의

쉬는 시간이 되자 옥주 언니가 다른 선배들과 함께 우르르 들어왔고 각자의 동아리를 소개하기 시작했다. 봉사와 종교 같은 판에 박힌 타입의 동아리에서, 경제지 읽기나 주식투자, 벤처 같은 밀레니얼 세대의 구미에 맞는 활동까지 다양했다. 소개하는 선배들도 언변이 좋고 자신감 넘쳤다. 옥주 언니는 '문학'이라고 쓰인 작은 팻말을 들고 있다가 자기 차례가 되자 한발 걸어나왔다. 큰 키에 발목까지 오는 웨스턴 부츠를 신고 있어 인상적이었다.

언니는 앞을 가만히 건너보고 있다가 갑자기 "너희들은!" 하고 손가락을 뻗어 우리를 가리켰다. 너희라는 반말도 반말이거니와 그렇게 외치고 아무 말이 없자, 홍보를 하든 말든 자기 할 일을 하던 애들까지 언니를 주목했다. 그 뒷말은 더 경악스러웠는데 "개돼지다!"라고 했기 때문이었다. 우리는 황당해서 화조차 낼 수 없었다. 어색한 침묵이 흐르고, 강의실 한편에서 늘 고요히 노트 필기에 집중하는, 그래서 사실 있는지도 없는지도 몰랐던 남자애가 손을 들고, 감정이라고는 깃들지 않은 무미건조한 목소리로 "그건 왜 그러죠?" 하고 물었다. 그것이야말로 우리가 물을 수밖에 없는 말이었다. 그러자 언니는 그 남자애, 현우 쪽을 힐끔 보더니 "궁금하면 우리 동아리에 들어와" 하고는 강의실을 저벅저벅 나가버렸다.

모두들 우리가 사랑받을 가치가 있다고, 심지어 스티브 잡스나 워런 버핏 같은 기업가가 될 수 있다며 희망을 불어넣는 판에 개돼지라니. 하지만 그 말은 분명 새롭고 불온하게 들렸으며 흥미를 자극했다. 문학 동아리에는 스무 명 넘는 애들이 가입했다. 선배들은 문사철에 관한 오랜 명저들을 중심으로 세미나 커리큘럼을 짠 다음, 배부른 돼지보다는 배고픈 소크라테스가 되자고 했다.

우리는 옥주 언니를 좋아했다. 언니가 동아리 소개 때 한 그 말이, 한 유명한 문학교수가 새 학기마다 신입생들에게 하는 '지성의 철퇴'였고, 언니는 따라 한 것에 불과하다는 사실을 알고도 그랬다. 그리고 좋아하는 만큼 옥주 언니를 닮고 싶어했다. 옥주 언니가 어느날 만년필로 필기를 하면 만년필 바람이 불었고 기형도를 읽으면 도서관에서는 그날부터 내내 대출 중이었다.

언니가 다프트 펑크 팬클럽 회원이라는 사실이 알려지자 동아리에는 일렉트로닉과 하우스 음악이 유행했다. 다들 원래 그 뮤지션을 알고 있었다고 변명했지만 실제로 그들을 '다펑'이라는 애칭으로 자연스럽게 부를 줄 아는 사람은 옥주 언니뿐이었다. 우리는 홍대의 펑키펑키라는 클럽에 가서, 다프트 펑크가 각본을 쓰고 주연까지 맡은 「다프트 펑크의 일렉트로마」(Daft Punk's Electroma)라는 영화를 보기도 했다. 인간의 존재론적 회의와, 자기파괴를 통한 역설적 자기구원을 다룬 그 영화는 대사 한마디 없이 음울하고 어두운 세기말적 음악으로 구성되어 있었다. 평소에도 자신들이 안드로이드라고 주장하며 헬멧을 쓰고 다니는 다프트 펑크는 영화에서도 그 헬멧을 벗지 않았다. 실제 얼굴로 하는 열연을 기대했던 우리는 점점 지루해져 나중에는 병맥주를 소진하는 데만 열중했다. 온몸이 불타고 망하고 쫓기다 종료되는 그 안드로이드 예술가의 삶을 형형한 눈빛으로 지켜보는 사람은 옥주 언니뿐이었다.

"정말 신들린 연기지?"

영화를 보고 나서 언니가 우리에게 물었다. 우리는 좀 애매하게 네…… 하고 답했다.

"정말 슬프지 않았니?"

옥주 언니는 다시 한번 우리에게 동의를 구했다.

"네……"

"그럼 어디가 슬펐는지 말해볼까?"

옥주 언니는 정기적인 학생회 회의와 토론, 세미나 등을 진행해본 관록으로 우리에게 좀더 구체적인 감상을 요구했다. 슬픈 것은, 뭐라고 설명할 수는 없지만 여기까지 와서 이런 영상을 긴 시간 보아야 했던 상황과 그러느라 늦어진 저녁식사 정도였지만 예의상 그렇게 말할 수 없어 망설였는데, 현우가 "일종의 숭고미랄까" 하고 정리했다.

현우는 옥주 언니를 따랐다. 현우에게 언니는 램프 속 요정 같은 능력자이자 어려운 일을 마음 놓고 상의할 수 있는 '통곡의 벽'이었으니 그럴 만하다고 여겼다. 하지만 그렇게 해서 이동하고 확장되어갔을 현우의 마음, 혹은 옥주 언니의 상태에 대해 나는 미련하게도 예상하지 못했다. 깨달았을 때는 내 첫 연애가 예정된 결말을 향해 가고 있었다. 종료 버튼 이외에 별다른 선택권이 없었다.

나는 대체 언제부터 옥주 언니를 좋아하게 되었느냐고, 어느 순간, 어느 타이밍이었느냐고 계속 물었다. 감정이 깊다면 얼마나 깊은지, 수습 가능한지, 내게 주었던 마음과는 다른지 등은 묻지 않았다. 나는 그냥 그 감정의 시발점, 그렇게 해서 현우가 나를 기만한 것이 언제부터였는지를 확인하는 일에 몰두했다. 현우는 최근이라고 했다. 그러니까 함께 '문학의 밤'을 준비하면서. 하지만 나는 그 대답은 믿지 않았고 우리 연애가 시작된 그때부터 이미 그에게 나는 차선이었으리라고 결론 내렸다. 비참함에 완전히 절여지는 기분이었다. 내 사랑과 내 정성과 내 마음은 모욕감 속에 완전히 밀폐돼 형질이 달라진 듯했다. 말하자면, 있긴 있는데 목적도 쓰임도 없는 악취 같은 것. 사람이 어떻게 사람을 버릴까, 나는 생각했다. 모든 사랑과 연애가 엔딩 없이 계속되리라고 믿지는 않았지만 그래도 어떻게 네가 날 버릴까.

"처음부터 날 속인 거잖아."

"아니야!"

현우는 파렴치한 인간이 되고 싶지 않은지, 정말 그런 오해가 자신을 고통스럽게 하는지 격렬하게 부인했다.

"처음부터 그랬던 게 아니야."

"아니긴 뭐가 아니야, 이 나쁜 새끼야, 나가 뒈져버릴 개새끼야."

내가 소리 지르자 영등포역 앞을 지나던 행인들이 돌아보았는데, 이미 분노감에 단단히 사로잡힌 나는 그런 시선쯤은 아무 상관이 없었다.

"믿어줘, 아니야."

현우의 눈에는 눈물이 차올라 있었지만 한겨울 꽝꽝 얼어버린 스테인리스 양동이처럼 차가워진 내 마음은 변화가 없었다.

"쇼를 해라, 이 새끼야, 쇼를."

기억하기에 그것이 내가 현우에게 한 마지막 말이었다.

초량동

서울에서 내려온 우리 팀은 셋이었다. 신입 작가로 들어와 주로 섭외를 담당하는 소봄씨와 촬영을 맡은 재형이었다. 인터뷰어가 정해졌다고 촬영부터 하는 것은 아니고 정말 방송으로 만들 만한가를 알아봐야 했다. 출연자 중에는 막상 만나보면 심신이 미약해 촬영 당일이나 이후 문제를 일으킬 만한 사람들이 흔했는데, 그런 이들을 걸러내는 과정이었다. 우리 프로그램은 자기 능력을 과신하는 일종의 망상에 붙들린 사람들이 흥미를 가질 만한 콘셉트이기 때문에 더 조심해야 했다. 방송의 핵심 콘텐츠인 '그 능력'을 검증하는 건 물론이었다.

그러니까 맛집 알파고의 경우에는 정말 맛집을 귀신처럼 잡아내는 능력이 있는가, 있다면 어떻게 가능한가, 혹시 허위 계정을 여럿 만들어 자문자답하는 게 아닌가. 재형을 비롯한 회사 사람들이 가장 높은 확률로 추측하는 게 바로 자문자답이었다.

하지만 소봄은 그럴 리가 없다고 했다. 사진을 의뢰하는 계정을 살펴보면 오랫동안 SNS 활동을 해온 '진짜' 유저라는 얘기였다. 소봄과 재형은 어차피 만나보면 알게 될 진실을 두고, 내려오는 KTX에서까지 말싸움을 했다.

그렇지 않아도 부담스러운 재회에 시름시름 곯아가던 나는 그냥 잠이나 좀 자, 밤샘 때 졸지 말고, 하며 짜증을 왈칵 냈다. 현우도 나도 섭외 과정에서 우리가 '그런 사이'라는 사실은 언급하지 않아서 둘은 모르고 있었다.

"맞은편에 차이나타운이 있어. 거기 맛집에서 밥 먹으면 되겠어."

재형이 역 밖으로 나갔다 들어오며 말했다. 곧 정문을 밀고 들어올 현우 때문에 신경이 곤두선 나는 메뉴 따위에는 관심이 없었다.

"소봄씨 어때?"

내가 반응하지 않자 재형이 소봄에게 물었다.

"싫은데요, 저는 부산 맛집 가고 싶은데."

"부산 맛집 어디? 뭐?"

"밀면이나,"

"밀면?"

재형이 그런 선택은 정말이지 한심하다는 듯 푸— 하고 웃었다.

"그거 조미료 쳐서 맵기만 하고 뭐가 맛있다고."

"중국집도 조미료 쓰는데, 아주 한국자씩 쓴다던데요?"

"밀면에 쓰는 거랑 짜장면에 쓰는 거랑 같니?"

"달라요?"

"아, 다르지, 소봄씨는 어머니는 짜장면이 싫다고 하셨어도 모르니?"

소봄은 재형이 그렇게 자기 멋대로 우기기 시작하자 입을 아예 다물어버렸다. 띠동갑인 둘은 12간지가 돌고 돌면 저렇게 상극이 되나 싶을 정도로 맞지 않았다. 재형은 소봄이 애 같다 했고 소봄은 재형이 꼰대라고 불평했다. 꼰대라니, 예술학교에서 영화를 전공한 재형으로서는 상상도 못한, 인정할 수도 없는 말일 것이다.

드디어 세시가 되자 나는 유리문 쪽을 뚫어져라 바라보았다. 마치 그렇게 하면 현우의 등장으로 내가 받을 충격이 덜해지기라도 하는 것처럼. 하지만 여행가방을 들고 끝없이 밀려드는 사람들 가운데 현우로 보이는 이는 없었다. 10분쯤 지났을까. 일이 있어 좀 늦는다는 현우의 전화가 소봄에게 걸려왔다.

"뭐야? 왜 늦어?"

내가 표정을 굳히자 소봄이 얼른 스피커폰을 켜서 현우의 목소리를 들려주었다. 기억 속 그 목소리로 현우는 "집에 환자가 있습니다"라고 설명했다. 오늘 컨디션이 좋지 않아서 돌보다 나가야 할 것 같아요.

"거짓말 아냐?"

전화를 끊자 재형이 물었다. 여기까지 왔는데 허탕 치

고 올라가는 거 아니냐며, 뭔가 진상 냄새가 난다고.

"아닐 거야."

나는 가방에서 머플러를 꺼내 둘렀다가 여기는 부산이지, 싶어 다시 풀었고 나가서 밥이나 먹자고 했다. 재형은 인터넷 블로그 평을 꼼꼼히 읽어가며 식당을 골랐다. 이윽고 점찍은 식당은 그중 블로그 게시물이 가장 없는, 부산 현지인들의 오랜 맛집이라는 중국집이었다. 재형은 이런 곳이야말로 진짜라고 했다.

긴가민가하면서도 길을 건너는데 '초량 아쿠아'라는 간판을 단 5층짜리 건물이 보였다. 생각해보니, 현우와 부산에 내려왔을 때 묵었던 찜질방이었다. 그날 우리는 밤차를 타고 새벽 두시 넘어서 부산에 도착했다. 크리스마스이브에 만났다가 서울 밖으로 가고 싶다는 내 말에 갑작스레 기차를 탄 것이었다. 날이 밝을 때까지 잠깐이라도 쉴 장소가 필요해서 지하도를 건넜더니 싸고 규모가 작은 여관들이 있었다. 하지만 한결같이 간판불이 꺼져 있었다. 간판불이 켜져 있지 않으면 만실이라고 현우가 말했다.

"너 그런 것도 알아?"

구두 신은 발이 천천히 얼어가는 것을 느끼며 내가 물었다.

"나 여관에서 한동안 살았잖아."

아버지의 실직으로 갑자기 어려워진 현우네 가족은 한동안 여관 '달셋방'에서 지냈고 현우는 고등학생이 되면서 서울로 올라왔다. 자기 집에 관한 이야기는 그것이 다였다. 강추위가 밀려와 행인도 없고 가로수 사이에 설치한 색색의 알전구만 빛나는 거리를 오래 헤매도 적당한 곳을 찾지는 못했다. 숙박할 수 있는 곳을 하나 찾았지만 객실 어딘가에서 싸움이 났는지 누군가가 고래고래 화를 내고 있었다. 그런 장면들이 모조리 떠오르자 나는 기분이 아주 착잡해졌다. 그만큼 풍경의 힘이란 대단한 것이었다.

결국 초량동 일대를 뱅뱅 돌던 우리는 찜질방으로 가기로 했다. 들어가기 전에 최대한 여러번 포옹하면서 아쉬움을 달랬다. 날이 밝으면 바다가 보이는 가장 좋은 모텔을 빌리자고 서로를 위로했다. 이제 그만하고 들어가려다가 다시 한번, 또다시 한번. 얼굴이 얼얼하게 얼어갈 때가 되어서야 우리는 심야입장권을 끊었다. 여탕으로 가서 몸을 씻는데, 타일들이 몇장씩 떨어져나간 낡은 열탕에 청색 바가지들이 동동 떠 있었다. 탕으로 들어가 하나를 손바닥으로 텅 — 밀었더니 출렁이며 밀쳐졌다가 흔들흔들 균형을 잡았다.

하지만 곤란은 그치지 않았다. 수면실로 올라가보니 방 하나에 남자와 여자가 분리되어 양편에서 자고 있었다. 적어도 같이 누울 수는 있을 줄 알았던 우리는 당황했다. 그렇다고 둘이 있겠다고 통로에서 밤을 새울 수도 없고 이미 씻어서 노곤했으므로 우리는 아쉽지만 적당한 자리를 찾아보기로 했다. 그 시간의 찜질방은 우리처럼 어떻게든 그 밤을 나야 하는 사람들이 대부분이라 이미 만석이었다. 그럼에도 몸을 들이밀자 자고 있던 사람들이 조금씩 몸을 옮겨 자리를 만들어주었다.

기억에서 가장 강렬한 장면은 방 한편에 관리자인 듯 보이는 여자가 홀로 앉아서 경비를 서고 있던 것이었다. 스마트폰이 없던 시절이라 그랬겠지만 여자는 '초량 아쿠아'라는 상호가 아치 형태로 쓰인 티셔츠를 입고, 그 방에 어울리지 않게 책을 읽고 있었다. 제목을 읽어보려 해도 어두워서 볼 수가 없었다. 책을 말듯이 쥐고 기우뚱한 머리를 한손으로 괸 채 골몰한 여자의 모습은 내내 지켜야 할 그 밤이 그렇듯 피로하면서도 나른하고 또한 어딘가 불온해 보였다.

부산에 대한 현우의 감정은 양가적이었다. 고향이기 때문에 그리웠지만 불우했던 유년 때문에 떠올리고 싶지 않은 장소이기도 했다. 그러니까 현우가 스물세살 크리스마스에 나와 함께 부산으로 내려간 건 특별한 일이었다. 적어도 그해의 크리스마스에 나는 그렇게 믿었다. 그 순진함이 문제였을까.

그 시절 현우는 자기는 절대 부산에 와서 살지 않을 거라고 했다. "왜, 부산 좋은데 따뜻하고 먹을 것도 많고 크고" 내가 말하면 "아냐, 싫어" 하던 현우의 완강한 표정.

재형이 안내한 중국집은 그렇게 숨은 맛집 느낌은 아니었다. 이미 벽면 가득 유명인들의 사인과 어디어디 방송에 출연했다는 사진들이 붙어 있었으니까. 재형이 세어보더니 삼억, 대략 삼억 썼구먼, 하고 결론을 내렸다. 맛집 소개 프로그램들이 제작비를 받고 방송을 짜주니까 한건당 삼천만원쯤으로 계산한 것이었다.

"뭐 하는 분들이세요?"

여자 사장이 엽차를 가져다주다가 그 말을 듣고 물었다.

"에이, 사장님, 저희가 방송국 사람들이에요."

재형이 물티슈로 손을 닦으면서 너무 발끈하지 말라는 듯 웃었다.

"어디 방송국인데 그런 말을 해요?"

"이 친구가 농담을 한 거예요. 저희는 맛집 이런 거 안 해요. 저희는 자연 다큐 찍는 사람들이에요."

나는 문제가 커져봤자 우리만 피곤하니까 팔을 허위허

위 저으면서 분위기를 무마하려 했다.

"그럼 손님은 피디님이신가?"

여자가 눈을 흘긋 흘기며 재형에게 질문했다.

"찍사예요."

재형이 그렇게 답하는 순간 소봄이 엽차를 콸콸 부어 재형 앞에 탁 내려놓았다. 우리는 군만두와 탕수육은 기본으로 하고, 짜장면과 사천짬뽕을 시켰다.

"매운 거 잘 드세요? 우리 사천은 매븐데?"

주문을 받으며 사장이 확인하자 재형은 제 성이 매울 신,입니다, 매울 신, 하고 답했다.

"오리지널 그대로 주세요."

그리고 각자 휴대전화를 들여다보며 음식을 기다렸다. 한참 있다 소봄이 "눈 올 확률 60퍼센트래요. 화이트 크리스마스 오랜만이다" 하고 기대에 차서 알렸다. 나는 눈이 오는 건 정말 싫었다. 눈이 와서, 그 희고 차고 가볍고 빛나는 것이 와서 부산을 덮는 것이 싫었다. 나는 그저 오늘도 어제와 다르지 않은 날이 되어 아주 건조하고 건조하게 본촬영에 참고할 내용만 '잘 뽑아서' 여기를 뜨고 싶을 뿐이었다.

"소봄씨는 눈 오는 크리스마스 왜 기다려?"

"왜냐구요?"

소봄은 그런 말이 어디 있느냐는 듯 눈을 둥그렇게 뜨며 황당해했다. 그러고는 "피디님은 그럼 안 기다려요?" 하고 되물었다.

"응, 싫어."

"아이고, 우리 피디님 피곤하신가보다."

소봄은 나를 달래듯 말했는데, 정말이지 피곤하긴 했다. 디졸브 촬영이라고 우리가 자조해서 부르는 밤샘 촬영을 하다보면 비몽사몽간에 이게 대체 뭐 하는 짓인가 싶은 생각이 들었다. 이 많은 인간과 장비와 말들은 다 무엇인가. 졸업하고 방송계를 어슬렁거리며 늘 자연 다큐를 찍고 싶었지만 그쪽에서 일할 수 있었던 적은 없었다. 내게는 그저 인간, 좀더 나은 인간, 어떤 면에서 좀 특이한 인간, 좀 다른 인간, 하지만 그러고 보면 뭐 그리 특출한 게 아니라 갖가지 어리석음과 인간적 한계로 뒤틀리고 비뚤어진 인간들의 연속일 뿐이었다.

재형은 내가 그런 말을 하면 감상적이라며 자주 비웃었다. 독립 피디로 일하는 자기 친구는 자연 다큐가 좋아서 유학까지 하고 돌아왔는데, 혼자 섭외하고 촬영하고 드론을 띄우고 일인다역을 해가며 일하다 해외에서 사고까지 당했다고. 국내로 이송해 와야 하는데 그 돈을 방송사도, 프로덕션도 주지 않아 동문들이 모금을 다 했다고.

"렌즈가 자연을 향해 있으면 뭘 하니, 우리가 인간인데. 그래도 우린 외주는 아니잖아."

중국집에는 이상하게도 손님이 별로 없었다. 원탁 한 곳에만 두툼한 메뉴첩이 올라가 있고 젓가락과 숟가락이 각 자리에 맞게 준비되어 있었다. 예약 손님이 있는 모양이었다. 하지만 손님들은 아직 오지 않았고 거기에는 손님들이 올 것임을 암시하는 젓가락과 숟가락만 놓여 있었다. 올 거라는 약속, 채워지리라는 표지, 추후를 예비하는 노력 같은 것.

이윽고 음식이 나왔고, 소봄은 탁자 사진을 찍더니 나중에 맛집 알파고를 만나면 우리가 어디서 뭘 먹었는지 맞히는 문제를 내겠다고 했다. 웬일로 재형이, 좋은 생각인데, 하고 칭찬했다. 탕수육은 바삭했고 군만두는 고소했으며 짜장면에서는 적당하게 감칠맛이 났다. 그렇게 말없이 배를 채우다가 짬뽕을 먹는 재형을 봤는데 표정이 심상치 않았다. 땀을 흘리며 단무지 그릇에 연신 고추를 덜어내고 있었다. 하나를 덜어내고 또 하나를, 어디서 그렇게 매운 것들이 나오는지 모르게 계속.

"사장님, 아니 사장님, 이거 조리하다가 양념 쏟은 거 아네요?"

재형이 조리실로 들어가버린 사장을 찾았다. 안이 꽤

넓은지 "뭐라고요……" 하고 사장이 좀 먼 데서 묻는 소리가 들렸다.

"왜 뭐가…… 이상해요?"

"아닙니다. 이상한 건 아니고요."

"괜찮아?"

나는 저렇게 땀을 흘리다가 무슨 일이 생기는 게 아닌가 싶어 물었다.

"매우면 먹지 마."

"괜찮아, 괜찮은데,"

"괜찮으셔야죠. 매울 신인데."

소봄이 끼어들어 얄밉게 말을 보탰다. 나는 경고의 의미로 소봄의 어깨를 툭 쳤다. 그래도 매울 신이 맞기는 맞는지 재형은 짬뽕을 거의 비웠다. 계산을 하러 나온 사장은 플라스틱 접시에 냉동 리치를 담아 탁자에 올려놓았다. 냉동 리치는 까기만 힘들 뿐 맛은 없었다. 그래도 재형은 사탕을 받은 아이처럼 흐뭇하게 먹었다.

밥을 다 먹을 때까지 현우에게서는 답이 없었다. 혹시 오지 않으려는 걸까? 만날 수가 없는 걸까? 그렇다면 그 또한 당연하다는 생각도 들었다. 그래, 그런 상처를 나에게 주고 최소한 인간으로서의 예의가 있지. 얼굴을 들고는 나오지 못하겠지. 하지만 그렇게 해서 만날 수 없는 것이 정말 내 바람인지는 알 수 없었다. 현우가 오지 않는다. 이 만남은 공백 혹은 결락, 있으리라 했던 것의 불발 상태가 된다. 그러자 긴장을 동반한 감정들이 밀려왔고, 기분에서 더 나아가 통증에 가까워질 무렵, 현우에게서 도착했다는 연락이 왔다.

복수

현우는 우리가 예약한 스튜디오에서 촬영하기를 원하지 않았다. 영도에 있는 특정 카페를 고집했다. 초등학교 동창이 하는 그 카페에서만 집중할 수 있고 능력을 발휘할 수 있다는 거였다. 무엇보다 집중력이 필요한 일 아니겠습니까, 네? 현우는 나와 만났던 시절보다는 당연히 늙어 있었지만 그때보다 더 말쑥한 차림새였다. 캐시미어 함량이 높아 보이는 고급 소재의 겨울 외투에 도톰한 밤색 스웨터 셔츠를 입고 있었다. 우리는 또다시 부산역 맞은편 길가에 서서 어디로 가야 할지 갈피를 잡지 못했다. 그러다 소봄과 재형의 반대에도 불구하고 "갑시다, 영도" 하고 내가 결론 내렸다. 등장할 때부터 현우는 나를 전혀 알은체하지 않았고 그 자연스러운 연기력에 오스카도 울고 갈 판이었다.

택시는 부두 주변의 숱한 선박 관련 부품가게와 수리점들을 지나 영도다리를 달려 흰여울마을 언덕에 우리를 내려주었다. 햇빛이 눈부시게 내린 광활한 바다에 대형선박들이 떠 있었다. 영도 앞바다는 급유나 수리가 필요한 원양어선들이 닻을 내리고 머무는 묘박지라고 철제 안내판에 쓰여 있었다. 현우의 능력 발휘가 가능하다는 카페까지는 층층의 계단과 한 사람이 겨우 지나다닐 만한 골목을 지나야 했다. 그리고 마침내 '부산 교향곡'이라는 이름의 카페가 나타났다. 이층집을 개조한 형태였고 마당에는 고양이 네댓마리가 뛰어놀고 있었다. 카페에 도착하자마자 재형이 화장실을 찾더니 사라졌다. 소봄도 주문하러 가고 둘만 마당 벤치에 남자 현우는 "이렇게 먼 길을 와서 어떻게 해" 하고 차분하게 말을 건넸다. 이럴 땐 초장의 답변이 중요한데 어떻게 받아쳐야 할까 고민스러웠다. 네알 바 아니잖아,에서, 인두겁을 쓰고 어떻게 내 앞에 나타나,를 거쳐, 이거 우리 비즈니스야,까지. 그러다 나는 "오늘 잘 부탁해" 하고 짧게 대답했고 스스로 그 간결함이 마음에 들었다.

차를 내온 카페 주인은 덩치가 크고 머리를 어깨까지 길러 굵게 파마한 남자였다. 남자는 현우를 우야, 우야, 하며 이름 끝자만 따서 불렀는데 큰 체격과 어울리지 않게 살가워 보였다. 숨을 좀 밭게 쉬는 걸 보니 알레르기 같은 게 있나 싶었다. 그는 '부산 교향곡'이라는 카페 이름이 12월 31일 밤이 되면 이 앞의 묘박지에서 모든 배들이 뱃고동을 울려 새해를 축하하는 데서 왔다고 했다. 일주일 후가 바로 그 디데이인데 왜 이렇게 일찍 왔느냐고, 그때 또 촬영하러 와서 여기 마당에서 그 거대한 바리톤 소리를 들으며 뱅쇼를 한잔하자고, '쬐매한' 악기랑은 차원이 다르다고, 아주 우주적 선율이라고 열을 올렸다.

"우야, 니는 들어봤제? 한번 설명을 촥 해야 방송 나가고 우리 카페도 입소문을 타고 안 하겠나. 다음 주에 오이소, 한해 마지막에 가슴 뻐근해지고, 없던 인류애도 생겨나고 희망도 생기고."

"다음에는 저희가 또 다음 촬영이 있으니까요."

"다음에는 그래 어떤 능력자가 나오능교?"

카페 주인은 정말 궁금한지 아니면 그냥 해보는 말인지 그렇게 물었다.

"물고기랑 대화하는 사람이 나와요."

"물괴기요?"

"네."

다음 주부터 진행해야 할 촬영이야말로 한심하기 그지 없었다. 나는 일몰을 준비하는 바다와 겨울이라고는 믿기지 않게 온난한 미풍과 햇볕에 노곤해져, 알릴 필요도 없는 근황을 쏟아냈다. 카페가 자리한 흰여울마을 꼭대기 어딘가에 마음과 몸이 완전히 눌어붙는 기분이었다.

"뭐라 카는데 물고기가?"

"철학을 한다더라고요, 그래서 이름도 철학 잉어."

우리는 여기까지 말하고 나서 웃기 시작했는데, 그건 지금 빨대로 빨아들이고 있는 이 맹맹하고 차갑기만 한 아이스커피만큼이나 한심한 일이었다.

"아니 잉어가 철학을 하면 뭐라 카는가. 실존은 본질에 앞선다 이런 기가. 배부른 가물치보다는 배고픈 도다리가 되겠다 이카는가?"

사장이 현우의 어깨를 툭툭 치면서 자꾸 웃었는데, 소봄이 왜 하필이면 가물치냐고 물었다.

"가물치는 바닷고기가 아니에요, 민물이지. 민물고기가 망망대해에서 버티려면 얼마나 막막하겠능교."

카메라를 설치하자 현우는 좀 긴장하는 것 같았다. 세월이 흘렀는데도 그 미세한 표정 변화를 바로 눈치챌 수 있었다. 나는 그렇다면 현우도 내 얼굴에서 뭔가를 읽을 거라고 생각하고 또 혼자 건,조,하,게,라고 중얼거렸다. 가장 먼저 현우에게 보여준 사진은 아까 중국집에서 찍은 것이었다. 현우는 그 특별할 것 없는 짬뽕과 탕수육, 번들

거리는 춘장과 기름에 벅범이 된 짜장면 사진을 들여다보
더니 한동안 고개를 들지 않았다. 중간에 잠시 고개를 들
고 사실 알아내자면 시간이 좀 걸립니다, 하고는 다시 시
선을 내렸다. 나는 망한 걸까, 하고 생각했다. 트위터에서
백발백중 맞혔던 일은 어떻게 된 것인가. 정말 의뢰인과
답신자 모두 자기 자신인가. 유령 계정을 사들였나. 카페
에서 틀어놓은 90년대 록발라드가 한바퀴 돌고 난 뒤 이
윽고 현우는 "이건 데이터 밖인데" 하고 답변했다.

"데이터 밖이라니요?" 소봄이 물었다.

"정상적인 사진이 아니란 말이죠. 각 식당은, 더구나 오
래된 맛집들에는 아주 정확한 매뉴얼이 존재하잖아요?
플레이팅과 재료의 써는 각도, 대파와 고추 같은 양념의
사용으로 인한 빛깔, 고기의 익힘 정도와 고명 종류. 마치
공장에서 생산하는 것처럼 아주 고정되어 있는데 이건 내
가 아무리 머리를 굴려봐도 없어, 아니야."

나는 이건 또 무슨 궤변인가 하고 있는데, 방금 전에도
화장실을 다녀온 재형이 "그렇지, 그렇지" 하고 맞장구치
며 갑자기 나섰다.

"그렇죠? 이거 빛깔이랑 이런 거 어디서도 못 봤죠? 고
추도 이게 뭐야, 이건 고추탕이지 고추탕. 와씨, 그 아줌마
나한테 일부러 그랬네."

재형은 잦은 설사로 하얘진 얼굴을 하고 분통을 터뜨렸다. 재형이 그렇게 흥분하고 화를 내는 건 처음이었다.

"재형, 사장이 왜 일부러 그랬단 말이야? 진정해."

"왜 그랬는지 이 피디 너 정말 몰라서 묻는 거야?"

　재형은 흥분했는지 언제나 지키고 있던 카메라 뒤에서 나와 앵글에 다 잡히도록 서서, 복수한 거잖아, 하고 확신에 차서 말했다.

"내가 자존심을 긁었더니 복수를 한 거야."

"그런 복수를 왜 해? 서로 곤란해질 일을."

"그렇게 곤란해지기를 무릅쓰는 게 복수지."

"그러니까 그 곤란을 왜 무릅쓰냐고?"

"무릅쓰고 싶으니까."

　나는 어쩐지 이 대화가 부담스러워져 잠깐 쉬자, 하고 볼펜을 탁자 위로 던졌다. 카페 안에서는 주인이 테이블을 돌아다니며 작은 촛불들에 불을 붙이고 있었다. 평대에 진열된 오래된 카메라와 사진들을 보는데 주인이 다가와 자신의 할아버지가 부산 최초의 사진사라고 자랑했다. 큰 예식장도 운영했는데, 그 당시에는 예식장 비용보다 사진값이 더 비쌌기 때문에 예식 비용은 공짜였다고.

"예식장 오너요? 대대로 부자셨네요."

"내 대에 와서 이렇게 쪼부라졌죠, 뭐."

"사장님이 어때서요? 이런 데 사장도 사장은 사장이죠."

내 대답에 주인은 말을 뚝 끊더니 "우야가 좋은 사람이라 카더마는, 뭐 이래 삐딱하노" 하며 자기 일로 돌아갔다.

현우는 소봄이 내민 사진 중 두장을 맞혔다. 대왕왕곱창구이라는 서울의 식당과, 영지면옥이라는 진천 어딘가에 있는 식당이었다. 그런데 문제는 시간이 너무 오래 걸린다는 점이었다. 하나를 맞히는 데 적어도 한시간 반이 걸렸다. 하지만 맞히긴 맞혔으니까 아예 없는 능력이라고 하기에도 애매했다. 어떻게 할 것인가? 나는 하는 수 없이 국장에게 전화를 걸었다. 국장은 맞히긴 하던가? 물었고 내가 그렇다고 하자 그러면 나중에 다 까내더라도 일단은 좋게 좋게 해서 촬영하라고 했다. 통편집을 하더라도 우선은 진행하라는 것이었다. 해는 져서 볕은 사라지고 바다에는 아주 짙고 푸른 수면이 깔려 있었다.

다시 자리로 돌아와 우리는 또다른 음식 사진을 내밀었다. 현우는 눈으로 스캔이라도 하려는 듯 힘주어 내려다보며 또 시간을 보냈다. 고양이들이 마당 한편에 있는 자전거 바퀴를 발톱으로 긁다가 정신없이 뛰어다니다가 자기들끼리 엉겨 놀다 야옹야옹거릴 만한 시간을, 거나하게 취한 사람들이 들어와 아이스 음료로 속을 풀려다 자기들끼리 말싸움이 붙어 어색하게 헤어질 만한 시간을,

하늘을 비추던 등대 불빛이 구름의 두툼한 두께를 여러 번 매만지다 사라지는 시간을, 그리고 재형이 전화를 걸어 중국집과 한판 싸움을 벌일 만큼의 시간을. 사장은 음식이 평소 같지 않았다는 현지인의 증언을 확보했다는 말에 아니 우리가 무슨 기계예요? 음식이란 게 주방장 컨디션에 따라 그때그때 다르고 그게 사람이지, 하고 웃었다고 했다. 자신을 도리어 가르쳤다며 재형은 분을 삭이지 못했다.

나는 재형이 한심했다. 다른 불의에는 관심도 없으면서, 심지어 지난 정권 때 다들 나갔던 광장 한번을 안 나가놓고는 지금 저렇게 흥분하는 건 또 뭔가. 그 피해가 뭐라고, 그건 그냥 남들 보기 민망하게 자꾸 화장실을 들락거리고 설사 좀 하는 일에 불과하지 않은가. 물론 매운 음식을 먹어서 하는 설사란 통증도 어느 정도 있겠지만 그게 뭐 대수인가. 그 정도 통증 없이 사는 사람도 있어? 그게 항문 통증이라 그렇게 문제가 되는 거야, 뭐야. 우리가 촬영과는 상관도 없는 그 문제에 대해 얘기하는 동안 현우가 카페로 들어가 와인 한병을 들고 왔다.

"음주 촬영 안 되세요."

소봄이 제지하자 현우는 저 말고 여기 선생님들 한잔씩만 드시면서 진정하세요,라고 했다. 내가 말릴 틈도 없이 재형이 잔에 와인을 가득 따라서 들이켰고 소봄도 현우가 따라주는 잔을 받아 자기 자리 앞에 내려놓았다. 그리고 현우가 다시 와인을 따라 잔을 내게 내밀었을 때 나는 그 손이 흔들리는 것을 느꼈다. 양 입가에 힘을 주어 밝은 표정을 유지하고는 있지만 손은 그 표정과 달리, 아래위로 흔들리고 있었다. 나는 현우에게 엉망이지? 하고 묻고 싶은 충동을 느꼈다. 엉망이잖아, 결국 그렇게 되었잖아, 하는. 하지만 말없이 잔을 받아 단번에 마셔버렸다. 20분쯤 지났을까, 현우가 마침내 오세요갈비탕,이라고 상호를 맞혔다. 나는 검증은 그만하고 소봄에게 이제 인터뷰로 넘어가라고 했다. 그리고 다른 테이블에 앉아 와인을 홀짝였다.

어차피 국장도 그만하면 됐다고 했으니 내 알 바 아니었다. 시간이 걸리기는 했지만 맞히기는 했으니까. 그런데 이 상황에서라면 정말이지 시간이 문제이지 않은가. 누군가가 기적을 행하는데 그 기적이 아주 참기름 쥐어짜듯이 쥐어짜서 행한 거라면 어쩔 것인가. 그러니까 모세가 바다를 가르는데 영화에서처럼 단번에 엄청난 포말이 일며 순식간에 갈라지지 않고 천년만년 대대손손 기술을 쌓고 공사를 벌여 길을 내었다면 그건 기적이 아니잖나, 그건 하나도 신기하지 않고 능력도 아닌 게 되지 않느냔

말이야. 그렇게 생각하며 재형과 나는 와인에서 위스키로
주종을 바꿔 취해갔다.

현우와 소봄은 일종의 근황 토크를 했는데, 내 사전 정
보와 달리 현우는 대기업을 그만두고 부산으로 내려와 프
리랜서 프로그래머로 일하고 있었다. 주로 빅데이터 분석
과 관리에 관한 일을 한다고 했다. 현우는 원래부터 기억
력이 좋은 편이라 맛집 알파고로 활동하게 되었다고 설명
했다. 자기가 현실에서 하는 직업은 기계적 예측 속에 인
간들이 움직인다는 걸 확증하면서 하는 일인데, 이건 꽤
인간적인 활동이라 마음에 든다고.

"아 네……"

소봄은 대답이 마음에 들지 않는지 그렇게 말을 끌다
가 "알파고치고는 아주 철학적인 얘기네요" 하며 인터뷰
를 마쳤다.

"잉어도 철학을 하는 판에요."

현우가 가볍게 받았다. 촬영장비와 짐을 챙기는데 눈
이 오기 시작했다. 처음에는 희끗희끗하다가, 어느 틈에
우 ─ 하고 쏟아졌다. 눈은 마당에 서 있는 우리를 빙글
빙글 감싸며 점점 더 거세어졌는데, 착잡한 내 마음과 다
르게 곧 춤을 추어도 무방할 만큼 리드미컬한 낙하였다.

생일 축하

밤을 새울 줄 알았던 촬영은 싱겁게 끝나고 우리는 취한 채로 영도를 나왔다. 술값이 예상보다 많이 나와서 나는 몽롱한 가운데에서도 복수인가, 하고 생각했다. 아까 기분이 상했다고 술값을 배로 받은 건 아닌가. 아니겠지, 아닐 거였다. 연말마다 우주 교향곡을 듣는 사람이니까. 현우는 집에 가면 환자를 돌봐야 한다며 내내 커피를 고집했다. 나는 아버지가 아픈가, 하고 생각했다. 아니면 그 당시 수원에서 간호사로 일한다는 누나가. 환자가 집안에 있는 건 슬픈 일이고 자기 자신의 삶에 근저당이 잡히는 셈이었다. 죽음이라는 채무자가 언제 들이닥쳐 일상을 뒤흔들지 몰랐다. 그게 자신의 죽음이라면 의식이 꺼졌을 때 자연스레 종료되지만, 타인이라면 영원히 끝나지 않는 채무 상태에 놓이게 된다. 기억이 있으니까. 타인에 대한 기억이 영원히 갚을 수 없는 채무로, 우리를 조여온다. 수년 전 엄마를 떠나보내며 느낀 것이었다.

현우는 우리가 부산에 와서 먹은 거라고는 그 제대로 되지 않은 복수의 중국음식뿐이라는 사실에 안타까워하며 가장 핵심적인 맛집에 데려다주겠다고 했다. 그 말에 기분이 풀렸는지 재형이 그래 주시면 감사하죠,라고 취중에도 깍듯이 고마움을 표했다. 현우가 우리를 데려간 곳은 그러나 부산의 그 흔하디흔한 횟집도, 소봄이 먹고 싶어했던 밀면집도 아니라 광안리에 있는 떡볶이집이었다. 떡볶이와 대왕오징어튀김이 유명한 곳이라는데, 후미진 골목의 작은 점포가 아니라 웬만한 프랜차이즈 매장만큼 넓고 일하는 사람들도 모두 청년이었다. 재형이 또다시 가게 벽에 붙은 사진들을 세기 시작했다. 취기에 감기는 눈을 뜨려고 노력하며 한놈, 두시기, 석삼, 너구리, 세다가 에이, 하며 주저앉았다. 현우가 여기는 40년이 넘었고 원래는 리어카에서 시작했다가 매스컴을 타면서 이렇게 커졌다고 했다.

"추억이 있으신가요?" 재형이 물었다.

"있죠. 방송국이 가까워서 가수들 보러 갔다 오는 길에 꼭 먹고 갔어요. 포장 밖에서 보면 애들 다리만 총총히 보인다고 해서 다리집이라 불렀고."

이윽고 주문한 떡볶이와 튀김, 부산 어묵이 나왔다. 손님이 받아 오고 반납하는 철저한 셀프서비스라서 우리가 상상했던 정감 가는 떡볶이집과는 달랐다. 엉망이 된 속을 달래려고 특별히 주문한 쿨피스를 직접 받아 오며 나는 신식인데, 하고 중얼거렸다. 자리로 돌아가는데, 매장 기둥 뒤에서 두명의 십대 소년이 작당을 꾀하듯 키득거리며 뭔가를 하고 있었다. 봤더니 하얀, 눈처럼 하얀 생크림 케이크에 초를 꽂고 있었다. 과일 조각이 알록달록 박혀 있고 어떻게 들고 왔는지 한쪽이 찌그러진 케이크였다. 내가 쿨피스를 든 채 소년들을 한참 내려다보자 현우가 무슨 일인가 싶어 다가왔다. 그리고 내 팔을 가볍게 잡아 자리로 데려갔다.

"다정하네."

내가 중얼거리자 현우가 뭐? 하고 되물었다.

"아니 저 애들, 다정하다고."

테이블에서는 소봄과 재형이 말다툼을 하고 있었다. 매장 텔레비전에 등장한 한 연예인에 대한 호오에서 출발해, 젠더의식과 윤리적 감수성까지 들먹이는 큰 싸움으로 번져가고 있었다.

"처음에는 전라도, 경상도 나눠서 싸우다가 지금은 어? 남녀로 나눠서 싸우고 그런 거지, 적대의 재생산이지" 하는 건 재형이었고, "적대라고 물 타지 마요. 꼰대처럼" 하는 건 소봄이었다. 그러면 재형은 꼰대? 하고 화를 냈고 소봄은 아니신가? 하고 자극했다. 지겹구나, 나는 쿨피스를 한모금 마시며 생각했다.

"그러면 소봄씨는 뭐가 그렇게 잘났어? 지금은 뭐 새롭고 순수하고 그런 거 같지? 곧 나이 든다, 곧 꼰대 돼."

"그럴 가능성 없는데?"

"가능성이 왜 없어?"

"전 이미 젠더적으로 꼰대랑은 거리가 먼 사람이에요."

"하나만 알고 둘은 모르는구나. 명예남성, 그런 말 모르나? 그냥저냥 꼰대만 알지?"

"내가 그걸 왜 몰라요?"

"그만 그만 그만해!"

쿨피스 통을 내려놓으며 내가 소리 질렀다. 그러자 소봄과 재형도 말을 뚝 멈췄다. 나는 한동안 재형을 쏘아보았다. 다음에는 소봄을, 이게 무슨 일인가 싶어 떡볶이를 먹다 말고 멀뚱멀뚱해 있는 현우를. 그리고 탁자에 몸을 기댄 채로 손가락을 뻗어 일단 소봄을 가리켰다.

"그러니까 너는, 얘가 우습다는 거 아냐."

"아니요, 우습다기보다는 피디님."

"어허, 얘가 지금 어디서 2절을 달아, 달기를."

내가 손가락으로 쉿, 하며 조용히 하라고 경고했다. 내 손가락은 이번에는 재형에게 옮겨갔다.

"그리고 너, 신재형 넌 얘가 우습고."

"내가 언제 우습다고까지 했어. 같이 일하는 사람끼리 그러겠어."

"그리고 너, 너는 내가 우스웠고."

최종적으로 현우를 가리켰다. 오래 들고 있어서인지 팔이 무거웠다. 겨드랑이에서부터 천천히 견딜 수 없게 묵직해지더니 팔꿈치가 자꾸 내려가고 손목이 바들바들 떨렸다.

　"야, 니들은 있잖아. 너희들은!"

　내가, 언젠가 한때 나의 모든 선망과 의식의 혁명을 가져왔지만, 결국 받아들이기 힘든 모멸로 부메랑이 돼 돌아왔던 그 말, 존재의 근거를 의심하고 인간이라는 실존을 고민하라는 반어로 순수하게 받아들였지만 결국 쓰디쓴 자조로만 남았던 그 말, 개돼지라는 선언을 이 철천지원수 같은 인간들에게 거룩하게 하려는 찰나, 옆 테이블에서 생일 축하합니다, 하는 노래가 들려왔다. 돌아보니 교사인 듯한 나이 든 남자가 있고 고만고만한 십대 아이들 열댓명이 테이블에 붙어앉아 있었다. 아까 내가 보았던 케이크가 촛불을 밝히며 교사 앞에 있었다. 노래를 부르는 아이들은 쑥스러운 듯 박수를 치다 말다 하면서도 축하를 계속했다. 생일 축하합니다, 사랑하는, 생일 축하합니다.

　"그래, 올해도 찾아줘서 선생님이 참 고맙다. 우리 지선이 중학교 가서도 수학경시대회에서 상 받아서 기쁘고 우리 명환이는 이사까지 갔는데 찾아와줘서 고맙고. 무엇보다 반가운 우리 서준이, 중학교는 결석 안 한다니 선생님 마음이 너무 좋고, 이제 매운 김치도 잘 먹는다는 우리 수혜도 예쁘고."

나는 들고 있던 팔을 내려놓았지만 꼼짝 말라는 의미로 그 셋을 향해 무섭도록 고정된 눈길을 떼지 않고 쿨피스를 한모금 마셨다. 그 달고 새콤하고 시원하고, 하지만 어려서의 기억이 아니라면 평소에는 사 먹을 일도 없는 그 백 퍼센트 인공 향의 음료를. 창으로는 눈이 몰아쳤는데 그것이 주는 어떤 위협 같은 것은, 접시를 가져와 조용히 케이크를 나누는 옆 테이블의 소리, 오랜만에 만난 아이들이 자기들끼리 괜히 서로를 툭툭 치며 과거의 친근함을 회복하는 소리, 그러는 와중에도 누군가는 다리집으로 들어와 주문을 계속하는 맛집의 흥성스러운 소음에 점점 묻히고 있었다.

교향곡

새해를 앞둔 12월의 날들은 마치 비스킷의 부스러기처럼 그냥 흘려보내게 되는 시간들이었다. 상암동으로 출근해 회의하고 점심 먹고 또 회의하다가 재형과 말다툼하고 인사 발령이 언제 있을지 선배를 찔러보는 정도의 일상이었다. 국장과는 맛집 알파고를 계속 촬영할지 말지를 두고 설전을 벌였다. 나는 그러고 싶지 않다, 국장은 버리기 아까운 카드라는 거였다. 나는 그게 아니라고 설명하기 위해 또다시 그 모세의 기적이라는 비유를 써봤지만 국장은 "야, 그게 기적이지 왜 아니야? 그런 기술의 축적은 기적 아니냐?" 하는 반응을 보였다. 고도성장기 출신다운 궤변이었다. 하지만 국장의 바람은 이루어질 수가 없었는데, 맛집 알파고, 곧 현우가 계폭을 해버렸기 때문이었다. 정작 국장은 그 단어의 뜻조차 알지 못해서 계폭은 계정 폭파를 가리킨다고, 스스로 계정을 없애고 게시되었던 모든 글과 자료를 없애는 SNS상의 존엄사라고 설명해주어야 했다. 트위터에는 대체 맛집 알파고가 왜 사라졌는가에 대한 억측들이 나돌았다.

마침내 12월 31일이 되어 종무식을 하고 평소보다 일찍 회사를 나서려는데, 소봄이 할 말이 있다고 했다. 지금이야 방송도 불발되고 알 바 아닌 일이 됐지만 맛집 알파고가 아무래도 우리를 속인 듯하다는 얘기였다.

"어떻게 속여?"

나도 기억을 짜내서 그 많은 상호를 맞혔다는 현우의 말을 믿은 건 아니지만 일단은 그렇게 물었다.

"녹화영상 보니까 사진 보여주고 답하기까지 그 긴 시

간 동안 꼭 한두번은 자리를 비웠더라고요. 화장실도 가고 카페도 들락거리고 담배도 피우고요."

"아, 그랬나?"

기억을 더듬어봤지만 그 시간이 길어도 너무 길어서 동선 하나하나까지 생각나지는 않았다. 그저 복통을 호소하는 재형과 입씨름하고 카페에서 제공한 음료들이 더럽게 맛없었다는 기억 이외에, 그리고 현우의 얼굴에서 오래전 내가 알았던 잠깐잠깐의 현우를 찾아보려 했다는 것외에.

"근데 그게 왜?"

"그때마다 휴대전화를 가져갔고요. 노안 와서 잘 안 보인다고 가까이 봐야 한다고 해서 사진 파일을 알파고한테 보내줘가며 진행했고요."

"아,"

"갈비탕 맛집, 이렇게 검색해서 좌르륵 뜨는 사진들 보면서 맞힐 시간은 충분했던 거잖아요. 아니면 프로그래머니까 무슨 자기만의 노하우를 썼을 수도 있고요. 이미지 검색 같은 거. 맛집 사진들이야 인터넷에 쌔고 쌨으니까."

소봄과 나는 마을버스 좌석에 나란히 앉아, 방송국들이 즐비한 이 영상단지의 기이한 인공미 속을 통과하고 있었다. 건물마다 걸린 대형 스크린과, 그 속에서 춤추고 노래하고 대화하는 수많은 사람들과, 조각품으로 만든 인간의 두상과 신체를 오로라처럼 밝히는 조명과 네온사인을 지켜보았다. 그 사이로 신호등이 바뀔 때마다 수십명의 직장인들이 이동하면서 퇴근하는 것을. 소봄은 화가 난다고 했다. 자기에게 이 일이 다분히 인간적인 능력, 기억력을 이용하는 것이기에 보람이 있다고 철학적인 얘기까지 해놓고는 그런 트릭을 썼다는 것이. 나는 달리 할 말이 없어서 소봄씨 장갑 예쁘다,라고만 칭찬했다. 푸른색이 잘 어울려, 하고.

그날밤 떡볶이집에서 나와, 이제 다시 헤어지기 위해 택시를 기다리던 나는 오래전 우리가 함께 보냈던 크리스마스이브에 대해 이야기했다. 다른 모든 정황은 빼고 그때 책 읽던 사람 기억나느냐고, 그 사람 꼭 옥주 언니 닮지 않았느냐고, 너무 닮아서 기분이 나쁘네, 하고. 현우는 자기도 그때를 기억한다고 했다. 우리가 들렀던 몇군데 여관 중에 그때까지 자신의 아버지가 달셋방으로 살고 있던 여관이 있었으므로 더 잊을 수가 없다고. 현우는 혹시 그 사실을 내게 들킬까 긴장해서 오줌까지 마려웠다고 했다. 나는 우리가 늙고 이렇게 아무것도 아닌 사이가 되어서 이제 나한테 오줌 얘기까지 하는구나, 하고 받았다.

"아니야."

"아니긴 뭐가 아니야? 결국 오줌 얘기나 하면서."

"아니, 그때 그 사람은 옥주 선배랑 전혀 닮지 않았다고."

내가 피식 웃으며 옷깃을 여미는데, 현우가 무언가를 해명하고 싶은 사람처럼 손바닥을 펼쳐 보였다. 이 모든 싸움에서 결국 아무것도 얻지 못했다며 항복하듯. 아무것도, 아무것도 없다고, 말하고 싶은 사람처럼.

"잘 지내."

눈발이 휘몰아치는 가운데 등을 밝히며 택시가 도착했고 나는 12년 전 영등포에서보다는 나은 마지막 인사를 건네며 차에 올랐다. 복수도, 화해도, 용서도, 기적적인 능력에 대한 찬탄이나 입증, 아무것도 가능하지 않던 부산행이지만 적어도 생일 축하는 있었다고 생각하면서. 그러니 홀리하긴 홀리했다고 여기면서.

평소처럼 집으로 가서 텔레비전을 보는데, 재형이 중국집 블로그에 남길 리뷰를 메시지로 보내왔다. 육두문자만 쓰지 않았을 뿐 분풀이와 히스테리로 점철된 한심한 글이었다. 나는 그런 리뷰 올릴 생각 하지 말고 새해를 경건하게 맞으라고 하려다가, 어차피 그런 해원의 과정 없이는 아무것도 잊힐 리가 없다는 생각을 했고, 친구 된 도리로서 건,조,하,게,라고만 적어 보냈다. 베란다에서 돌아가는 건조기 안의 빨래들처럼 건조하게, 너무 건조하다보니 티셔츠가 행주만 해지고 수건이 행주만 해지고 다시 행주는 아기손수건만 해지고 그렇게 줄어들고 줄어들더라도 신기하게 어딘가에는 쓰임이 있는 세탁물들처럼 건조하게.

그러나 재형은 그럴 수는 없다고, 복수를 하고야 말겠다며 뜻을 굽히지 않았고 나는 인생의 진리를 가르쳐줘도 이 미련한 중생이 찾아먹지를 못하는구먼, 하면서 대화창을 닫아버렸다. 타종 행사를 기다리다 눈을 감았는데 바로 오늘밤 영도의 묘박지에서 묵직한 뱃고동 소리를 내며 우주적으로 협연할 배들이 떠올랐다. 고래나 코끼리 같은 커다란 포유류들이 서로를 부르고 찾는 듯 들릴 그 소리를. 그러니까 눈 내리는 희귀한 부산의 크리스마스에 우리가 했던 일들은 겨우 그런 사실에 대해 알게 되는 것 아닌가. 모두가 모두의 행복을 비는 박애주의의 날이 있다는 것. 하지만 그런 것에 대해 알게 되고 꿈꾸고 심지어 철학하는 일은 대체 뭔가. 나는 존재를 회의한다는 그 잉어를 정말 촬영하러 가야 하나.

이윽고 텔레비전에서는 새해를 알리는 카운트다운이 끝나고 종로의 보신각에서 사람들이 종을 울렸다.

• 사진만으로 맛집 상호를 맞힌다는 설정은 트위터의 한 게시물에서 착안했지만 그 이외에는 허구다.
• 본문에 등장한 '철학 잉어'는 소설가 윤영수의 단편 「귀가도1 ── 철학 잉어」(『귀가도』, 문학동네 2011)에서 착안했다.

마지막 이기성

그가 없던 출장을 만들어 도쿄행 비행기를 탄 것은 배추밭 때문이었다. 유키코가 "배추밭이 곧 없어진다고 해" 하며 인문동 맞은편 사진을 첨부해 이메일을 보냈고 얼마 뒤 그쪽 대학 동아리에서도 연락이 왔다. 그가 교환학생으로 도쿄에 가서 일구었던 그 밭은 유학생활의 중요한 터닝 포인트라 할 수 있었다. 그것이 없었다면 아마 지금의 이기성은 없었을지 몰랐다. 그리고 그런 그가 없었다면 현재의 많은 부분이 없었을 거였다. 그가 부단히 보태서 마련한 아버지의 개인택시라든가. 아버지는 택시를 그만두면 정리해서 그에게 돌려준다고 했지만 그렇게 간단한 일은 아니었다. 회사택시를 해온 삼촌이 몇해라도 개인택시를 몰아볼 생각으로 탐을 내고 있었으니까.
　그러면 자기가 좀 희생해야 하나, 일생 남의 택시만 몰아온 삼촌의 소원을 모른 체하면 되겠는가 갈등하다보면 머리가 아팠다. 대체 이 나라 노인들은 왜 끝까지 아득바득하는지 모르겠다 싶었고, 그때마다 늙는 일이 두려워졌다. 모 기업의 문화재단에서 비교적 안정되게 생활하는 그조차 이렇게 앞날이 아득하고 불안해진다면 뭔가 잘못된 것이 아닌가 싶을 때마다 진보정당의 후원금 액수를 올렸다. 물론 연말정산 혜택을 받는 상한선인 십만원까지는 몇단계가 더 지나야 할 만큼 처음의 후원 액수가 미미했지만 이런 스트레스가 계속되다가는 그 혁명에의 갈구가 언젠가 십만원을 돌파할 터였다. 물론 이르게 오지는 않겠지만. 그는 생활비가 떨어지면 남은 날들을 오로지 달걀 요리로만 버티는 금욕주의자였다.

유학 시절 유키코를 만날 때도 그들의 데이트는 주로 입장료가 없는 도쿄의 관광지들에서 이루어졌다. 유키코는 스스로 말하듯 청정한 대양의 땅, 홋카이도에서 왔기 때문에 냄새에 민감했다. 도쿄 곳곳에서 매번 견딜 수 없는 불쾌감을 감지했고 향냄새라도 맡으면 어디선가 나쁜 냄새가 난다고 중얼거렸다. 사실 깃짱, 오래되었다는 건 썩어가고 있다는 거야,라면서.

우연찮게 '사건'을 함께 겪으며 가까워진 그에게 유키코는 처음부터 재일 코리안이라는 사실을 숨기지 않았다. '유실'이라는 한국 이름도 알려주었지만 부르지는 말라

고 했다. 일본에서 한국계들은 흔히 그런다고. 그런데 그
만은 아닌 것이, 언젠가 가부키초에서 술을 마시고 돌아
오다가 유키코는 재일 코리안은 조국이 잃어버린 사람이
라기보다는 조국이 버린 사람들이라 생각한다고 말하기
도 했다. 그러면서 잃어버린 것과 버린 것은 홋카이도의
키문 토오만큼이나 큰 차이라고 강조했는데 그가 키문 토
오라는 단어를 알아듣지 못하자 머저리구나, 머저리야,
하는 말로 대화를 맺었다. 나중에 보니 홋카이도의 대형
칼데라 호수를 가리키는 아이누어였다.

유키코와 가깝게 지낸 2006년의 도쿄는 그가 느끼기에
상당히 압착된 듯한 인상이었다. '복합불황'이 장기화되
어서인지, 극우 정치인이 도지사를 연임해서인지, 북한이
열도를 위협하고 있어서인지는 모르지만 위축보다도 더
확실히 눌린 압착의 상태였다. 무심코 넘길 수 없는 불쾌
한 소동들이 유학생 카페를 통해 자주 전해지던 시기이기
도 했다. 방을 구할 때 집주인들이 한국인임을 알고 거부
했다거나, 한국인을 비하하는 욕설을 취객에게 들었다든
가 하는. 하지만 그런 얘기가 들려와도 그는 동요하지 않
았다. 오늘 날씨가 좋지 않네, 길이 좀 막히네 하는 정도의
일로 받아들이기 위해 노력했다. 원래 세상이 그렇게 굴
러가니까, 그의 아버지가 입버릇처럼 말하듯 자동차 바퀴

도 둥글고 지구도 둥근 법이니까.

유학 와서 다른 사람보다 빨리 적응한 건 그런 삶의 태도 때문이었을지도 몰랐다. 그는 서울과 도쿄가 비슷하다고 느꼈고 그래서 자신의 내부에 있는 어떤 것이 전혀 흔들리지 않는 것을 경험했다. 마치 작은 어항에 든 물고기와도 같은 기분이었다. 자신은 서로 다르지 않은 질감의 도시 속을 가만히 유영하고 다만 외부의 이동이 있을 뿐이었다. 학적의 변경과 국경의 변화, 언어의 교체 같은.

*

'사건'은 동양철학사 수업에서 답사를 떠났을 때 일어났다. 오사카를 방문해 일박 이일을 보내고 돌아오는 날, 그때도 유난히 자료에 욕심이 많던 그는 책을 사느라 뒤처졌다. 다른 일행이 모두 기차에 오르고 나서야 허둥지둥 플랫폼에 도착했다. 그는 자유석으로 끊은 티켓을 들고 일본인 조교에게 전화해 몇번 칸에 타야 하는가 물었다. 조교는 자신들은 4번 칸에 있는데 자리가 없으니 편하게 5번 칸에 타는 건 어떠냐고 했다. 그리고 몇정거장 가지 않아 기차가 분리되어 5번 칸부터는 그로서는 들어본 적도 없는 와카야마라는 소도시로 향한다는 사실을 알았을 때, 그렇게 일행을 놓치고 비행기 출발시간이 지나 도쿄로 돌아가지 못하는 상황이 벌어졌을 때 그는 그런 모욕감 속에서야 이 도시가 일순 낯설어지는 느낌을 받았다. 다시 조교에게 전화했지만 받지 않았고 교수의 번호로 걸려다가 그 무뚝뚝한 원칙주의자처럼 보이는 얼굴이 생각나 멈췄다. 그때 누군가가 그의 등을 두드려서 돌아보니 같이 답사를 온 가네다 유키코라는 이름의 학생이 서 있었다.

둘은 다음 정거장까지 아무 말 없이 창밖만 보며 이동했다. 무슨 대화를 나누면, 그렇게 해서 동병상련이라고 할 만한 것을 나누면 어쩐지 더 낙담하고 불쾌해질 것 같았다. 다시 공항으로 가는 기차를 타고 나서야 둘은 짤막한 문답을 나누었는데, 일본에서 가장 맛있는 음식은 무엇인가 하는 심심한 대화였다. 유키코는 오래 생각하지 않고 옥수수라고 대답했다.

오사카에서 돌아온 그는 고민하다 담당 교수에게 사건을 알렸지만 "확인 결과 일본어가 서툰 한국 유학생이 잘못 알아들었다"라는 답변이 돌아왔다. 녹음을 하지 않았으니 증명할 수도 없고 곤란했다. 문학부에는 한국 유학생이 조교를 무고했다는 소문이 퍼졌다. 물론 그의 말을 믿어주는 친구들도 있었다. 그처럼 초청 장학생으로 온 외국 학생뿐 아니라 일본인 학생 중에도. 학교 신입생들의 적응을 돕는 튜터 프로그램에서 만난 모리타 선배가 그랬다. 조교의 여자친구가 유키코와 같은 미학과라는 사실을 알려준 사람도 선배였다. 사정을 더 알아보더니 같은 피해자인 유키코를 만나보라고 권했다. 그는 와카야마행 기차에서 만나 돌아올 때까지 함께한 시간을 떠올리며 유키코가 어떤 사람이었는가, 그러니까 그가 부탁하면 이 일에 나서줄까를 판단해보려 했지만 이상하게 뚜렷한 인상이 떠오르지 않았다. 서너시간의 여정 동안 기억나는 건 유키코가 그가 들고 있는 윤동주 시집을 들춰 보며 이 시들은 도쿄에서 쓰였다는 것을 알아요? 하고, 물론 일본어로 물었다는 정도였다. 그가 망설이자 모리타 선배 역시 "하긴 유키코도 자기 과에서 그다지 인기가 없다던데" 하며 발을 뺐다.

"왜, 평판이 어떤데요?"

그는 이 대학 학생들에게서 심심찮게 발견된다던, 학업 스트레스에 따른 정신적 문제에서, 재일 코리안 가운데 더러 있다던 야쿠자 조직원까지 상상하며 선배의 말을 기다렸다. 만약 그렇다면 자기 문제와 유키코를 엮어서 이슈화하기는 어려웠다. 더 이상한 사람으로 보일 테니까. 이를테면 일본인 조교를 정말 무고하려는 사람으로. 선배는 잡힌 손을 재빨리 빼듯 얘기를 중단하며 그건 말할 수 없겠어,라고 했다.

"심각한 이유인가요? 그러면 도움을 청하기도 어렵지 않을까요?"

그가 우려를 늘어놓자 모리타 선배는 잠시 숙고하다가 그래서가 아니라, 다만 쓰이는 단어가 훌륭하지 않아서 말하기가 그렇다고 했다.

"그 여학생은 친구를 화장실 변기로 데려가 쿠소를 보여주었다고 해."

쿠소…… 그건 일상에서도 욕설로 쓰여 되도록이면 조심해야 한다고 배운 일본어, 우리말로 하면 대변, 똥을 가리키는 단어였다. 당황한 그가 겨우 꺼낸 말은 자기 것을? 하는 진지한 물음이었다.

모리타 선배는 그것만으로도 어딘가 품위를 손상당하는 기분인지 인상을 썼다. 그리고 그렇지는 않았다고, 일부러 그러는지 딱딱하게 대답했다.

"아무튼 만나봐, 도움을 청해."

유키코가 약속 장소로 정한 곳은 대학 근처의 카페 겸 식당 가스토였다. 값이 비교적 싸고 24시간 영업을 해서 도서관이 밤 열시에 문을 닫으면 남은 공부를 하려는 학생들이 몰려들었다. 유키코는 편의점 아르바이트를 하기 때문에 열한시나 되어야 만날 수 있다고 했다. 그러면 날짜를 옮길까 했지만 다른 날에도 언제나 자신의 '프리 타임'은 그때라고 해서 할 수 없이 약속시간보다 일찍 나가 유키코를 기다렸다. 교대자에게 사정이 있었다며 유키코는 자정이 다 되어서야 나타났다. 배가 고픈지 자기 몫으로 오므라이스를 하나 주문했고 그는 메뉴판을 한참 들여다보다가 오렌지주스를 시켰다. 음료는 무한 리필이 가능하니 얘기를 하다가 목이 탈 때 유용할 것 같았다.

그는 답사에서의 그 일이 이상하게 꼬여 곤란을 겪고 있다고 설명했다. 오해를 풀기 위해 유키코의 도움이 필요하다, 화가 나서가 아니라 이제는 안전하게 유학생활을 마치기 위해서라도 결백을 밝혀내야 할 상황이라고.

하지만 유키코는 만나기 전에 했던 통화에서도 잠깐 느꼈듯 반응이 뜨뜻미지근했다. 심지어 대화 도중에 두꺼운 대학 교재를 여러권 들고 식당으로 들어선 자기 친구에게 오늘부터 필사 공부! 하며 격려하기도 했다. 당황과 낙담으로 약간 정신이 혼미해지는 가운데서도 그는 이 일은 단순히 그 혼자만의 문제가 아니라 한국 유학생, 혹은 유키코 같은 재일 코리안, 더 나아가 도쿄라는 도시의 외국인들의 문제이고 이제 그것을 마주 보는 용기가 필요하다고 중언부언했다. 자기는 잘못 들은 것이 절대 아니고 일부러 소동을 일으키려는 의도가 아니다. 반드시 밝힐 것이다. 진실은 언제나 하나이니까.

　마지막 말은 『명탐정 코난』에 나오는 유명한 대사인데도 유키코는 전혀 웃지 않았다. 미학 전공이라서 이런 인용에는 반응하지 않는 걸까 싶어 그는 더 위축되었다. 이윽고 오므라이스가 나왔고 대화는 끊겼다. 초조하게 할 말을 찾던 그에게 유키코가 먹는 오므라이스의 달걀부침이 눈에 들어왔다. 일본의 '오므라이스' 하면 연상되듯 얇거나 매끈하지 않고 프라이한 것처럼 두껍고 가장자리가 타들어가 있었다. 어차피 일이 다 틀렸다고 낙담하는 가운데에서도 그 달걀의 형태가 신경 쓰였다.

　그래서 그는 오므라이스가 왜 잘못되었는지, 돈 받고 팔기에는 왜 부당한지를 설명하기 시작했다. 생활비가 부족할 때마다 수십가지의 달걀 요리로 남은 날들을 버텨온 베테랑답게, 그의 논지는 어느 주제보다 생생하고 조리 있었다. 유키코는 가만히 듣고 있다가 종업원을 불러 음식을 다시 만들어달라고 했다. 여태 문제가 있다고 해놓고는 막상 유키코가 그렇게 나오자 그는 당황했다. 종업원도 난처해하는 기색이 역력했다.

　"그런 요청은 왜 하는 겁니까?"

"이런 달걀은 먹을 수가 없잖아요."

"맛이 이상합니까?"

"아니, 미적으로 문제가 있습니다."

종업원이 말을 잇지 못하고, 그는 지친 표정으로 공부에 열중하던 옆자리 학생들이 자신들을 바라보는 것을 느꼈다. 아무리 외워도 잊어버리는 철학용어와 공업수학 공식들 속에서 낭랑하게 울려퍼진 오므라이스의 미적 문제란 얼마나 흥미진진한가. '가스등'이라는 일본어와 발음도 유사한 이 심야 식당을 채우는 희부윰한 피로감과, 출몰과 종적을 가늠할 수 없는 미래에 대한 은은한 불안과 짝패를 이루는 그 모호한 말이라니.

"그렇습니까?"

종업원이 그렇게 물으며 왜 그런지 자기를 바라보았을 때 그는 쥐 죽은 듯 2년을 지낼까, 생각했다. 뭘 밝히고 자시고 할 것도 없이 겸허하게. 그렇게 자포자기 속으로 끌려들어가면서도 일단 유키코가 보고 있으니까 그는 고개를 끄덕끄덕해 보였고 종업원이 알겠습니다, 하며 주방으로 접시를 들고 갔다.

그렇게 식음의 시간이 끝나고 유키코에게 별다른 답을 듣지도 못한 채 둘은 자리에서 일어섰다. 음식값을 나눠서 내고 유키코가 거스름돈을 받아다 그의 손바닥 위에히,후,미,요,이 같은 줄임말로 세면서 동전을 떨궜다. 그 얼굴이 지금까지 그의 호소를 들을 때와는 다르게 천진하고 맑아서 그는 은근히 부아가 났지만 마음을 누르고 그 중 한개를 돌려주며 다섯이 아니라 넷이라고 답했다. 그러자 유키코는 넷이 절대적으로 맞네요, 하더니 내일 여기서 또 만나자고 말했다. 항의서를 같이 쓰면 되겠습니다,라고.

하지만 유키코는 조건을 하나 달았는데 이 문제에 자신의 정체성 문제를 연관 짓지 않는다는 것이었다. 그가 이 일을 어떻게 해석하든, 자기와는 케이스가 다르다고 분명하게 선을 그었다. 그래서 글에는 인종차별에 대한 그의 확실한 입장이, 유키코의 경우에는 알 수 없는 이유로 같은 피해의 대상이 되었다는 애매한 항의가 담겼다. 교수와 조교에게서는 별다른 반응이 없었다.

*

도쿄에 도착한 그는 배추밭을 둘러보기 위해 대학으로 향했다. 동아리에서 보내온 이메일을 참고해보면 학내 한인 차별 금지의 상징이자 한국 학생들의 긍지였던 그 밭은 연내에 학교 측에 의해 팸플릿 안내소로 바뀔 예정이었다. 동아리에서는, 안타깝지만 학교 당국의 결정을 받아들이기로 했다고 전했다. 시대의 변화에 따라,라고 수용의 이유가 간략하게 설명되어 있었다. 다만 거기에 묻은 타임캡슐의 처리 방법을 선배들이 알려주었으면 한다고, 그러지 않으면 폐기할 수밖에 없겠습니다,라고 쓰여 있었다. 그러니까 이메일은 양해를 구하거나 허락을 요청하는 것이 아니라 처분에 대한 통보였다.

한 로맨스 영화가 흥행하면서 그 당시 한국에서는 타임캡슐이 유행했다. 너도나도 무슨 행사만 있으면 땅을 파고 캡슐을 묻곤 했다. 지금 보면 그런 타임캡슐들이 과연 예정된 기한에 다 개봉될 수나 있을지 의문이었다. 당대인들이 아득한 미래에 퐁당퐁당 던지는 물수제비 격인 그것들은 과연 과거와 미래를 잇는 연속의 파문을 그려줄 것인가. 묻은 사람에게 있었던 당위와 낭만이 꺼낼 사람에게도 유지되어야 가능한 일이었다. 하지만 적어도 그는 도쿄에 와 있었다. 약속과 달리 너무 일찍 온 미래인이기는 했지만.

그 두평짜리 밭은 그로서도 인생 최대의 공적 투쟁을 했던 특별한 장소였다. 하지만 한국으로 돌아간 뒤 떠올린 적은 거의 없었다. 그는 마치 유학 시절 전부를 폐기하고 싶은 사람처럼 도쿄와 거리를 두며 지냈다. 유키코와 가장 나쁜 경우로 헤어졌기 때문일지도 몰랐다. 그 나쁜 경우란 한 사람은 여전히 한 사람을 사랑하지만 한 사람이 한 사람을 더는 사랑하지 않는다는 것으로 누군가는 영원한 가해자로, 누군가는 영원한 피해자로 남을 수 있는 구도였다.

그가 유키코에게서 마음이 정확히 왜, 어떻게 떠났는지는 끝내 다 설명할 수 없었다. 누군가를 향한 마음은 눈 오는 풍경처럼 온통 환하고 완벽한, 압도적인 충일함에서 시작하지만 일단 지워지기 시작하면 또 눈이 녹는 것처럼 불규칙하게 얼룩이 연쇄되며 진행되니까. 헤어질 무렵 유키코가 했던 오해처럼 유키코의 국적, 출신이 결정적이지는 않았다고 그는 지금도 장담할 수 있었다. 대화하다 일본어도 영어도 한국어도 통하지 않을 때면, 그렇게 어떤 한계와 맞닥뜨릴 때면 "그저 티슈 한장의 차이야"라고 상대에게 말해준 사람은 언제나 그였으니까. 하지만 그 잠깐의 '이해할 수 없음'이 아무것도 남기지 않는 건 아니었다. 유키코는 가족 중 하나가 실패한 연애로 오랫동안 은둔의 시간을 보냈다는 사실을 쓸쓸하게 상기하곤 했다. 너는 다르다고 상대 가족들이 말했다고 해, 너의 피에는 더러운 것이 있다고.

11월의 도쿄는 그가 기억하는 것처럼 송년 준비로 분주했다. 트리와 조명으로 도시 전체가 화려하게 빛났다. 그는 언젠가 이십대의 그가 걸었을 거리를 되짚는 기분으로 천천히 걸었다. 그리고 대학으로 가려던 발걸음을 돌려 오쿠보로 향했다. 유키코가 보낸 이메일에는 그곳 여행사 주소가 전자서명으로 붙어 있었다. 미리 알리지도 않고 불쑥 찾아가는 것이 옳은지 알 수 없지만 회사의 대표전화와 이메일 빼고는 유키코의 연락처를 몰랐다. 설렁탕집 옆의 작은 건물 입구 계단으로 올라가자 '신성여행사'가 나왔다. 사무실 안에는 아무도 없었고 책상 명패들을 읽어보니 가네다 유키코라는 이름도 없었다. 잘못 찾아왔을까, 아니면 전 직장 주소일까. 그가 당황해하고 있을 때 출입구로 한 여자가 들어왔다.

　"투어객이셔요? 신청은 다섯시가 마감이에요."

　그가 유키코를 찾아왔다고 말하자 여자는 아, 하고 고개를 끄덕였지만 여전히 좀 의심스럽다는 기색으로 유키코는 오늘 야간 투어 담당이라서 사무실로 돌아오지 않는다고 했다. 그는 연락처를 물어보려다가 여기는 더구나 일본이니까 그런 걸 가르쳐줄 리가 없다고 생각했다. 포스트잇을 빌려 그의 연락처를 남길 수 있을 뿐이었다. 그가 메모지에 깃짱,이라고 유키코가 부르던 이름을 오랜만에 적고 전화번호를 남기자 여자가 건네받으면서 푹, 하고 웃었다.

"죄송해요. 유키코 상의 강아지 이름과 같아서 그랬어요."

의아해하는 그에게 여자가 사과했다. 그리고 자기 말에 신빙성을 더하려는지 굳이 인스타그램에서 사진을 찾아 보여주었다. 그렇게 해서 알게 된 유키코의 계정에는 '유실'이라는 한글 이름과 함께 '완고한 조소가, 성실한 가이드, 그리고 아마추어 미학자'라고 자기소개가 쓰여 있었다. 그 어울리지 않는 세개의 직업을 가진 유키코는 갈색 푸들종인 강아지를 안고 브이 자를 그려 보이고 있었다. 돌아서 나오려는데 여자가 야간 투어는 저녁 일곱시에 도쿄타워에서 시작한다고 알려주었다.

"도쿄에 온 사람은 누구나 도쿄타워에 올라야 하잖아요. 가본 적 있으세요?"

"없습니다."

그는 그러면서 입장료가 있는 관광지는 거의 가보지 못했다는 생각을 잠깐 했다. 잘됐네요, 하며 여자는 고개를 끄덕였다.

"거긴 꼭 가봐야죠. 세상에서 가장 아름다운 타워잖아요."

그에게 유키코는 미학을 공부하는 예술학도라기보다는 아르바이트를 전전하는 도쿄의 흔한 이십대로 기억에 남아 있었다. 주로 주말에 만나서 그동안 어떻게 지냈어? 라고 하면 유키코는 아르바이트를 다녔다고 했다. 그리고 그에게 되물으면 그는 도서관에서 공부를 했어,라고 대답했다. 그는 한국 대기업에서 해외 유학생들에게 주는 장학금을 받는 중이었으니까 그렇게 답할 수 있는 순간들이 잦았다.

장마가 시작된 어느 여름날이 되어서야 둘은 그나마 데이트 장소라 할 수 있는, 대학 미술관에서 만났다. 그 오래된 건물을 완전히 덮듯이 세찬 비가 내리면서 빗소리가 외부와의 단절을 만들어준 날이었다. 정말 세상에 그와 유키코만 있어서 둘 사이를 불편하게 할 티슈만큼의 문제도 존재하지 않을 듯한. 그러면 새로운 언어 같은 것을 만들게 되리라고 이십대의 그는 상상했다. 한국어와 일본어, 영어, 그가 외고에 다닐 때 전공했던 프랑스어와 유키코가 「전함 포템킨」의 자막을 수없이 돌려보며 익혔다는 러시아어, 아이누어로 된 홋카이도의 몇몇 지명들까지 모두 섞여든. 유키코는 대학 안에 있는 연못 이름이 유명 소설에서 가져온 거라는 사실을 아느냐고 물었다. 그가 알고 있다고 하자 깃짱은 물론 그런 책들을 다 읽었겠지, 전공이 그러니까, 하고 고개를 끄덕였다.

"가끔은 깃짱이 서울 집에서 그런 걸 골똘히 읽는 장면을 상상해."

"나도 유키코가 홋카이도 부모님 집에 가 있는 걸 상상해."

"그럴 땐 어때?"

"뭐가?"

"내가 뭘 하고 있느냐고."

그의 머릿속에서 유키코는 언제나 피곤을 모자처럼 눌러쓴 채 어디론가 걷는 중이지만 그는 아주 편안하지,라고 답했다. 유키코는 이번에도 과제를 내지 않으면 정말 낙제할지도 모른다고 말했다.

"그러면 얼른 과제를 해야지, 도서관으로 가자."

등 떠미는 시늉을 했지만 유키코는 그를 따라 움직이지 않았다.

"뭘 쓰고 싶은지를 먼저 생각해야지, 뭘 쓰고 싶은데?"

"예술."

"그러면 간단하다. 컴퓨터를 켠다, 예술에 대해 쓴다."

그러자 유키코가 예술이 그렇게 간단한 줄 아느냐며 피식 웃었다.

"나는 가끔 모르겠어. 사람들이 뭘 아름답다고 느끼고

뭘 혐오스러워하는지. 그런 건 어쩌면 영영 모르는 걸까."

밤의 도쿄타워는 야경을 보려는 관광객들로 무척 붐볐다. 서둘렀지만 일곱시가 지나서야 도착한 그는 매표소가 있는 층에서는 유키코를 찾아내지 못했다. 가족들과 여행 온 중국인 관광객들과 함께 승강기를 타고 올라가는 동안 그는 유키코를 만나면 뭐라고 인사해야 할지 고민했다. 많은 사람들 앞에서 재회하면 유키코가 당황하지 않을지, 그러면 연락처만 주고 나와야 하는지, 아니면 말을 걸지 않고 지켜만 봐야 하는지. 승강기에서 내리자 환영 인사가 이어지고 사진사가 이 멋진 공중을 배경으로 사진을 찍으라며 중국인들을 조명 아래로 안내했다. 신주쿠대로를 조망할 수 있는 메인 전망대를 중심으로 서너줄이 만들어질 만큼 사람이 많았다. 그들은 대체로 동양인이었고 유키코와 같은 동양인 여성을 안내자로 삼고 있는 경우도 많아서 그는 유키코를 잘 찾아낼 수가 없었다. 배낭과 모자, 듀티 프리라고 큼지막하게 적힌 쇼핑백과 여행사에서 일괄로 채워준 인식용 팔찌, 그리고 그 무리 가운데에 간편한 옷차림으로 마치 꽃잎 두장처럼 섞여 있는 일본인 연인들 틈을 비집고 들며 이동할 뿐이었다.

전망대를 한바퀴 돌았다가 다시 반대 방향으로 돌았지만 유키코는 없었다. 알록달록한 전구로 만든 하트 불빛과 조경수를 밝히는 무더기 불빛 아래에서 그는 이제 어떻게 할 것인가 고민했다. 가방에서 여행사 유인물을 꺼내 야간 투어의 동선을 읽어보았다. 도쿄타워에서 시작한 두시간짜리 투어는 로컬 식당들이 밀집한 유라쿠초 지역과 몬자 거리, 긴자를 지나 롯폰기에서 끝났다. 어느 식당에 가는지, 어느 숍에 들르는지는 당연히 나와 있지 않았고 다만 롯폰기라는 종료지 옆에 "희망자가 있을 경우 모리아트미술관을 관람할 수 있습니다. 할인가 1600엔"이라고 괄호 안에 표기해둔 것이 눈에 들어왔다.

*

'한마음'이라는 이름의 동아리는 항의서가 실패한 뒤그가 찾은 곳이었다. 이름을 처음 들었을 때는 조총련계인가 생각했지만 그렇지는 않고 굳이 정의하자면 한국계학생들의 권익을 보호하고 한류 문화에 대한 일본 학생들의 관심을 고취하려는 이런저런 목적의 느슨한 친목 동아리였다. 그런데 그가 가입할 때쯤에는 대학 내 기류가 좋지 않아 한국 유학생들이 겪는 차별과 곤란이 동아리에서이슈가 되고 있었다. 동아리에서는 집단행동을 제안했다.그는 그런 공개적인 행위까지는 하지 않으려 했지만 며칠 뒤 생각을 바꿨다. 우연인지 알 수 없지만 그의 도서관 자리에 어느 책에서 찢어낸 종잇조각이 떨어져 있었기 때문이었다. 거기에는 몬모우, 문맹(文盲)이라고 적혀 있었다.

첫날 조용히 시작했던 시위는 의외로 열띤 상황이 되었다. 시위를 만류하는 학교 관계자들 이외에도 많은 이들이 이런 행동은 옳지 않다고 의견을 밝히며 지나갔다. 모리타 선배마저도 이거 마치 우리가 트리거가 된 기분이야,라고 말할 정도였다. 드러나지 않고 수면 아래 잠겨 있던 감정들이 표출되는 데는 열명 남짓의 시위대, 그들이 서 있는 인문동 앞의 작은 공터, 그리고 피시실에서 출력한 유인물 한장이면 충분했다. 그런 표출은 한쪽에서만 일어난 것이 아니라 한국계 사이에도 번졌다. 특히 학교 인트라넷에서 쟁점이 되었고, 일은 걷잡을 수 없이 커졌다. 그러자 유키코가 더는 못하겠다는 선언을 했다.

"이제 문제가 해결될 건데 왜 그러는 거야?"

사람들이 억울함에 귀 기울여주고 거기에 자신들의 경험까지 얹어 동의해주는 활력에 취해 있던 그는 유키코의 행동에 당황했다.

"이런 식으로 문제를 키우는 건 우리에게 도움이 안 돼."

"도움이 안 되다니? 한국 언론에서도 다루어준다고 했어. 왜 도움이 안 돼?"

"지금 네가 이렇게 문제를 키우는 건 우리를 위험으로 모는 거야. 너는 유학생활이 끝나면 한국으로 돌아가겠지만 우리는 아니야. 우리는 여기서 살아야 해."

그러면서 유키코는 아주 단호하게, 처음부터 언급했듯이 자기 출신과 이 문제는 관련이 없다고 말했다. 그는 엄연히 있는 현실을 인정하지 않으려는 유키코가 어리석어 보였다. 그래서 왜 자기 정체성 문제와 마주 보지 않느냐고 힐난했다. 버려졌니, 잃어버렸니 하며 그저 풀풀 날아가는 슬픔과 우울로 반응하는 건 일종의 지체이고 감상일 뿐이라고. 그건 지력이 아니라 미감의 문제이기도 하기 때문에 유키코 같은 미학과 학생에게는 더 옳지 않다고. 유키코는 입술에 묻은 팝콘 부스러기 같은 것을 털어내듯 검지로 얼굴을 톡톡 치더니 레이케쓰닌겐, 기에로, 하고 돌아섰다. 꺼져버려, 냉혈 인간,이라는 말이었다.

유키코는 더이상 집회에 나오지 않았다. 그를 취재하러 온 한국의 기자는 유키코가 빠졌다는 얘기를 듣더니 납득하지 못하다가 끝내 기사를 내지 않았다. 동아리에서도 시위를 계속할지 갈등하기 시작했다. 그동안 해온 활동 방식이 아니라서 일본 학생들이 표 나게 빠져나가고 있었다. 새 학기가 되자 그의 곁에는 집회 중간중간에도 법전을 뒤적이며 급한 공부를 해야 하는 모리타 선배와, 어쨌든 동아리 일이므로 건성으로라도 도와야 하는 동아리 회장이 있을 뿐이었다. 그리고 중간고사가 시작될 무렵, 정해진 시간에 나와보니 아무도 없이 그 혼자였다.

그는 그렇게 소강된 항쟁의 현장에서 특별한 흥분도 열의도 느끼지 못한 채 피켓을 들고 한시간을 버텼다. 아직도 아버지가 택시 손님들에게 자신의 외아들이 서울 유수의 대학에 간 것도 모자라 도쿄까지 유학 갔다는 묻지도 않은 이야기를 한다는 어머니의 전언을 떠올리며.

"너네 아버지는 이제 너 장학금 준 그 회사 제품만 쓴단다."

"철강회사에서 쓸 게 뭐 있다고요?"

"시골집 수리하면서 철물점에 묻던데, 그 철판 브랜드가 뭐냐고."

그런데 그가 혼자가 되자 유키코가 인문동 앞에 다시 나타났다. 유키코는 합류하지도 그냥 모른 척 지나가지도 않은 채 맞은편에서 시간을 보내다가 사라졌다. 누구 구경하는 것도 아니고, 그가 한마디 해야겠다고 결심한 날에는 비닐봉지 가득 면장갑 같은 도구와 곡괭이를 가지고 나타났다. 그리고 말도 없이 그가 서 있는 자리 뒤편 건물과 건물 사이, 잡초와 들꽃 따위가 듬성듬성 핀 손바닥만

한 땅을 갈기 시작했다. 땅을 간다는 행위 자체를 실제로 본 적 없던 그에게는 그래서 더 놀라운 장면이었다. 이 무슨 신선놀음이란 말인가. 지금껏 자기는 지지자들도 다 떨어져나간 이곳에서 무관심의 모욕을 감내하며 하루하루 버텼는데 한가롭게 가드닝이라니.

역시 유키코는 점잖게 말해 이해에 가닿을 수 없는 사람이었다. 어이가 없어진 그는 유키코에게 말도 걸지 않고 며칠을 보냈다. 그러면서 유키코의 행위가 그를 향한 야유인지 아니면 혼자 있으면 너무 신산하니까 그가 서 있는 풍경을 보기 좋게 꾸며주려는 건지 고민했다. 그리고 견디다 못해 먼저 말을 걸었다.

"안녕, 유키코 잘 지냈어? 그런데 지금 뭘 하는지 물어봐도 될까?"

유키코는 못 들었는지 답이 없었다. 유키코의 답을 기다리며 서 있자니 현장은 정말 안온한 오전 열한시의 교정일 뿐이었다. 새가 날고, 깊고 깊은 교정의 숲에서 바람이 불 때마다 나무들이 흔들려 솨아 — 소리를 내는. 학생들의 컨버스 신발이 경쾌하게 페이브먼트를 밟고 관광객들이 기념사진을 찍기 위해 종종걸음 치는.

"문제를 해결 중이야."

유키코는 제법 고랑이 생긴 공터도 밭도 아닌 모호한

118

공간에서 노동을 멈추지 않고 대답했다.

"어떤 문제를 어떻게 해결 중인지?"

"될지 안 될지 모르지만 나는 여기다 배추를 심는 편이 너가 그렇게 멍청이처럼 서 있는 것보다는 문제 해결에 도움이 되리라고 생각해."

배추를 심다니, 세상이 망하기 전에 심겠다는 사과나무도 아니고 배추를. 그는 적잖이 충격을 받았다. 사과나무야 기독교권에서 아담과 이브가 탐하는 바람에 인간이 오욕칠정을 다 겪으며 무참한 현실을 살게 되었다는 인류학적 맥락이라도 있지, 배추는, 대체 배추가 뭐란 말인가. 하지만 이상하게도 유키코가 배추라고 하자 일본에 와서 끼니를 주로 간단하게 때우느라 챙겨 먹지 못했던 그 맛이 입안 전체에 느껴진 건 사실이었다. 그의 부모는 다른 채소를 곁들이지 않고 우직하게 배추 하나만으로 김치를 담그던 고장에서 오래전 서울로 올라왔는데, 세 들어 살던 주인집에서 화려 만발하게 무채며 갓이며 배며 쪽파를 넣어 김장하는 걸 보고 자신들이 도시에 왔다는 사실을 실감했다고 했다. 그 풍요와 사치 속에 도시살이의 맛이 있다는 것을.

택시가 잘될 때는 아파트 평수를 늘리기도 했던 부모의 서울살이는 그러나 원했던 만큼은 되지 않았고 이제 모든 희망을 그에게 걸고 있었다. 그는 아예 처음부터 그 만발한 맛을 느끼며 성장했으니까. 유키코가 발음한 배추 라는 단어는 그렇게 그를 깊은 상념에 빠뜨렸다. 오금을 톡 쳐서 무릎이 꺾이게 만든 셈이었다. 배추가 뭐라고, 그 거야 무, 고추, 마늘과 함께 한국의 4대 채소로 양귀비목 십자화과의 식물 아닌가. 그런데 그렇게 한번 축축한 방 식으로 투쟁 의지가 꺾이자 그는 그냥 손바닥만 한 햇빛 을 받으며 앉아 있고만 싶었다. 어디서 얻어 왔는지 여린 서너잎을 겨우 틔우고 있는, 배추인지 뭔지 알 수 없지만 유키코가 열심히 심는 모종들을 보면서, 겨우 스무포기 정도 심고 나서는 발딱 일어나 오늘 정말 필사 작업했다 고 손을 탈탈 터는 유키코의 얼굴을 올려다보면서.

　그 배추밭은 당연히 사람들 눈에 띄었다. 공터에는 어 느날에는 배추가, 어느날에는 다 뽑히고 장미 따위가, 또 다시 어느날에는, 유키코가 그러지는 않았지만, 싹 다 정 리된 공터가 되었는데 그러면 다시 유키코가 위풍당당하 게 모종을 심으러 나타났다. 곡괭이와 면장갑을 들고, 사 실인지 아닌지 모르지만 홋카이도 본가에서 공수했다고 주장하는 배추 모종을 들고. 그런데 사람들 마음이 이상 한 것이 누군가들이 서서 소리치고 갈등하고 배척하는 것보다 그렇게 심긴 푸릇한 것, 여린 잎들과 흙 같은 것이 손상될 때 더 견딜 수 없어했다. 그래서 별수 없이 특별해진 이곳을 모르는 사람은 이제 학내에 없을 정도였다. 유키코와 그가 모종을 심고 있으면 멈춰 서서 구경하거나 이런저런 조언을 늘어놓기도 했다. 누가 그 밭을 엉망으로 만들고 있다는 제보를 받기도 했는데 유키코는 그런 얘기를 듣고도 확인하러 달려가거나 막아야 한다고 나서지 않았다. 내일 또 심지 뭐,라고만 했다.

9월은 그렇게 투쟁의 가드닝이 이어지는 시간들이었다. 거기에는 구호도 피켓도 없어서 어떻게 보면 식물 애호가인 학생들이 학교의 빈 땅을 그냥 두지 못해 경쟁하듯 가드닝에 나서는 장면처럼 비쳤는데 그 옥신각신을 견디다 못한 학교에서 어느날 접근금지 선을 만들어버렸다. 붉은 선이 사방으로 쳐지고 '위험'이라는 푯말이 섰다.

교내에 갑자기 생겨난 금지와 통제의 선은 그 앞을 매일같이 지나던 한 물리학과 교수의 심기를 불쾌하게 했다. 대학 해체와 강당 해방을 외쳤던 전공투 세대답게 그는 이런 특정 장소의 결락을 아주 문제적으로 받아들였다. '빙하기 세대'라는, 무기력하고 내일 없는 존재로 명명되던 청년들이 도구를 들고 밖으로 나왔다는 것, 인간성에 대한 고찰과 모색을 국적을 초월해 노동으로 사유한다는 것은 반가운 일이었다. 그런데 학교가 통제선을 쳐서 모처럼의 활기에 찬물을 끼얹은 셈이었다. 교수는 학교 측을 비난하는 긴 글을 교내 신문에 기고했다. 가장 강조한 부분은 학생들의 가드닝이 보여주는 그 느리고 비전문적이고 헛수고에 가까운 선택에 대해서였다. 그러나 예로부터 이러한 완고한 아마추어들의 예측 불가능성이야말로 고정된 세계를 뒤흔드는 도화선이 되었다고.

학교에서는 사건의 당사자들을 불러 조사를 시작했다. 유키코는 조사위원회에서 불러도 가지 않았다. 조교는 다시 생각해보니 자신이 5번 칸으로 안내하기는 했지만 그것은 4번 칸이 만원이었기 때문이라고 눈물을 글썽이며 주장했다. 자신은 절대 레이시스트가 아니라고. 그렇다면 정말 기차 안이 만원이었는지가 결정적일 텐데 답사 참가자들의 의견이 서로 달랐다. 그는 더이상 따지지 않고 학교 측의 중재를 받아들였다. 그 일이 있었던 봄은 벌써 너무 멀어 까마득한 과거처럼 느껴졌다.

유키코가 더이상 곡괭이를 들고 등교하지 않고 배추도 심지 않는데도 그 장소는 내내 배추밭이라고 불렸다. 동아리에서는 아예 자기네 공간처럼 그 자리에서 행사를 열었고 타임캡슐도 묻었다. 학교에서도 굳이 제지하지 않았다. 신기하게도 가을이 깊어지자 정말 배추 하나가 주먹만 하게 자랐는데 신경 쓰는 사람은 없었다.

그가 유키코에게 마음을 고백한 장소도 그곳이었다. 시험공부를 하다가 그 앞에서 만나 샌드위치를 나눠 먹고 있을 때였다. 배가 고팠는지 한창 열중해서 먹던 유키코가 멀리 보이는 교내의 숲과 지금 그들의 발 앞에 놓인 땅을 손가락으로 이으며, 날아온다고 말했다. 아무것도 심지 않아도 저 숲에서 자라는 것들이 날아와 여기에 자리잡는다는 뜻이었다. 그러고 보니 사흘에 한번씩 뒤엎고 갈아가며 필요 이상의 개간 작업을 한 공간에 이름을 알수 없는 무언가들이 다시 자라고 있었다. 날아와서, 행로와 목적도 없이 날아와서 여기에.

그러니 그날의 사랑한다는 말은 그 살아 있는 것들의 이동만큼이나 자연스럽고 당연했다.

*

그는 롯폰기 힐스에 도착해 미술관 티켓을 끊으러 가는 길목에 자리 잡았다. 그가 유학할 당시는 이 광활한 계획도시가 완성된 지 몇년 되지 않은 때였다. 마치 거대한 미래가 오는 듯했다고, 그는 기억했다. '롯폰기인이 됩시다'라는 캐치프레이즈를 내건 우주인 캐릭터들이 도시를 활보했고 정원에는 일본인 과학자가 미 우주선인 컬럼비아호를 타고 가서 배양한 '우주 송사리'가 방사되었다. 그 송사리들은 우주에서 기른 최초의 척추동물이라고 했다. 그도 유키코와 함께 보러 갔는데 물결 아래 잠겨 얼룩얼룩한 음영으로 짐작될 뿐 정확히는 알 수 없었다.

배가 고팠지만 잠깐 자리를 비운 사이 유키코가 지나 갈까봐 그는 허기를 견뎠다. 물론 희망자가 없다면 유키코는 여기에 오지 않을 것이었다. 미술관을, 그러니까 이 거대한 미래도시에서도 뭔가 예술을 누리고 싶어하는 관광객이 없다면. 맛집행을 이어가다가 당고 같은 디저트로 마무리하고 유키코는 집으로 돌아가겠지. 지하철을 타고 걷고 뭔가를 사거나 하며 집으로 가면 그와 이름이 같은 강아지가 유키코를 맞이할 것이었다. 그가 한국으로 돌아가고 연락이 완전히 끊긴 다음에도 변함없이 계속되었을 유키코의 일상이 무겁게 마음을 눌렀다. 어쩌면 그와 유키코가 재회하는 것은 그렇게 그들이 일상을 유지해왔다는 사실을, 이별하고 나서도 꽤 이기적으로 살아냈다는 현실을, 확인하는 절차에 불과하지 않을까.

그는 돌아갈까, 잠시 생각했다. 하지만 목격자가 있지

않은가. 여행사에서 만나 도쿄타워가 세상에서 가장 아름답다고 말한 여자가 내일이면 그의 연락처를 유키코에게 전해줄 것이다. 그리고 연락이 오면 오는 대로 오지 않으면 오지 않는 대로 그의 삶은 어느 방향으로 조금 더 이동할 것이었다.

투어 종료시간인 아홉시가 가까워지자 그는 말할 수 없이 긴장되었다. 잠깐 스치듯 사진으로 확인했던 유키코와 체구나 인상이 비슷한 누군가가 지나갈 때마다 피하고 싶다는 마음과, 마주 보고 싶다는 마음이 충돌한 채 초조하게 손을 맞잡았다. 그리고 아홉시 삼십분이 지나 관람객을 받지 않는 시간이 되어서야 그는 오늘의 재회는 가능하지 않겠다고 생각했다. 오늘은 아무도 예술을 원하지 않았고 그도 누군가가 원하는 사람이 되지 못했다.

그뒤로 사흘 더 도쿄에 머물렀지만 유키코에게서는 연락이 오지 않았다. 그는 그동안 하릴없이 관광지들을 찾아다니며 시간을 보냈다. 오래전 그런 곳들을 다니며 유키코가 했던 불평들은 사실 슬픔 같은 것이 아니었을까, 생각하면서. 오히려 그것들이 낡아가는 장면에서 비감을 포착했기 때문에 가능했던 거부감이 아니었을까 하면서. 그랬던 유키코가 이제 가이드가 되어 이 도시를 찾은 사람들과 함께 그런 관광지를 돌고 있다는 사실이 한편으로는 낯설고 한편으로는 당연하게 느껴졌다. 관광객들이 도착하고 떠나가는 루틴은 마치 흙을 여러번 돋워 모종을 심던 손길처럼 유키코가 이 도시에 남아야 하는 사람이라는 사실을 끊임없이 상기시킬 것이기 때문이었다.

유키코에게서 전화가 온 건 마지막날 호텔에서 체크아웃을 한 뒤였다. 유키코는 이미 한국으로 돌아갔을 줄 알았다면서 아직 그가 도쿄에 있다는 데 당황해했다. 그는 자신을 부담스러워하는 유키코의 마음을 느꼈고 편하게 해주고 싶어서, 이미 공항으로 가는 기차에 올랐다고 대답했다. 몇번 칸이냐고 유키코가 물었고 그가 네번째 칸이라고 하자 그러면 절대적으로 맞겠네, 하며 농담했다. 대화는 문제의 타임캡슐로 넘어갔다. 그는 이제 와서 뭔가를 한다는 게 어색해서 가보지도 않았다고 했다. 출장으로 와서 그런 시간까지 낼 수는 없었다고.

"이해해."

"이해하지?"

"그래, 출장이라는 게 그렇잖아. 그리고 열었다가는 너는 정말 코가 썩어들어갔을 거야."

"왜?"

"내가 거기에다가 편의점 달걀을 넣었거든."

"뭐?"

대체 누가 그런 음식물을 타임캡슐에 넣는단 말인가. 그는 유키코의 괴팍함을 다시 확인한 게 반갑기도 하고 어이없기도 해서 크게 웃었다.

"대체 그걸 뭣 하러 넣었어?"

"미래인들이 오감으로 느끼게 해주려고."

"뭘?"

"과거가 만만치 않았다는 걸."

전화를 끊고 그는 타임캡슐을 열어볼 필요는 더욱 없겠다고 생각했다. 그는 거기에 유키코와 함께 찍은 폴라로이드 사진을 넣었는데, 그렇다면 몇년간 달걀이 상하면서 캡슐 안의 모든 것을 최대한, 아주 활발히 오염시켰을 것이다. 땅속 온도와 밀폐 상황 그리고 달걀의 풍부한 단백질과 철분, 황. 하지만 그렇게 생각하면서도 그는 대학으로 찾아갔다. 유키코의 목소리를 듣고 나자 그것의 처분을 자기라도 확인해야겠다는 마음이 들었다.

교문 안으로 들어가자마자 그는 과거로 빠르게 회귀하는 것을 느꼈다. 그건 어디부터 어디까지 기억난다는 차원이 아니라, 그때의 모든 감각을 다시 입는 기분이었다. 배추밭에는 정말 공사가 시작되려는지 주의(!)라는 노란 푯말이 서 있었다. 그는 일단 땅을 툭툭 차보다가 손으로 조금씩 파내려갔다. 하지만 2000년대 기력 좋은 대학생들이 얼마나 깊이 묻었는지 어림없을 것 같았다.

하는 수 없이 그는 또 한마음 동아리회를 찾아갔다. 거기에는 놀랍게도 어딘가 모리타 선배를 닮은 일본인 학생이 하나 남아서 동아리 컴퓨터로 게임을 하고 있었다. 그에게 이메일을 보낸 동아리 회장은 아니었지만 배추밭에 대해서는 자기도 알고 있다고 했다. 그가 저녁에 비행기를 타야 한다고 하자 학생은 고개를 차분히 끄덕이더니 어디론가 가서 삽을 두개 들고 왔다. 자기도 돕겠다고 했다.

그와 데쓰야라는 이름의 학생은 묵묵히 땅을 파기 시작했다. 중간에 학생들이 데쓰야, 뭐 해? 하고 묻자 그는 발굴 중이야,라고 대답했다. 처음에는 한국의 아이돌 그룹이나 관광지 같은 화제가 오갔지만 나중에는 힘이 들어서 그마저도 말이 끊겼다. 생수를 마시며 잠시 숨을 고르는데 데쓰야가, 선배는 뭘 묻었습니까? 하고 물었다. 사실 묻을 때는 서로 비밀로 했지만 이제는 말해도 상관없을 것이었다. 그때의 모두는 이제 이 미래가 어떻게 되든 상관없는 것 같으니까. 사진이라고 하자 데쓰야가 약간 부끄러워하며 여자친구의? 하고 물었고 그가 그렇다고 했다.

"지금은 헤어졌겠지요?"

마치 모든 결말을 안다는 듯 데쓰야가 다시 물었는데,

그는 그 담담하고 순한 말투가 마음에 걸려 대답은 할 수 없었다. 그러다 마침내 탁, 하는 소리가 났다. 철물점에 의뢰해 만든 문제의 타임캡슐, 정확히는 철제 통이었다. 그는 혹시 달걀이 썩고 있다면 이미 냄새가 나고 당연히 어떤 기미가 있지 않을까 했지만 적어도 표면적으로 통은 멀쩡하고 안전해 보였다. 그는 캐리어에서 원래는 유키코에게 주려고 사온 제주 섬 모양의 캔들을 꺼내 데쓰야에게 내밀었다. 데쓰야는 한사코 거절하다가 그가 부탁하자 그제야 정말 감사합니다, 하며 받아들였다.

"이제 돌아가도 됩니다. 열어보는 건 혼자 할게요."

캡슐을 열었을 때의 상태가 걱정되어 그가 그렇게 말하자 데쓰야는 그럴 수 없다고 했다. 하는 수 없이 이 안이 얼마나 부패했을지, 유키코가 장난으로 집어넣은 달걀 때문에 우리가 어떤 혐오스러운 냄새를 맡게 될지를 설명하자, 데쓰야는 대단하네요,라고 할 뿐 생각을 바꾸지 않았다.

그렇게 원한다면 하는 수 없지, 하는 생각으로 쪼그려 앉아 나사를 풀었다. 슬슬 해가 지고 있어서 이제 정말 공항으로 가야 할 시간이었다. 오늘도 비행기를 놓칠 수는 없으니까. 그리고 둘 다 숨을 멈추고 딸깍 하고 통을 열었을 때 어떤 불쾌한 형체도 질감도 없었다. 동아리 부원들의 이름이 적힌 주머니들이 그냥 얌전히 놓여 있을 뿐이었다. 그가 가네다 유키코라고 쓰인 주머니를 들었을 때 마치 공기 이외에는 아무것도 없는 듯한 가벼움이 느껴졌다. 오래되면 달걀이라는 것은 이렇게 흔적도 없이 사라지는 걸까. 그가 당혹스러워하며 손바닥 위로 주머니를 털었을 때 거기서 나온 것은 '가스토'라는 견출지가 붙은 오십 엔짜리 동전이었다.

*

도쿄에서 돌아와 바뀐 계절들을 겪으면서도 그는 동전을 어떻게 처리해야 할지 늘 생각했다. 그건 귀국길에 오르면서부터 시작된 고민이었다. 비행기에서는 유니세프 모금함에 넣어 재난 지역의 아이들을 도울까 생각하고, 백화점을 지날 때는 안 그래도 성금이 조금씩 줄고 있다는 구세군함에 넣어 불우한 이웃들을 도울까 고심하고, 스트레스가 몰려올 때면 그가 지지하는 진보정당에 보태 민주주의 발전을 도모할까 갈등했다. 그는 어디든 손 닿는 곳에 동전을 둔 채, 깜박 잊고 출근길에 나섰다가도 돌아와 꺼내 가곤 했다.

그것을 손안에 넣고 굴리면 아직은 모호하지만 결국

누구도 아닌 그 자신이 알아내야 할 삶의 마지막 진실을 만져보는 기분이었다. 그의 미래와 소소한 혁명과, 동산과 부동산으로 이루어진 그의 생활과 살아 있는 한 마지막까지 그를 불안하게 충동할 생의 추구 같은 것과 연관 있게 느껴졌다. 왜냐하면 그건 과거가 아니라 미래에서 온 것이기 때문에, 희부윰한 피로와 절망, 불안의 청춘이 미래를 상상하며 지금으로 던진 것이기에. 동전을 만지고 나면 손가락에는 특정할 수 없이 복합적인 금속 냄새가 남았다. 어떨 때는 여름의 비 내음 같기도 하고 때로는 흙냄새나 막 깨뜨린 달걀의 비린내 같기도 한. 하지만 그가 그 냄새를 정확히 알고 싶어 가까이 더 오래 가져다대면 희미하게 옅어지다 종국에는 사라지고 없었다.

우리는 페퍼로니에서 왔어

엄마의 사십구재가 끝나고, 기오성에 대해 인터뷰해달라는 이메일을 받았다. 나는 더이상 엄마가 없는 영종도를 떠나야겠다고 생각하고, 옮길 곳을 인터넷으로 찾는 중이었다. 이메일을 보낸 사람은 자신을 다큐멘터리 피디라고 소개했다. 모니터에 이메일을 띄워놓고 한동안 앉아 있는데 갑자기 엄마가 문경의 사촌에게 사과값을 주었나? 하는 의문이 들었다. 사과를 주문해 병실 사람들과 나눈 지가 오래인데 이제야 그 생각을 하다니. 나는 갑자기 초조해져 이체 기록이 남았는지 엄마 통장을 들춰보다가 사촌에게 전화를 걸었다.

"와, 무슨 일인데?"

졸음이 묻은 사촌의 목소리를 듣고 나서야 지금이 열한시, 그쪽 시간표대로라면 모두 깊은 잠에 들었을 시간이라는 생각을 했다. 사과값을 주지 않은 것 같다고, 지금이라도 보낼 테니 얼마인지 알려달라고 하자 사촌은 사과? 하고 아직 아슴아슴한 잠결에 잠긴 듯한 목소리로 물었다.

"그런데 니는 안 자나, 잠을 몬 자나."

사촌은 아마 이모가 지불했을 게 분명하고 안 줬더라도 그 돈이 뭐가 중요하냐고, 괜찮다고 했다. 나는 늦은 시각에 전화를 걸었다는 미안함에다, 사촌이 괜찮다고, 정확히는 개안타고 하는 바람에 감정이 복잡해졌다. 잘 있어, 인사를 겨우 하며 전화를 끊었다.

"그래, 문경 한번 온나. 사과꽃 다 지기 전에 한번, 꼭."

사촌은 어렸을 때 내가 시골에 갔던 날을 아직도 기억하고 있었다. 사과밭의 흰 무더기 꽃에 흥분하며 '서울내기 다마네기 사촌'이 종일 뛰어다녔다는 얘기였다. 나중에 보니 얼마나 꽃을 올려다봤는지 목덜미에 붉은 줄이 여러개 잡혀 있었다는. 서울내기 다마네기는 서울 애들의 새침함을 놀리는 말이었다. 그뒤 무엇을 하든, 성인이 되든, 마흔이 가깝든, 사촌에게 나는 여전히 사과꽃을 올려다보는 애였다. 내게 사촌은 깁스한 엄지손가락을 치켜올리며 병실에서 웃어 보이는 애였고.

전화를 끊고 나는 이럴 때가 많다고 생각했다. 어쩌면 엄마가 투병을 시작하면서부터 몸에 밴 불안 같은 것이라고. 경계하고 신경을 곤두세우지 않으면 무언가가 엄마를 그냥 삼켜버릴 듯해 긴장했지만 실제로 정신은 그렇지 못해서 나는 일상의 일들을 제대로 해내지 못했다. 어느 날은 지갑도 휴대전화도 없이 엄마와 함께 식당에 갔다가 낭패를 보기도 했다. 백혈구 수치가 떨어지면 항암을 할 수가 없다고, 고기를 먹어야 한다고 병원에서 말해 부랴부랴 고깃집에 간 날이었다.

누군가에게 계좌이체를 해달라고 부탁하려 해도 외우는 번호가 없었다. 엄마도 항암제가 잘 듣지 않으면서 사람들과 연락을 끊고 있었다. 사촌을 떠올렸지만 엄마가 거기는 지금 한밤중일 텐데, 하며 망설였다. 하는 수 없이 엄마를 두고 차로 20여분 떨어진 아파트에 나 혼자 다녀왔다. 엄마는 고깃집 창가에서 무료하게 텔레비전을 보며 앉아 있었다. 모자가 뒤로 벗겨지지 않게 간간이 신경 쓰면서. 엄마가 그런 풍경 속에 혼자 남겨져 있었던 데 누구에게인지 모르게 화가 났고, 주차를 하고 식당으로 뛰어 들어갔다. 엄마는 마치 꿈에서 깨어난 사람처럼 아슴아슴한 눈으로 은경아, 하고 내 이름을 불렀다.

병원에서도 나는 매일 실수하는 보호자였다. 언젠가 의사가 날 보며 엄마, 정신 차리자,라고 할 정도였다. 결혼도 하지 않고 아이도 없는 나를 왜 엄마라고 부르지? 의아해하다가 내 나이대의 여자는 의사가 대개 그렇게 부른다는 것을 뒤늦게 알아차렸다. 그 호칭을 나보다 더 거슬려 한 사람은 엄마였고, 선생님 우리 애도 선생님이에요,라고 어느날은 직접 정정했다. 엄마 그렇게 말고, 선생님이라고 부르세요.

정이라는 이름의 그 피디는 기오성의 이십대 시절을 알고 싶다고 했다. 기오성과 같이 팟캐스트 일을 했던 사람을 만났는데, 그가 기오성에 대해서라면 내가 좀 특별한 기억을 가지고 있으리라 추천했다는 것이다. 다큐멘터리 가제는 '정치논객 기오성'이었고 취지에는 참여정부에서 촛불정국까지 청년정치의 현주소를 되짚는다고 쓰여 있었다. 그리고 어쩌면 이미 아실 수도 있겠지만 기오성 씨는 현재 행방불명 상태입니다,라고. 그런 만큼 그의 재조명이 중요하다 할 수 있는데요, 방송을 계기로 소재가 파악될 수도 있으니까요. 사용하는 이메일이리라 기대하며 보냅니다. 꼭 한번 연락을 주세요, 언제라도 상관없고 24시간 대기로 선생님 연락을…… 기오성이 대학을 졸업하고 정치권에서 활동했다는 사실은 나도 알고 있다. 2007년부터 '잡어탕평'이라는 팟캐스트를 운영했고, 대통령선거 기간 내내 꽤 주목받았다는 사실도. 우리가 마지막으로 만난 장소가 바로 그 녹음 스튜디오였다.

하지만 나는 이메일을 삭제한 다음 휴지통을 비웠고 포털의 지도를 움직여가며 이사 갈 집을 다시 찾았다. 옮겨 갈 도시는 많았다. 일산이나 김포, 부천, 아니면 의정부 쪽으로도 갈 수 있었다. 새로 구한 기간제교사 자리는 서울이었지만 어차피 서울 시내까지 한시간 가까이 걸리는 곳에서 지냈던 터라 어디든 상관없었다.

*

그해 여름 기오성과 나는 한 노교수의 종택(宗宅)에서 처음 만났다. 정년퇴임을 하고 명예교수로 있던 그가 그간 자기 문중의 숙원사업이었던 족보를 정리하기 위해 방학 동안 우리를 고용한 것이었다. 나는 한자 2급 자격증을 가지고 있어서 과에서 추천받았고 기오성은 교수와 친분이 있었다. 경기도 광주에 있던 그 집은 향토유적으로 지정될 만큼 유서 깊은 고택이었다. 대문으로 들어가면 세 칸짜리 사랑채가 있고 그 뒤에 대청을 중심으로 ㄱ자 모양을 한 안채가 있었다. 고택에서 건축학적으로 가장 가치가 있는 건물은 사랑채라고 했다. 수제 기와를 층층이 올려 위엄을 뽐냈고 마당 쪽으로 뻗어나온 방에는 한옥에서는 보기 드문 격자무늬 유리창들이 달려 있었다. 일제 강점기의 흔적이었다.

처음 고택에 도착했을 때 가장 먼저 눈에 들어온 것도 그 화려한 사랑채였다. 그곳 툇마루에서 한 여자애가 마루 아래를 골똘히 내려다보고 있었다. 교수의 큰손녀인 강선이었다. 이어서 기오성이 도착했고 우리는 안채에 짐을 푼 뒤 저녁을 먹었다. 나는 강선과 방을 같이 써야 했는데, 강선은 유학을 준비 중이라 주로 서재가 있는 사랑채에 머문다고, 그냥 혼자 쓴다 생각하면 된다고 교수는 말했다.

둘이 써도 상관없어요.

나는 교수에게 까다롭거나 소극적인 사람이 아니라는 인상을 주고 싶어서 일부러 그렇게 말했다. 지금 집에도 사촌이 올라와 같이 지내고 있다고. 교수는 대화를 이어가고 싶었는지 사촌이 왜 올라오게 되었느냐 물었고, 나는 한 전자회사에 취직해 기숙사로 들어가기 전 함께 살고 있다고 설명했다. 그리고 사촌이 대학에는 진학하지 못했고 첫 월급을 받으면 학점은행제를 운영하는 사설 교육기관에 다닐 계획이라고 말을 이었는데, 교수가 그래도 정식 대학이 낫지 않나? 하는 바람에 대화는 끊겼다. 할아버지, 누가 그걸 몰라? 그때 오리불고기를 뒤적이던 강선이 좀 짜증 난다는 듯이 한마디 했다. 상황이 안 되니까 그러는 거잖아요, 좀. 빵이 없으면 고기를 먹으라는 것도 아니고 뭐야.

그날 자려고 눈을 감았는데 도시와 달리 주변의 기척이 고스란히 들려왔다. 어딘가에는 분명 대나무가 있는 듯했다. 산바람에 흔들리면서 딱. 딱. 하고 서로 부딪치는 소리가, 연속된다기보다는 하나하나 마침표를 찍듯 들려왔다. 아마도 기대가 없어서이지 않았을까. 대나무의 단단한 몸체가 서로 부딪쳐 둔탁한 소리가 들려오리라는 것에 당연히 나는 아무 기대가 없었다. 들려도 그만, 들리지 않아도 그만이었다. 그건 내일부터 내가 하게 될, 경기도 광주를 본으로 한다는, 신라 6부촌장의 후손이라는 이 집안의 족보 작업과 마찬가지였다. 그건 노동이지 노동,이라고 나는 생각했다. 식당을 하는 엄마가 미리 해놓는 밀가루 반죽 같은, 희고 물렁물렁하고 둔중한 덩어리에 불과한. 그렇게 생각하자 아까 밥상에서 내가 사촌 이야기를 너무 길게, 자세히 한 것이 끔찍하게 후회되었다. 가장 신경 쓰였던 건 교수나 기오성이 아니라 강선이었다. 그 애는 붉은색 머리띠로 앞머리를 완전히 넘기고, 습관인지 새끼손가락을 약간 들어올려 젓가락을 허술하게 잡은 채 반찬을 뒤적거리고 있었다. 그런 강선이 무람없이 조부를 탓하고 리모컨을 눌러 텔레비전 채널을 바꾸던 모습이 도드라지며 선명하게 떠올랐다.

다음 날부터 기오성과 내 앞에는 그 집안의 오래된 세보(世譜)들이 놓였다. 문중의 공식 세보는 18세기부터 여러차례 정리되었는데 가장 최근은 1973년이었다. 우리가 할 일은 한문으로 쓰인 그 책을 그대로 컴퓨터로 옮기고 이후 30여년 동안 대대손손 늘어난 후손들의 이름을 추가하는 것이었다. 사랑채 끝방에 작업을 위한 긴 책상이 놓여 있었다. 기오성과 나는 처음 며칠 동안은 별말 없이 각자 할 일을 했다. 일단 세보의 내용을 노트에 정리했다가 오류가 없으면 그날그날 타이핑했다. 기오성은 뭔가 대화의 물꼬를 틔워보려고 몇몇 과 선배들에 대한 얘기를 꺼냈지만 내가 내 학번부터 학부제로 바뀌어서 잘 모르겠다고 하자 아— 하며 고개를 끄덕였다. 그렇다면 정말 모르겠네요.

식사시간이 되면 교수의 사모가 안채로 우리를 불렀다. 사모는 개성 출신이라서 그쪽 요리도 해주었는데 항상 꿩을 아쉬워했다. 만두의 일종인 편수를 빚거나 칼국수를 끓이거나 언제나 우리가 맛있게 먹는 양을 보고 있다가 꿩이 있어야 하는데, 혼잣말을 했다. 없는 꿩을 왜 자꾸 얘기하느냐고 교수가 타박하면, 없으니까 말하죠, 있으면 말을 않지,라고 대꾸했다. 그런 식사 자리에서는 어쩔 수 없이 개인적인 얘기들이 오갔다. 교수에게 최근 허리 통증이 생겼다거나 강선의 아버지가 목사라든가 하는 언급들이었다. 나는 이 세세연년의 족보 정리와 목사는 어울리지 않는다고 생각했지만 강선이 무슨 말 끝에 그러니까 둘이 만날 사이가 안 좋지, 하고 이죽거리는 바람에 모든 상황이 그대로 이해가 갔다.

교수는 우리를 은경양, 오성군이라 불렀고 식사의 마지막을 늘 기오성에 대한 당부로 맺었다. 언제는 꽤 거구인 자신에 비해 약해 보이는 기오성의 체력이기도 했고 밤늦게까지 자지 않는 생활습관이기도 했지만 대개는 기오성이 시민단체에서 활동하는 상황이 초점이 되었다. 당동벌이(黨同伐異)하는 사람들에게 휩쓸리면 안 된다고 교수는 여러번 당부했다. 그러면 기오성은 적 없이 운동이 되나요, 하고 슬쩍 웃으며 넘겼고 교수는 순진한 소리는 말게, 하고 경고하듯 손가락을 세웠다. 나중에 기오성은 누가 순진한 소리를 하는 건지 모르겠다며 짧게 불평했다.

족보는 옛날 체제 그대로 인쇄되어야 했기 때문에 최종적으로는 매킨토시로 편집 작업을 해야 했다. 우리는 번갈아가며 읍내 인쇄소에 나가 타이핑한 내용을 매킨토시 파일로 만들었다. 명함이나 광고물을 찍는 영세한 인쇄소라 편집을 대신 해줄 사람이 없었다. 그곳 사장도 같은 문중이라 어쩔 수 없이 노력 봉사하는 상황이었으니까. 사랑채에 내내 같이 있다가 그렇게 기오성이 빠져나가면 나는 그제야 숨통이 트이는 기분이었다. 다리를 죽 뻗어서 맞은편 의자에 올려놓기도 하고 뭔가 생각다운 생각을 했다. 이를테면 교수에게서 세달치 아르바이트비를 받으면 사게 될 중고차 같은 것.

어느날은 처음 이 집에 들어섰을 때 강선이 무언가를 내려다보던 것이 생각나서 툇마루로 나갔다. 거기에는 강선이 벗어놓은 스타킹이 돌돌 말려 있고 누군가에게 보내려는지, 아니면 그냥 낙서 삼아 끄적거렸는지 이런 메모가 남아 있었다. 나는 너를 미워할 거야, 거룩한 사명처럼 미워할 거야, 미워할 수 있을 때까지 미워하다가 나도 죽을 거야, 아주 뜨겁게 뜨겁게 죽을 거야. 나는 종이를 무심코 읽고 있다가 강선이 툇마루로 들어서는 바람에 놀랐다.

언니, 봤어요?

며칠 동안 직접 대화해본 적이 없는데도 강선은 스스럼없이 언니,라고 불렀다.

미안해요, 자세히는 안 봤어.

내가 당황해하는 사이 강선이 어떡해, 하면서 그 자리에 주저앉았다. 무릎까지 오는 원피스를 입었는데도 그냥 다리를 아무렇게나 퍼지르고 앉아 이거 내 비밀이야, 어떻게. 하고 나를 놀리는 건지 정말 탓하는 건지 모르게 우는소리를 했다. 사과를 더 해야 하나, 한다면 무슨 말로 하나 고민하는데 강선은 금세 또 얼굴이 말개져 괜찮겠죠, 언니는 좋은 사람이니까, 라고 정리했다.

　나 좋은 사람 아닌데요.

　나는 내가 이 말을 왜 하나 싶으면서도 중얼거렸다. 그러면서 며칠 동안 강선의 행동을 지켜보며 느꼈던 거북함의 정체를 찾았다고 생각했다. 그건 마치 어린애처럼 함부로 말하고 조심성 없이 행동한다는 점이었다. 대청 어딘가에 대자로 누워 우리가 지나가는데도 비킬 생각이 없다든가, 화가 나면 조부모에게 소리를 지르며 대든다든가, 식탁에 비스듬히 몸을 기대고 우리가 먹는 양을 구경하다가 기오성이 강선씨는 왜 식사 안 해요, 하면 할머니 요리가 지겨워서요, 하는 모든 행동이 내게는 일종의 과시처럼 느껴졌다. 누구를 만나든 본관부터 따지고 지연과 학연을 전방위로 확인하는 노교수보다, 문중 일을 의논하러 올 때마다 세보를 여학생이 정리한다는 사실을 못내 마땅찮아하는 집성촌 노인들보다 더 강한 위력자처럼 느껴졌다.

　좋은 사람, 맞아요.

강선은 내 마음에 일렁이는 거북함을 아는지 모르는지 천진하게 말했다. 어떻게 아느냐고 내가 묻자 강선은 뭔가 토라진 사람처럼 어깨를 한편으로 돌리더니 얼굴에 쓰여 있어,라고 답했다.

그날밤 잠이 오지 않아 뒤척이다가 나는 기오성을 어디서 봤는지 생각해냈다. 지난 학기의 고전문학 시간이었다. 새로 부임한 젊은 여자 교수가 하는 강의였다. 그날 우리는 박지원의 짧은 산문을 읽었다. 서화담이 출타했다가 집을 잃어버리고 길가에서 우는 사람을 만났다. 저는 다섯살 때 시력을 잃고 지금 이십여년이나 되었습니다. 그런데 오늘 아침 밖으로 나오니 홀연히 천지만물이 맑고 밝게 보여 기뻤지만 길이 여러 갈래요, 대문들이 어슷비슷 같아 보여 집으로 갈 수가 없어 웁니다. 그러자 선생께서 말씀하셨다. 그러면 도로 눈을 감고 가거라. 너의 집에 갈 수가 있을 것이다.
학생 중 하나는 이 글이 마음에 들지 않는다고 말한다. 개명이란 새로운 것에 눈을 뜨고 전기를 맞았다는 이야기인데 도로 눈을 감으라는 것은 본래의 비참으로 돌아가라는 말처럼 들린다. 그렇게 말하는 사람이 바로 나다. 선생은 이 글이 비유하는 상황을 그렇게 단순하게 해석해서는 안 된다고 말한다. 나는 믿지 않는다. 뒤이어 지목된 사람은 기오성이었고 그는 본래 지녔던 마음의 눈으로 돌아가 진리를 찾으라는 뜻 같다고 말한다. 미혹에 휘둘려 판단하지 않고 스스로의 마음으로 보는 세상. 선생은 그렇지,라고 동의한다. 그 반응에 자신을 얻은 그는 그렇게 해서 '나임'과 '너임', 궁극으로는 '우리임'을 찾아야 한다고 말한다. 나는 그 전개와 확장이 나쁘지 않은데 교수는 "응, 우리임은 빼고"라고 자른다.

"그런 건 없으니까."

기오성이 무슨 말인가 더 할 듯 하다가 말아 대화는 거기서 종료되었다.

한주를 보내고 금요일이 되면 기오성과 나는 집에 가기 위해 고택을 빠져나왔다. 조용한 시골마을에 있다가 그렇게 도시로 오면 긴장이 풀리면서 명랑해졌다. 그리고 비로소 교수 가문의 항렬이니 자손의 수니 하는 것과는 무관한 우리 이야기를 했다. 경차가 아니라 못 돼도 소형차를 사야 한다고 충고한 사람도 그였다.

그렇게 해서 각자 시외버스를 타기 전 모란시장을 걸었던 풍경이 그 여름 우리를 온전히 보여준다고 생각한다. 거기에는 따지고 보면 이미 다 죽어버린 사람들의 이름을 옮겨 쓰고 확인해야 하는 반복된 노동도 없고, 교수의 가족들과 우리 사이에 음식 냄새처럼 은은하게 번지던 위화감도 없었다. 거기에는 살아 있는 개를 팔거나 슬프게는 죽은 개들을 파는 매매의 현장성, 작열하는 여름볕에 붉게 익은 상인들과, 덜덜거리며 돌아가는 대형 선풍기 바람에 흔들리는 파리끈끈이나 비닐봉지 같은 것들이 있을 뿐이었다. 그리고 기오성과 내가. 우리는 헤어지기 전에 같이 뭔가를 사러 가기도 하고 노포에서 칼만두 같은 분식을 먹기도 했다. 그러다가 우리는 더 맛이 나려면 꿩이 있어야 하는데, 하는 농담을 주고받았다.

꿩으로도 안 돼요.

나는 숟가락으로 만두를 터뜨리면서 답했다.

안 되나?

안 되지, 꿩이 아니라 꿩 할애비가 와도 이런 맛은 구제가 안 돼.

꿩 할애비는 또 뭐예요?

기오성이 크게 웃었고, 그제야 나는 기오성이 웃을 때면 양 뺨에 굵은 주름이 진다는 걸 알았다.

꿩 할애비가 뭐긴요, 기껏해야 꿩이지.

그리고 우리는 다시 거리로 나와 와글와글한 인파와 소음 속에 합류했다. 삶의 뭉근한 긴장 속으로. 그것은 확실히 발생이라는 말이 어울리는 날들이었다.

그런 낮의 풍경이 스며들다 밤이 되면 기오성과 나는 대청마루를 사이에 두고 문자를 주고받기도 했다. 제법 큰 물푸레나무 머릿장이 있고, 이 집안 누군가가 쓴 사혜련의 「설부(雪賦)」 족자가 걸린 그곳이 우리의 간격이었다. 안채에서 같이 생활했다면 교수 부부의 인기척이 당연히 들렸을 텐데도 기억에서 그 밤들은 아주 적막하고 고요하다. 대화는 지금 떠 있는 달의 모양이나, 2학기 수강신청에 관한 정보 혹은 영화나 음악에 관한 언급이었다. 그리고 서로가 서로에게 느끼는 인상이나 기미 같은 것. 너는 얼굴에 그늘이 하나도 없구나, 하는 것도 그에게서 처음으로 들어본 말이었다. 나처럼 가난한 애가 그럴리가,라고 답하면 그 가난 안 되겠네, 죽여야겠네, 하고 그가 말하는. 가난이 사람도 아닌데 어떻게 죽여요? 웃긴다, 하면 가난이 사람을 죽이니까 그 반대도 당연히 가능하지, 했던.

대화해보니 기오성은 교수가 걱정하듯 그렇게 대책 없는 이상주의자는 아니었다. 그는 최종적으로 정치인이 되고 싶어했고 거기에는 한 정당의 의원 보좌관으로 활동하는 형이 영향을 준 듯했다. 금요일이 세번 지났을 즈음 그는 이라크에 갈 계획을 하고 있다고 얘기했다. 이미 단체 사람들이 전쟁 전후로 그곳에서 활동하고 있다고. 그 얘기를 들으며 나는 내가 사게 될 중고차와, 그가 간다는 바그다드를 번갈아 떠올렸다. 노교수에게서 받을 돈으로 우리가 이루게 될 미래의 어느날들에 대해. 아무리 생각해도 그 둘은 공통점이 없게 느껴졌고 결국 시간이 지나도 함께 묶일 수 없을 듯했다. 하지만 그뒤에도 우리가 모란시장을 걷는 시간은 조금씩 길어졌고 나는 푸성귀며 고기며 생선과 화초가 뒤섞인 시장 어딘가에서 자주 웃었고 사랑이 발생했다고 생각했다.

*

이메일을 받은 다음 날 김포에서 집을 알아보기로 하고 공항고속도로를 탔다. 그리고 썰물로 물이 다 빠진 바다 위를 달리다 충동적으로 북인천나들목을 지나 광주로 향했다. 나쁜 기분에서 그랬던 것은 아니다. 광주의 고택을 한번 보고 싶었고, 더 정확히는 볼 수 있을 것 같았다. 갓길에 잠시 서서 '광주' '종택' '대나무숲' '경안천'을 인터넷으로 검색했다. 그곳으로 짐작되는 사진 몇장과 주소를 얻었다.

두시간 가까이 달리자 낯익은 도로표지판들이 눈에 들

우리는 페퍼로니에서 왔어 149

어왔다. 그렇게 아는 풍경을 발견할 때마다 나도 모르게 짧게 감탄했는데 무엇에 대한 반응인지는 알 수 없었다. 시간이 지나 어떤 마음들은 닳아버렸는지도 몰랐다. 그 때 강선이 메모에 휘갈기듯 적었던 말들같이 사명처럼 들끓다가 사라지고 말았는지도. 그래도 여름의 기억을 가장 정확히 되살린 것은 북한강 지류의 하천이었다. 나는 차를 세우고 하천을 건너보다가 내렸다. 오래 운전해서인지 발목이 시큰거렸고, 예상치 못한 그 통증이 내가 그곳을 다시 걷는다는 실감을 주었다.

8월이 되자 우리 세 사람은 여기로 자주 나와 더위를 식혔다. 고택에는 에어컨이 아예 없었다. 팔당호로 이어지는 천은 너무 느리게 흘러서 어떨 때는 멈춘 듯 보였는데, 댐 때문이었다. 노인들이 대부분인 그 마을에서 천변을 향해 걷는 우리는 꽤 돌출적인 존재들이었다. 걸음이 빨랐고 소리가 높았고 표정이 다채로웠고 완전히 제어되지 않는 에너지가 있었다. 무슨 말이 오가든 반응이 컸고 나보다 좀더 거침없던 강선은 자주 논두렁이나 둑길에 멈춰 선 채 미쳤어! 하고 자지러지곤 했다. 와 우리 정말 미쳤다!

어느 저녁, 우리는 맥주를 가지고 천변으로 나갔다. 읍내에 나간 기오성이 포장해 온 피자를 들고. 교수는 마을 노인들이 안 좋게 본다며 담배는 물론이고 술도 못하게 했다. 순식간에 맥주와 피자를 먹어치운 우리는 느긋하게 앉아서 큰고니들이 내려앉은 하천을 바라보았다.

"여름에 왜 고니가 있지?"

"그러게요, 겨울 철새 아닌가."

기오성의 말에 내가 동의하는 동안 강선은 말이 없었다.

"그래, 넌 어디서 왔니?"

기오성이 그렇게 말하며 물수제비를 떴고 조약돌은 얼마 가지 않아 잠겨버렸다.

"페퍼로니에서 왔어."

강선이 피자 박스를 구겨 접으며 말했다. 그러자 우리는 웃었는데, 강선이 웃을 일이 아니라 자기는 한국에 돌아와 애들이 자꾸 그렇게 물어서 그런 대답을 했다고 말했다. 페퍼로니피자는 강선이 제일 좋아하는 음식이었다. 해가 지면서 새들은 점점 더 흐릿해졌다. 그들의 두발 아래로 물이 조금씩이라도 흐르지 않았다면, 그렇게 해서 시간의 전진을 알게 하지 않았다면, 우리는 꿈을 꾸고 있다고 여겼을지도 몰랐다. 다시 별로 중요하지 않은 화제로 몇마디 나누고 각자 생각에 잠겼는데, 강선이 나란히 앉은 나와 기오성 편으로 고개를 돌리더니 마치 혼잣말처럼 눈빛 좀 봐,라고 중얼거렸다. 언니를 보는 기오빠 눈빛에 사랑이 가득해.

이상한 것은 그 말을 한 뒤 강선의 표정이었다. 강선은 약간 이마를 찡그린 것 말고는 아무런 감정의 표현 없이 메마른 얼굴이었다. 마치 저기 밭에서 누가 쓰레기를 태우나봐,라든가 이 우산은 버려진 건가? 할 때처럼. 그러니까 누군가의 연애 감정을 눈치챈 사람이라면 으레 내비치게 되는 멋쩍음이나 장난기 없이, 아주 잠깐의 자기인식이 표현된 이후에는 문이 닫히듯 냉랭하게 무심해지는. 그날 고택으로 돌아가 잠에 드는데 문 앞의 발을 밀며 밤바람이 불었고 대나무 소리가 들렸다. 사.랑.이.가.득.해.가.득.해.사.랑.이.가.득.해. 그렇게 강선이 텅 빈 얼굴로 말한 건 전혀 기대하지 않은 일이 일어났기 때문일지도 모른다고 그때의 나는 생각했다. 어쩌면 그 가엾은 아이가 천변에서 소외감을 느꼈을지 모른다고. 강선은 어린 시절을 미국에서 보내고 중학생 때 한국으로 돌아왔지만 끝내 학교에 적응하지 못했다고 했다. 어느날 사모가 흘린 말이었다. 지금 2년째 유학을 준비하는 것도 대학이 아니라 고등학교라고.

그날 이후 강선에게 더 잘해주고 싶었지만 기회가 없었다. 강선이 SSAT 모의시험을 본다며 서울로 갔고 그애가 돌아왔을 때는 사촌에게 일이 생겨 내가 집에 가 있어야 했다. 엄지손가락이 위험하게 갈리는 사고를 당한 것이었다. 네시간 넘는 접합수술을 받는 동안 이모가 자꾸 울면서 남들 다 가는 대학을 보내지 못해 이런 일이 생겼다고 한탄했다. 그러면 엄마가 따라서 울고 대기실은 어둑하게 불행해졌는데 정작 수술실에서 나온 사촌은 씩씩했다. 영화 고마 찍어라, 하는 말로 슬픔에 잠긴 이모를 위로했다. 그러다 어른들이 다 가고 나면 그제야 두렵고 걱정되는 얼굴로 산재처리 똑바로 해주겠지, 수습이라고 안 해주는 거 아니겠지? 하고 내게 물었다. 요즘 같은 세상에 그럴 리가 있겠느냐고, 정말 그러면 조져야지, 하고 내가 말하자 사촌은 "맞아, 월드컵 4강도 가는 나라가 그럴 리가 없지" 하고 농담하며 희미하게 웃었다.

회사에서 과장이 나와 산재처리는 물론 입원기간도 수습기간으로 인정된다고 안심시키자 병실 분위기는 나아졌다. 사촌은 깁스를 해서 뚱뚱해진 엄지손가락을 치켜올리며 내가 큰 따봉 날릴게, 알바 잘하고 온나, 하고 고택으로 가는 나를 배웅했다. 예상치 못한 눈물이 터진 건 시외버스 안에서였다. 병원을 나올 때만 해도 다행이고 잘되었다 여기며 버스에 올랐는데 어깨가 후드득 떨리도록 외롭고 슬퍼졌다. 나는 어쩌면 6인실에 혼자 남은 사촌도 나처럼 울고 있을지 모른다고 생각했다.

며칠 만에 만난 강선은 나를 보자마자 공판장에 가서 아이스크림을 사 먹자고 했다. 내가 선배도 같이 갈까, 했더니 강선은 오빠는 없어도 돼,라고 답했다. 더구나 지금은 교수와 함께 지역 유지를 만나러 가서 없다고. 내가 거기는 왜 갔느냐고 묻자 "족보 팔러 갔겠지"하고 냉소했다. 아이스크림을 먹는 사이 강선은 내가 없는 동안 기오성과 천변에서 캠핑을 했다고 전했다. 저녁까지 텐트를 쳤나보구나 했더니 집에 들어왔다가 여전히 더워 자기가 다시 천변으로 갔고 어쩌다보니 밤이 새어 새벽이 되어 있었다고.

"뭐 할 게 있었어?"

"응, 아주아주 딥한 얘기들을 했어요."

그러자 내 안의 무언가가 기우뚱하는 것을 느꼈다.

"마을 사람 누가 보면 교수님한테 걱정 들으려고."

"언니, 그 밤에 누가 있어요? 우리는 밤새 우리에 대해서만 이야기했어."

평소에 좋아하는 바닐라콘이었지만 나는 그것이 녹아서 손등으로 물이 뚝뚝 떨어져내릴 때까지 몇입 먹지 못했다. 강선은 그새 화제를 바꾸어 이번 서울행에서 유학 컨설턴트에게 들었다는 말을 전했다. 폴라포의 얼음 알갱

이를 오독오독 씹어 먹으면서 그런 인간들이란 사실상 현지의 지라시 수준의 정보를 가공해서 전달하는 장사치에 지나지 않는데 그의 말에 휘둘리는 부모들이 한심해서 자기는 입을 딱 닫아버렸다고.

"입을 닫았어?"

무슨 말이라도 해야 할 것 같아서 나는 그렇게 말을 따라 했다.

"그랬죠."

"그랬구나."

"언니, 우리 엄마 점도 봐요. 내 사주 가져가면 점쟁이가 얘는 어떤어떤 애라면서 공부를 이쪽으로 시키라고, 방 배치는 이렇게 하라고 안내를 한대."

"그런 게 있어?"

"있어, 나는 아주 그런 게 지겨워."

연신 지겹다고 하면서 강선은 다 먹은 폴라포 포장을 자근자근 씹었다. 먹을 것도 아니고 당연히 뱉어낼 거면서 종이에 침을 발라 불린 다음 조금씩 뜯어내는 일에 열중했다.

"언니, 나는 우리 부모랑 할아버지랑 달라요. 내 미국 친구들 보면 다 브루클린 이민자들이고 다들 굿 퍼슨이라고. 선택은 그런 자들이 받는 거야, 성경에 나오는 복자들이란 바로 그런 사람들이지."

　그날 이후로는 피크닉에 갈 수 없는 시간들이었다. 작업 분량이 밀렸다는 핑계를 댔지만 일부러 피한 것이었다. 내가 없다고 피크닉이 중단되는 일은 없었다. 강선은 여전히 여름날의 더위를 견딜 수 없어했다. 챙이 넓은 모자를 쓰고 수건을 목덜미에 두른 채 강선이 천변으로 나가면 대개는 기오성이 동행했다. 안 되면 자기가 해줄 테니 나가자고, 좀 걷기라도 하라고 기오성이 마당에 서서 불렀지만 나는 괜찮다고 했다. 하나도 덥지가 않아요.

　세보 작업은 생각이나 감정이랄 게 필요 없는 기계적인 일이었지만 그래도 그 미세한 혈관처럼 퍼져나가는 목록을 옮기고 있자면 나 자신도 어딘가 변해가는 기분이 들었다. 마지막까지 가장 신경 썼던 작업은 집안의 기릴 만한 몇몇 인사들에게 붙인 『행장(行狀)』이었다. 국문해석본을 붙여야 했기 때문이었다. 물론 학부생인 내게 해석을 맡긴 것은 아니고 노교수를 비롯한 문중 사람들이 번역한 원고를 원본과 대조하면서 교정해야 했다. 시력이 좋지 않아 잘 읽지 못하는지 아니면 부주의해서인지 인명이 틀리거나 표현이 맞지 않는 실수를 해놓곤 했다. 어쩌면 의도였을지도 모르는데 은근히 과장해놓는 경향이 있었기 때문이다. 나는 더위에 노곤하게 지쳐가다가 그 문장들을 손볼 때만은 비스듬히 기운 몸을 일으켜 집중을 해보곤 했다. 물론 그것은 단 며칠 만에 유수한 경전들을 깨우치고 백가(百家)를 넘나들며 지조가 결연하고 미목이 깨끗하고 풍의가 훤칠한, 거기서 거기인 상찬들이었지만 그래도 그 천편일률의 문장들 속에서 아 슬프다, 오호애재(嗚呼哀哉) 같은 한문을 옮길 때면 이 슬픔에 대해 고백하기 위해 그 오랜 복기가 필요했구나 싶었다.

강선은 태도의 변화가 없었다. 자기 말이 내게 주었을 영향은 의식하지 못하는 천진한 아이처럼, 오히려 나와의 관계에 더 애착을 보이며 어느 밤에는 내 방으로 와서 자고 갔다. "이제 언니랑은 헤어질 때가 멀지 않았으니까, 일주일도 남지 않았으니까." 새벽에 문득 깨서 강선을 바라보면 걔는 아주 무방비로 잠이 들어 마치 죽은 사람 같았다. 나는 저 몸에 무엇이 찾아들면 강선이 되나, 하고 생각했다. 창호를 바른 문으로 어느 순간 들어선 빛에 아침이 시작되듯, 찬 공기에 콧속이 열리고 창공이 높아지면 불현듯 여름이 종료되듯 사람에게도 그가 사람이게 하는 시작점이 있을까.

며칠이 지난 밤, 기오성이 문자메시지로, 잠깐 산책을 할 수 있을까? 하고 물었다. 내가 얇은 점퍼를 꿰입고 나가자 기오성이 "잠 안 오는데 우리 큰길까지만 걷자"하고 쾌활하게 말했다. 그는 크고 투박한 손전등을 챙겼고 툇돌에서 내려오면서는 발을 잠깐 헛디뎠다. 그때 그 얘기를 기오성에게 할 수 있었던 건 내가 가진 마지막 용기였을 것이다. 그것이, 여기 와서 선배, 족보 작업만 한 건 아닌가봐요? 하는 비아냥거림이었을지라도. 아니, 어쩌면 순진함이었을까. 그렇게 입을 여는 순간 우리가 쌓아올린 모란시장에서의 시간이 돌이킬 수 없이 훼손되리라는 것을 예상하지 못하는. 기오성은 걷는 내내 말이 없다가 대문까지 다 와서야 그러니까 너는 내가 그런 사람이라고 생각했다는 거지? 물었다. 내가 그렇다고 하자 그는 고개를 끄덕였고 그래서 며칠 동안…… 하고는 상황이 이해 간다는 듯 다시 고개를 끄덕였다. 나는 기오성이 내 말을 부인하거나 설명하려 들지 않아서 입안이 바짝 말랐다. 그렇다면 나는 정말 이런 이해의 밖으로는 나올 수가 없으니까.

"은경아, 너는 바라는 게 있어서 그러겠지만 내가 지금 아무 말도 안 나온다. 나는 지금 내일부터 당장 강선이 얼굴을 어떻게 봐야 할지도 모르겠고."

그는 고개를 숙이고 몇번이나 자기 신발로 나무둥치를 차더니 나 산책 좀 하고 들어갈게, 하고 왔던 길을 되짚어 어둠으로 사라졌다.

마지막날, 사모는 점심으로 냉면을 해주었다. 이번에는 정말 꿩으로 육수를 냈다고 강조했는데, 내가 어떻게 구하셨어요? 묻자 시장에서 샀지요, 하고 답했다. 교수는 우리의 노고를 여러번 치하했고 역사에 남을 만한 중요한 역할을 한 것이라고 했다. 그러니 장래가 창창하게 복을 받을 거라고. 기오성이 짐 정리를 다 못했다며 다음 버스를 같이 타자고 했지만 혼자 광주를 빠져나왔다. 그는 내 얼굴을 보지 않고 잘 가,라고 했고 나도 비스듬히 시선을 비켜 이라크 잘 다녀와요,라고 했다. 그리고 언니와 헤어져서 어쩌느냐고, 울 듯이 말하는 강선을 아주 거짓이지는 않게 완력에 가깝게 꽉 끌어안았다.

*

　그가 운영했던 '잡어탕평'이라는 팟캐스트를 들어보면 이런 일화가 나온다. 그가 이라크에 갔을 때는 추가 파병이 논의되는 가운데 한국인 피살사건이 일어난 직후였다. 한국군은 오지 마라, 나는 살고 싶다. 희생자가 남긴 말이 한국에서 도하로, 도하에서 요르단으로, 거기서 고속도로를 통해 바그다드로 들어가는 내내 기오성을 누르고 있었다. 그는 스물일곱의 청년이었고 배낭에는 아이들과 그릴

물감과 스케치북이 있었지만 그걸 풀어볼 기회도 없었다. 어렵게 도착해보니 이미 캠프는 다시 요르단으로 나갈 준비를 하고 있었다. 한국군 파병이 결정되자 다국적으로 구성돼 있던 구호단체에서 빠져달라는 요구를 받았다. 미리 조심하자는 취지였지만 달라진 이라크인들의 분위기와도 관련이 있었다.

점령군. 단체 사람들이 자주 가던 식당의 이라키는 파병 결정을 듣고 그렇게 말했다. 너희가 점령군으로 온다면 우리는 너희를 쏠지도 몰라. 그렇게 겨우 이틀 머문 바그다드의 2004년 7월을 기오성은 길게 복기하지 않고 한 꼬마 도둑에 대해서만 이야기한다. 테이블 위에 놓았던 담배를 한 꼬마가 훔쳐 쥐고 달아난 것이었다. 기오성은 꼬마를 따라갔는데, 그건 담배가 아깝거나 화가 나서가 아니라 그렇게 도둑질로라도 이라크에서의 자신을 일별해준 누군가를 애타게 쫓아가본 것에 불과했다. 그런 열의 없는 기오성의 추적을 눈치챘는지 꼬마가 담장 너머로 홀짝 넘어간 뒤 더는 달아나지 않고 대치하면서, 기오성에게 어디서 왔느냐고 물었다. 한국이라고 말할 수 없는 여러 압력들이 생각난 그는 당황했고, 꼬마가 재차 묻고 나서야 페퍼로니에서 왔어,라고 답을 했다고 했다. 페퍼로니가 뭐였는데요? 함께 출연한 게스트가 묻자 그는 글

160

쎄요, 하더니 잠시 말을 끊었다. 그러고는 결국 아무 데서도 오지 않았다는 뜻이 아니었을까요,라고 했다.

그때 나는 교육대학원을 졸업하고 노량진에서 임용고사를 준비하고 있었다. 이미 두번 고배를 마셨고 시험을 볼 수 있는 기회는 이제 마지막이 아닐까 생각하고 있었다. 학원 아르바이트를 병행하느라 재수에만 집중할 수가 없었고 하는 수 없이 엄마에게 올해만 공부에 전념하겠다고 양해를 구한 상태였다.

엄마는 내가 임용고사에 매달리는 것을 이해하면서도 안되면 임시로라도 일하다가 결혼하면 되는 것 아닌가 생각했다. 그때마다 나는 결혼할 계획이 없다고 선을 그었는데, 그러면 엄마는 혹시 자기가 알지 못하는 깊은 상처가 있나 걱정하는 듯했다. 엄마가 그렇게 걱정하면 나 역시 내게 상처가 있나 돌아봤고 기오성이 떠올랐다. 그게 뭐라고, 연애랄 것도 없는 일인데 싶으면서도 뭔가 그렇게 넘길 수만은 없는 대목이 있었다. 팟캐스트를 통해 페퍼로니에서 왔어,라는 말을 들은 밤, 나는 여름 이후 몇번인가 걸려왔던 기오성의 전화를 받지 않은 일에 대해 생각하다가 충동적으로 문자메시지를 보냈다. 이틀 후 그가 전화를 걸어왔다. 대체로 내 근황을 물었고 아직 임고생으로 지내고 있다고 하자 "은경아, 그런 얘기 우리 스튜디오에 나와서 해줄 수 있겠어?"하고 물었다. 내 얘기를?
나의 어떤 얘기를? 의아해하는 내게 그는 자기는 지금 특
정 정당을 지지하거나 누구를 밀려는 것이 아니라 정책
수립에 청년들 목소리가 반영되어야 한다는 입장이라고
했다.

"지금 우리가 힘들잖아, 백만 백수 시대잖아."

"그렇죠. 형편없어요."

"형편없지. 사실 나도 백수나 다름없다. 공무원시험 준
비생들도 엄밀히 말하면 거기 들어가고. 우리가 그때 족
보 작업한 알바도 계약서 한장 안 쓰고 한 거고."

"맞아, 알바비도 세달이나 지나서 입금됐잖아. 기억나
요?"

"나지. 차는 뭐로 샀어?"

"못 샀어요. 병원비로 쓸 일이 있어서."

"그런 일이 있었구나."

"말이 안 됐어요."

"안 되지, 안 돼. 그때는 그렇게 총체적으로 말이 안 되
는 일들이었어."

그는 학생 때나 그때나 언변이 좋았는데, 가장 큰 장점
은 허심탄회하게 말한다는 느낌을 준다는 것이었다. 그렇
게 해서 사람 마음을 열고 방어하지 않게 해서 자기와 비

슷한 동의를 끌어내는 방식이었다. 하지만 만날 약속을 하고 전화를 끊고 나자 나는 말이 안 되는 일이었다는 그 여름에 대한 그의 평가가 마음에 걸렸다. 말이 되지 않는다는 것은 무엇에 대한 부정일까. 그것은 발생한 감정에 관한 것일까, 그 임시적인 노동에 관한 것일까.

스튜디오는 홍대 근처에 있었다. 철문이 굳게 닫혀 있어서 나는 여기가 약속 장소가 맞나 싶어 여러번 근처를 돌았다. 전화를 받고 나온 기오성은 전보다 뭐랄까, 더 단단해진 얼굴이었다. 갈색 리넨 셔츠를 입고 비슷한 톤의 안경을 맞춰 쓰고 있었다.

안내를 받아 내려간 지하는 생각보다 컸고 여러개의 스튜디오로 나뉘어 있었다. 그는 그 방들을 지나면서 몇몇 유명한 팟캐스트들을 여기서 녹음한다고 알려주었지만 내 귀에 익은 건 하나뿐이었다. 내가 그 명칭을 아는 것도 임용고사 학원의 젊은 문학 강사가 가끔 언급했기 때문이었다. 마지막 스튜디오로 들어가자 한 여자가 앉아 있다가 활달하게 나를 맞았다. 기오성은 그를 본명인지 별명인지 모르겠지만 달이,라고 불렀다.

"제가 보내드린 질문지 받으셨죠?"

진작 보내겠다던 질문지는 그 전날 밤에야 도착했지만 나는 잘 받았다고, 답변을 이렇게 적어보았다고 가방에서 꺼냈는데, 여자는 그냥 편하게 하시면 됩니다, 하고 상냥하게 종이를 되돌려주었다. 그리고 기오성과 내가 몇년간의 공백을 불식할 몇마디 말조차 제대로 하지 않고 스튜디오로 들어갔을 때 나는 과연 이런 재회가 괜찮은가 생각했다. 세팅을 하는지 밖은 부산했지만 그 소리는 우리에게는 들리지 않았고 미리 쓰고 있던 헤드셋에서 쎄―하는 대기음만 들려왔다. 기오성은 메모한 종이들을 들춰보며 침묵을 지켰고, 나는 이 고립과 소음만은 그래도 어느 시절을 환기한다고 생각했는데, 그건 고택 주위의 모든 살아 있는 것들이 만들어내던 상시적인 소음들이었다. 준비되어 있지 않고 기대하지 않았던 시절에도 탄생하던 그 많은 발생들.

말주변이 없는 나는 소극적으로 방송에 임했다. 기오성이 물으면 단답으로 동의하는 식이었다. 30분도 채 걸리지 않은 녹음이 어떻게든 끝나자 살 것 같았다. 이제 기오성과 대화란 걸 할 수 있겠지, 생각했는데, 기오성이 내게 조금만 기다려달라고 했다. 2주차 방송 분량을 녹음하느라 게스트 한명이 더 있다는 것이었다.

"제가 시간이 그렇게 많지는 않아서요."

나는 휴대전화로 시간을 확인하며 상한 기분을 드러냈다.

"미안해, 나도 빼보려고 했는데 가능하지가 않았어. 얼른 할게."

그가 가버리려는 나를 잡듯이 한손을 내밀며 말해서, 하는 수 없이 녹음 부스 밖 의자에 앉았다. 아까부터 스튜디오를 들락거려 스태프인 줄 알았던 젊은 남자가 그날의 또다른 게스트였다. 영상 촬영이 없는데도 남자는 마치 면접생처럼 정장을 차려입고 있었다. 자기소개를 하라고 하자 남자는 "청년실업에 우는 88만원세대"라고 답했다. 그는 처음에는 담담하게 백번 넘게 이력서를 썼지만 실패를 거듭한 구직 경험을 얘기하다가 5년 전, 보수적인 아버지를 설득해가며 새롭고 젊은 대통령을 뽑을 때 했던 기대와 이후의 낙담에 대해 말하며 감정이 격해졌다. 울먹이기 시작했고 이윽고 눈물을 터뜨렸다. 인터뷰의 가장 중요한 내용은 말이 아니라 그 눈물인 것 같았다.

나중에 팟캐스트를 확인했을 때 나는 우는 상황이 편집되지 않고 그대로 올라와 있는 데 놀랐다. 내 말들은 쓸만한 것이 없었는지 임용고사 학원들이 현금결제를 유도한다는 얘기만 길게 남아 있었다. 나는 팟캐스트에서 남자의 울음, 억울함과 분노, 절망으로 깎여나가는 말들을 길게 들었다. 엄마가 "누군데 이렇게 우니?" 하며 방문을 잠깐 열어보았다가 "진짜인 줄 알았네" 하고 다시 닫을 때까지.

청년의 눈물을 당시 야당에서 홍보하고 나서면서 기오성의 팟캐스트는 화제의 중심에 섰다. 야당은 현정부 경제 실책의 피해자들 목소리라고 했고 여당 지지자들은 청년의 말에 과장과 거짓이 있다고 했다. 이윽고 검증의 바람이 불었다. 그의 가난과 그의 곤란, 불행과 좌절이 과연 그럴 만한가 검열하는 식이었다. 기오성은 출연할 경우 익명을 보장하겠다고 했지만 몇번의 검색만으로도 그가 누구이며 어느 대학을 졸업했는지, 성적은 어땠는지, 구직활동 경험이 과연 사실인지 하는 얘기들을 찾을 수 있었다. 나는 기오성이 이제 사과를 하고 청년을 위해 변명에 나서고 최후에는 더이상 팟캐스트를 진행하지 않겠구나 싶었지만 그런 일은 일어나지 않았다. 기오성은 팟캐스트를 계속 운영하다가 대선과 총선을 거친 뒤에는 청년의 눈물을 적극적으로 옹호했던 보수정당에 들어가 정치인의 길을 걸었다.

우리가 마지막으로 얼굴을 봤을 때 거기에는 달이,라고 하는 그 여자애가 함께 있었다. 나중에 식당에 와서야 나는 그애의 별칭이 달이, 다리도 아닌 달리,라는 것을 알았다. 미술가 달리에서 온 닉네임인 줄 알았는데 '달리

해볼 도리가 없다'라는 말에서 왔다고 했다. 고깃집에 앉아 있는 동안 달리는 기오성이 말할 때마다 주로 유행어로 답하곤 했다. "삼!겹!살 아니죠! 항!정!살! 맞습니다!" 하는 식이었다. 술이 들어가자 우리 사이에는 이제 어떻게 돼도 상관없다는 식의 느슨한 방기와 방심이 찾아왔는데, 그건 내게도 마찬가지였다. 은경이 너 이렇게 술을 잘했니? 하는 기오성의 물음을 선배가 나에 대해 뭘 안다고 그래? 하는 은근한 시비로 받았다.

"그래도 우리가 석달 숙식을 같이했잖아."

기오성이 약간 방어하듯 말했고 달리가 "숙식을요?" 하고 눈을 동그랗게 뜨며 물었다. 그리고 동거? 하면서 입 모양으로 물었는데 우리는 아무 답도 하지 않았다. 고기를 다 먹고 일어나자 차분해지면서 마치 마음이 없는 것처럼 느껴졌다. 앞으로 기오성에 대해서는 생각하지 않을 듯했고, 그 시절을 망가뜨린 것이 내가 아닐까 하는 죄책감과 혹시 경솔했을지 모른다는 자책에서도 벗어날 수 있을 것 같았다. 그래도 궁금한 점은 남았고 그건 강선에 관한 것이었다. 기오성은 자기도 세보 출간을 기념하는 행사에서 마지막으로 봤을 뿐이라고 했다. 우리가 그 일을 마치고 1년이나 지나서였는데, 강선은 여전히 고택에 머물고 있었다고.

"미국으로 가지 않았어요?"

"가지 않은 것 같았어."

"그랬구나."

내가 고개를 끄덕이자 기오성은 "어딘가 좀 불안한 애였어"라고 말했다. 나는 불안, 하고는 잡고 있던 담배를 손가락으로 쳐서 재를 떨궜는데 그런 기오성의 평가에 동의하고 싶은 마음은 들지 않았다. 하지만 페퍼로니에서 왔다는 강선의 말로 시작된 그 여름에서 오늘까지의 동선을 희미하게 그려보고 있었다.

"나는 그냥 강선이 누구를 기다리는 사람 같던데."

"누구를?"

기오성이 물었다.

"뭘 기다리는지는 모르지만 그냥 그렇게 혼자 자꾸자꾸 뭔가를 기다리고 싶어하는 사람."

방향이 같아서 달리와 나는 함께 택시를 타고 갔다. 가는 동안 자꾸 달리가 "선생님, 기선배랑 친한 분이라서 방송에 오시게 된 건가요? 출연료도 없는데 감사해요"라고 했다. 좋은 경험이었다고, 재미있었다고 하면 다시 "기선배가 누구 아는 사람을 데리고 온 건 처음이라서 그러는데 많이 가까우신가보죠, 사실 공사 구별이 확실한 편이라서 지인을 본 적은 없는데요, 출연 감사드려요" 하는 식이었다.

"저희 그렇게 안 친해요."

내가 말하자 달리는 아, 친구가 아니신가요, 하면서 왜 그런지 나를 멀찍이 바라봤고 그러면 애인이신가요,라고 말끝을 흐렸고 내가 "애인이었으면 이렇게 어떻게 만나요? 왜 만나요?" 하고 차갑게 받자 "아⋯⋯" 하고 약간 말을 끌더니 "이건 친구도 애인도 아니여" 하는 유행어로 말을 마쳤다. 나는 그 순간 들은 말이 그 상황에서도 웃겨서 택시에서 내릴 때까지 웃다가, 차에서 내려서도 집으로 바로 가지 않고 가을잎이 떨어져내린 나무 앞에 한참을 서 있었다.

오래전 그 여름날에 나는 사촌이 쓰는 고향말의 뜻을 정확히 알지 못했다. 예를 들어 '엉기'라는 단어가 그랬다. 그것은 진저리라는 뜻의 경북 지역 말이었는데 나는 한동안 의지나 악착같음으로 오해하고 있었다. 그래서 사촌이 엉기가 난다며 대도시 사람들이 지니는 어떤 면을 거북해하는 말이, 에너제틱하다거나 열정이 있다는 뜻으로 와전되곤 했다.

그 시절 연애 감정이란 흔하게 시작되었다가 이런저런 이유로 사라졌지만 그래도 내가 강선에게 그날의 이야기

를 듣자마자 왜 모든 사정을 자세히 확인하지 않았는지
는 오랜 시간 숙제처럼 남았다. 오해를 풀겠다는 의욕을
보이지도 않았고, 강선의 태도에 질려 하지도 않은 채 어
떤 맥락에서든 '엉기'가 별로 없었던 것에 대해. 혹시 그
건 그렇게 해봤자 손에 쥘 게 없다는 가난한 체념이었을
까. 그래서 그 한시적인 여름의 노동과 감정과 상태란 그
냥 지나가면 그만이라고 여기려 했던 걸까.

　광주에서 돌아온 뒤 나는 피디에게 다시 이메일을 받
았다. 그는 수신확인 기능으로 내가 이메일을 읽었다는
것을 알고 희망을 가진 듯했다. 인터뷰의 일부라며 파일
을 보내주었고 재생하자 한 남자가 오성이 형,이라는 호
칭을 쓰며 이야기하고 있었다.

　"사람들이 형을 '수구 변태'라고 하잖아요? 변절했다
고도 하고. 요즘은 형이 춘천 어디에서 양어장 주인 됐다
는 썰도 돌더라고요. 형이 했던 팟캐스트 이름에 '잡어'가
들어가잖아요. 그 잡어가 그 잡어도 아닌데 그게 웃긴가?
사람이라는 것도 어떻게 보면 닮는 것 같아요. 그렇게 믿
고 따르던 형인데 지금은 어디서 살았는지 죽었는지도 모
르고 인터넷 짤로만 남아서 정치 게시판을 떠도는데 그렇
게 형이 닮는 거예요. 이제 그런 형만 남는 거예요.

　여기 나와서 무슨 얘기 할까, 기억을 되짚어보니까 이

런 게 있어요. 형이 연락 안 되기 시작한 게 세월호 있고 2015년 즈음해서잖아요? 그 근처에 우리 평화모임 사람들이랑 서초에서 한번 모였어요. 맥주 한잔하고, 집에 들어가려고 택시를 잡는데 형이 물어보는 거예요. 다들 어디 사느냐고. 수색요, 미아동요, 부천요, 그러는데 형이 갑자기 야이 씨, 어떻게 강남 사는 놈들이 하나도 없냐! 그러는 거예요. 야, 어떻게 그러냐. 그러면서 우리가 웃었는데, 그때 형의 얼굴이 생생하죠. 그렇게 울 듯 웃을 듯 서 있는 게."

*

이사를 마치고 문경에 갔을 때는 11월이었다. 문경에 왔으면 안 들를 수가 없다며 사촌은 나를 끌고 등산을 갔지만 거기에는 이미 고속버스에 실려 온 어마어마한 등산객들이 있었다. 한 사극 드라마의 촬영지였다는 세트장을 돌며 어색하게 사진을 찍다가 아무리 운동을 싫어해도 옛날 과거길이었다는 문경새재를 그냥 지나칠 수 있느냐며 우리는 도립공원으로 들어갔다.

"니도 옛날로 치면 과거 보러 안 갔겠나."

"무슨 과거를 보니, 임고도 떨어지는 내가."

"어마, 자기를 너무 낮추어서는 안 돼. 우리 형님이 아직 얘기한다. 우리 결혼식날 부주계에서 한자 척척 읽던 사돈아가씨 잘 있느냐고."

사촌의 결혼식날 부주계에 앉을 사람이 나밖에 없었다는 건 우리 가계의 내력 같은 것을 보여주는지도 몰랐다. 거기에는 양복정장을 입고 앉아 있을 남자들도 별로 없었고, 한자로 이름을 적어 내는 하객의 축의금 봉투를 읽을 사람도 없었다. 없다고 생각하면 그것만 없지 않았다. 사촌의 업무가 애초에 지시된 것과 달랐다는 이유로 재해보상금이 오랫동안 미지급 상태인 것을 두고 나서서 싸워줄 부모가 우리에게는 없었고, 그 긴 공방 동안 융통할 만한 돈도 충분하지 않았다. 내가 고택에서 받은 돈은 그렇게 해서 중고차가 아니라 사촌에게로 흘러들어가야 했다. 그러는 동안 여러번 괜안타,라고 말했지만 정말 괜찮은 적은 사실상 없었다는 것. 어디에서 왔는지도 알 수 없고 어디로 가야 할지도 모르겠어서 울고 싶은 기분으로 그 시절을 통과했다는 것. 그렇게 좌절을 좌절로 얘기할 수 있고 더이상 부인하지 않게 되는 것이 우리에게는 성장이었다.

사촌의 바람과 달리 나는 그 선비의 길을 충분히 걷지 못했다. 고속버스 기사가 전화를 걸어 우리 차를 빼달라고 했기 때문이었다. 차는 분명히 정해진 주차 라인 안에 두었고 불법을 한 것도 아니었는데 고속버스 기사는 자기 차가 길어서 뺄 수가 없다고 다른 차는 연락을 받지 않아 정말 곤란하다고 사정을 했다. 하는 수 없이 우리는 얼마 걷지 못한 산길을 되돌아 주차장으로 갔는데, 어떻게 뺐는지 고속버스는 이미 가버린 뒤였다. 화가 난 사촌이 기사에게 전화를 걸었지만 그쪽에서는 이미 원하는 바를 이루었으니 전화를 받지 않았다. 요즘 세상이 이런 세상이라고 아주 엉기가 난다고 사촌은 화를 내다, 가다가 사고나 나라, 하고 불쑥 말했고 곧이어 우리는 그 말이 연상시키는 비극에 대해 생각하면서 아이다, 취소다, 취소, 하고 손을 저었다.

사촌은 기억하고 나는 알지 못하는 어린 시절의 그날 이후로 나는 사과밭을 봐도 사실 별다른 감흥이 일지 않았다. 시간이 지나면 꽃의 시절이 있었는지도 기억나지 않을, 온전히 열매를 위해서 존재하는 풍경일 뿐이었다. 사촌의 농장에서는 적당히 꽃을 따서 사과가 잘 열리게 해야 했다. 그러니 자기가 제거하기 전에 내려와서 보라고 재촉한 것이었다. 너는 지금 슬픔에 잠겨 있으니까. 무뚝뚝해서 살가운 말을 좀처럼 하지 않는 사촌이 그렇게까지 말하고 한참이 지나서야 나는 사과밭에 섰다.

꽃은 없었고 머무는 날 중 아주 추운 날에는 가지 끝에서리가 내려앉았다. 어느 밤, 그렇게 흰 가지를 보고 있는데 바람이 불었고 어딘가에서 누가 종이 같은 것을 태웠고 한동안 잊고 있었던 소리들이 연상되었다. 기대와 상관없이 발생하고 의식이 수면 아래로 가라앉으면 저절로 소멸했다가 다시금 떠오르던 어떤 것들이. 그렇게 해서 복기한 밤의 소리는 엄마의 투병으로 한동안 나를 쥐고 있던 죽음의 세계와는 전혀 다른 것이었다. 슬프게도 그것이 사실이었다.

나는 연속적으로 환기되는 오래전 여름들에 대해 생각하다가 휴대전화를 열어 채은경입니다,라고 문자메시지를 보냈다. 그리고 할 수 있는 말과 하고 싶은 말 가운데 문장을 고르다, 하고 싶은 말이 있습니다,라고 적어 보냈다.

• 소설 속 2004년의 이라크 상황은 그 당시 신문 기사와 인터뷰 등을 참고했으며 그외는 모두 허구이다.

기괴의 탄생

1

그날 선생님을 보러 가는 기분은 착잡하고 내내 긴장되었는데 정확히 어떤 위로의 말을 해야 할지 알 수 없었기 때문이다. 우리 부모는 사이가 좋지 않아서 이틀에 한 번은 나가 죽으라든가, 가만두지 않겠다든가 하는 말을 서로에게 서슴지 않았지만 무슨 이유에선지 이혼은 하지 않았고 그렇기 때문에 이혼한 누군가에게 해야 할 적당한 말을 배울 기회가 없었다.

나는 웬만하면 회사에서 개인적인 감정을 드러내지 않았고 그것이 프로다운 거라고 선배들에게 배웠지만 그날은 그러지 못했다. 점심에 부서 사람들과 초밥집에 가 마지못해 초밥 몇알을 주워 먹으며 선생님에 대해 생각했다. 선생님이 그 한심하기 짝이 없는 대학원생 남자애에게 되돌아가기 위해 이혼을 선택한 상황을. 그건 정말 와사비 같은 일이다,라고 생각했다. 와사비 같다는 것이 뭔지 설명은 안 되지만 한번 그렇게 생각하자 그 와사비 같은 자식을 가만두지 않으리라 싶었다.

선생님은 그 관계가 미뢰를 자극하는 쇄말한 맛이고 눈물 콧물을 빼는 통속일 뿐이라는 사실을 알아야 했다. 그리고 다소의 부끄러움도. 선생님은 그런 일을 벌여놓고 감당이 되지 않는 듯 속내를 흘리고 다녔는데, 자기는 나를 포함해 소수에게만 말했다고 생각하겠지만 이미 제자들 상당수가 알고 있었다. 졸업생들이 모인 어느 술자리에서는 그 일을 소재로 농담이 오가기도 했다.

그럴 때의 선생님은 우리의 선생님, 어려서 피아노에 재능을 보여 서울의 유명 예고와 대학을 마치고 영국의 음악학교를 장학생으로 다니다 수석 졸업하고 음악이론 교수법으로 학위를 취득한, 예술대학의 교수이자 연말이면 자작 연주곡으로 콘서트를 열어 불우한 이웃을 돕는 그런 선생님이 아니라 술집 테이블 위라면 하나는 있는, 맥주에 반쯤 젖은 축축한 냅킨 따위가 된 듯했다. 아무도 말리지 않았다. 졸업하고 강사로 취직하거나 연주자로 현장에서 뛸 때 선생님 도움을 받지 않은 인간들이 없는데도 그랬다. 오히려 그런 식으로 선생님을 귀찮게 하지 않고 일반 회사에 조용히 취직한 사람은 나였다. 못해도 보름에 한번씩 안부를 물으며 스승의 날부터 크리스마스까지 줄줄이 챙긴 사람이 바로 나라고. 그렇게 빚진 것 없는 나도 말을 얹지 않는데 저것들이.

나는 열불이 났지만 치밀어오르는 말들을 그냥 온더록스로 얼렸다. 보태면 길어지니까. 위스키를 목구멍으로 흘려보내느라 말할 틈이 없어진 건 좋았지만 하지 못한 말들이 쌓이고 쌓이면서 아주 불편한 질감의 체기가 느껴졌다. 지난 계절의 일이었다.

하지만 그사이 겨울이 가고 새해가 되고 봄이 오고 미세먼지가 부유하면서 선생님은 이혼을 감행하고 학교를 그만두었다. 학교에서 문제가 될까봐 미리 선수를 친 것도 아니었고 배우자 선생님이 알게 된 것도 아니었다. 고작 와사비와의 관계를 위해, 그것이 절대의 순도를 지닌 감정의 일이라는 사실을 증명하기 위해서였다.

선생님은 여전히 내게 큰사람이니까 그 포부야 이해할 수 있었지만 무용과 대학원생은 전혀 그런 타입이 아니었다. 일이 커지자 휴학하고 잠수를 타버렸으니까.

그는 종잇장처럼 마른데다 낯빛이 좋지 않았고 무용과 애들이라면 다 있는 근육도 별로 없이 어깨가 안으로 말려 있었다. 그리고 손목이 얇았는데, 그건 뭐라도 제 손에 들면 얼마 못 가 다 내팽개치고 말 듯한 불신이 드는, 자라다 만 아이의 것 같은 손목이었다. 또 그에 비하면 손가락은 지나치게 길고 손도 커서 무용과 발표회 때 찍은 동영상을 보고 있자니 파리채가 공중을 횡횡 나는 듯한 형국이었다. 그뿐인가, 분장을 했는데도 감출 수 없는 여드름 자국하며 한편으로 뒤틀린 치열하며…… 유튜브에서 수십번 돌려 본 그 영상을 떠올리며 내가 그렇게 회오리치는 적개 속으로 빠져들어가는데, 황부장이 "윤령씨, 왜 이렇게 죽상을 해? 누가 보면 죽은 생선들한테 묵념이라도 하는 줄 알겠어" 하고 농담했다. 당연히 하나도 안 웃겼고 아무도 안 웃었는데 오직 리애씨만이 락교를 집어들다 말고 얼굴 전체를 펴며 화사하게 웃었다.

90년대 초반 뉴욕으로 떠나 지난해에야 한국으로 돌아온 리애씨는 그동안 한국어가 그리웠는지 아무 말이나 들어도 그렇게 성의 있게 반응했다. 문제는 그 반응이 일반적인 한국 직장인들의 감수성에 비해 지나치게 풍부하다는 점이었다. 나는 그냥 뉴욕 스타일인가보다, 정확히는 뉴욕의 한국인 스타일인가 여겼지만 안 그래도 마흔 후반의 신입사원이 들어온 데 불만인 직원들은 점점 노골적으로 불편해하고 있었다.

초밥집에서 나와 산책을 하겠다고 했더니, 리애씨가 자

기도 걷겠다고 따라왔다. 거절할까 했지만 그러지 못했다. 우리는 생각보다 멀리, 경복궁역을 지나 역사박물관까지 걸었다. 그러면서 빌딩과 가로수, 신축건물에 임시로 설치해놓은 비계와 전광판들이 만들어내는 그늘로 들어갔다가 빠져나왔다가를 반복했다. 걷다보면 자연스럽게 벌어지는 그런 상황들도 의미심장하게 느껴지는지 리애씨는 여러 계절을 통과하는 것 같네, 하며 특별한 감흥을 덧붙였다. 나는 순간 리애씨가 뉴욕에서 이혼을 하고 한국으로 돌아왔다는 사실을 떠올렸고 좀 물어볼까 싶었는데 혹시 그러면 예의에 어긋나는 건가, 해서 망설였다. 그리고 회사 사람들끼리 그런 각자의 사연을 알게 되면 너무 가까워지는 게 아닌가 하는.

사수는 리애씨가 뉴욕의 갤러리에서 일했다고는 하지만 이력서를 보니 전시기획자 서포트에 불과했는데 그 경력을 보고도 뽑은 건 희망 연봉이 터무니없이 낮았기 때문이라고 차갑게 논평했다. 그런 건 시장의 교란이고 그렇게 하면 젊은 사람들이 일자리를 못 얻게 된다고. 나는 어차피 담당 업무가 다르니까 그런 내막까지는 알고 싶지 않았다. 그리고 나는 나대로 인상적으로 본 리애씨의 행동이 있었으니까.

리애씨는 탕비실이 제대로 정리되어 있지 않거나, 공동

으로 쓰는 사무용품이 제자리에 놓여 있지 않을 때 그렇게 만든 장본인을 꼭 찾아 지적하고 넘어갔다. 보통의 우리라면 한두번은 억지로라도 이해의 실마리를 만들어 넘어가고 조용히 흉보고 그래도 안 되면 대체 누가 그랬어, 하는 혼잣말로, 당구로 치자면 쿠션을 넣은 저격으로 해결하는데 리애씨는 그런 고려가 없었다. 언젠가 퇴근하면서 그런 지적 하는 거 안 어려우세요? 저는 더구나 막내라 참게 되는데, 하자 리애씨는 참으면 안 되죠,라고 했다. 참으면 미워하게 돼, 그러기 전에 말을 하는 거예요. 그런 현명함이라면 선생님에게도 적당한 말을 전할 수 있지 않을까. 인생에서 경험은 너무 중요하고, 해서 회사에서도 경력자에게 월급을 더 주면서 사수나 선임이라고도 부르고, '경로'도 우대하고 그러는 것일 테니까.

"여기 시시하죠? 뉴욕에서 살다가 여기 오면."

나는 이제 완연히 푸른 기운이 차오른 나무들을 올려다보면서 운을 뗐다. 층층이 다른 높이의 가지들이 바람에 흔들리며 오후의 소란과 리듬을 만들어내고 있었다.

"전혀 그렇지가 않아요. 나는 기쁘게 살 작정으로 서울에 있고 그렇게 살고 있어요."

"그렇구나, 그렇지 않으시구나."

나는 급하게 이사했다는 홍제동의 그 아파트에서 혼자

오후를 보내고 있을 선생님을 생각했다. 자기 물건 챙기는 데 젬병이니까 아마 숟가락 하나 제대로 식탁에 놓여 있지 않을 것이다. 배우자 선생님과 함께 모았던 이천여 장의 CD는 어떻게 되었을까. 같은 학교의 연극원 교수였던 배우자 선생님은 연말이면 독일의 전통 빵인 슈톨렌을 직접 구워 크리스마스카드와 함께 내게 주시곤 했는데, 그 모든 안락의 기억들은 이제 안녕이었다. 나는 그 사실이 못 견디게 억울했다.

우리는 돌아갈 때는 택시를 타기로 했다. 산책에 어울리지 않지만 때론 그런 게 산책의 묘미라고 리애씨가 말했다. 광화문을 지나는데 아이들이 분수대 안을 휘저으며 환호하고 있었다. 이미 물에 젖은 신발 따위는 벗어던진 아이도 있고 그런 아이들의 명랑함을 지켜보면서 합류를 고민하는 아이도, 친구에게 물을 뿌리기 위해 두손 가득 물을 담았다가 뛰는 동안 다 쏟아버린 아이도 있었지만 가장 눈에 띄는 아이는 누구에게 말하는지 알 수 없지만 뭔가 마음에 들지 않는 듯 잔뜩 인상을 쓴 채 안 돼애, 하고 손을 내젓는 안경 쓴 여자아이였다. 아이는 여섯살이나 되었을까 싶었는데 한손으로는 엄마 손을 잡고 있었지만 나머지 한손으로는 누군가들에게 안 돼애, 안 돼애, 했다. 나는 그애가 그렇게 손을 흔들 때마다 왠지 맞서고 싶은 기분이었다.

"내가 뉴욕에서 여기 왔던 2016년 말에 집회가 한창이었잖아요. 광화문에 그렇게 사람 많은 거 대학 때 시위 이후로 처음 봤어. 저도 구경을 다 했어요, 사람들이 와— 모여 있는 거 보니까 나도 살 수 있겠더라고. 뉴욕 떠나면서 한국에서 죽어야지, 했는데 오호 살겠구나 하고 생각했어. 너무 오래 떠나 있어서 정치적 이슈들이야 나랑 상관없고 알 수도 없다 싶으면서도."

그때 마음의 뭔가가 풀리면서 말이 한마디, 두마디 새어나오기 시작했다. 어차피 선생님과 리애씨는 아는 사이도 아니니까. 그래서 택시에서 내릴 때쯤에는 이미 그 한심한 자식과 선생님의 숭고한 선택에 대한 나만의 관점과 해석, 중간에 터져버린 눈물까지 부끄러울 정도로 속내를 드러내고 만 뒤였다. 리애씨는 그 얘기를 오, 어머나, 저런, 안 되지, 하는 적절한 반응과 함께 적극적으로 들었는데, 이 문제가 적어도 내게는 감당하기 어려운, 매우 심각한 일임을 간파한 리애씨는 오늘은 점심시간이 끝났지만 내일 또 얘기할 수 있을 거예요,라고 기약하며 자리로 돌아갔다. 그리고 어차피 위로의 말을 준비할 필요는 없으리라 안심시켰다. 말할 타이밍도 없이 선생님 쪽에서 쉴틈 없이 말들이 쏟아져나올 테니까. 리애씨는 이혼한 뒤

짐을 싸서 한국인이 운영하는 게스트하우스에서 머물며 출국일을 기다렸는데, 스태프를 붙들고 몇시간을 아무 말이나 떠들어댔다고 했다.

"왜 그랬어요?"

내가 그렇게 묻자 리애씨는 좀 씁쓸하게 웃었다. 살짝 찡그린 이마에 가득한 주름과 기미가 눈에 들어왔고 이윽고 "두렵잖아요"라는 대답이 돌아왔다.

홍제동에 도착해서도 나는 아파트로 바로 들어가지 않고 근처를 배회했다. 바로 앞에 홍제천이 있었는데, 서너 마리의 오리가 주둥이로 수풀을 뒤지다가 뭐에 놀랐는지 날지도 못하는 날개를 퍼덕이며 달아났다. 한동안 지켜보니 수중에 있거나 보 아래 있거나 어디든 마찬가지로 행동했고 그러면 저건 특정한 위협이 있어서가 아니라 일종의 패턴이 아닌가 싶었다.

문자메시지로 사갈 것이 있느냐고 묻자 선생님은 다 있어, 그냥 너한테 필요한 것만,이라고 답신을 보내왔다. 나는 슈퍼에서 정종 한병과 선생님이 좋아하는 약과를 샀는데 슈퍼 주인이 제사이신가봐요, 해서 그 조합이 그렇다는 것을 깨달았다. 그냥 나는 약간 B급 감성으로 평소에 4홉들이 술을 사서 마시고, 명절이면 재미 삼아 주위 사람들한테 선물도 했는데, 그것도 때와 장소를 가려야지 이런 날에는 참 공교롭게도 공교로워진다고 생각했다. 나 자신이 한심해져서 환불할까 싶었지만 그러자면 제사이신가봐요, 하는 말에 네에, 하고 대답했던 게 이상해지니까 그냥 버릴까 싶다가 버릴 데도 마땅찮아 차라리 확 깨버렸으면 좋겠다, 하면서 별안간 화단으로 집어던지는 상상까지 한 뒤 얌전히 엘리베이터를 타고 선생님 집으로 올라갔다.

어둑어둑하게 조명이 다 꺼져 있으리라는 예상과 달리 집 안은 깨끗하고 환하고 레이스커튼까지 달아 새집 분위기가 났다. 구경해본 안방의 침대는 퀸 사이즈였고 냉장고도 혼자 쓰기에는 너무 클 것 같은 대용량, 소파 역시 예사롭지 않은 4인용이었다. 베란다에 놓인 승마 운동기구까지 보고 나자 무릎이 팍 꺾이는 기분이었다. 거기에는 선생님이 포기하지 않은 계획이 있었다.

주방은 여기저기 토마토투성이였다. 나는 선생님도 요리를 하는구나 싶어 놀라면서, 사온 것들을 식탁 다리 옆에 숨기듯 내려놓고 앉았다. CD는 여전히 많았지만 전보다는 확실히 수가 적었고 아마 반으로 나눈 듯했다. 어떻게 나눴을까, 협의했을까. 알파벳순으로 너는 L까지 가져, 나는 그 이하로. 그런 대화는 상상만으로 나를 침울하게 했다. 삼성동의 그 집에서 선생님과 배우자 선생님은 행복해 보였고 나는 어느 순간에는 그 다정한 광경이 닳을까봐 보기 아깝다고까지 생각했으니까. 선생님은 토마토와 전분으로 엉망이 된 테이블에서 완자를 빚다가 맞아, 음악이 없네, 하더니 오디오 버튼을 눌렀다. 들리브의 「꽃의 이중창」이었다.

나는 들리브라면 그 대학원생을 처음 만났던 그때의 음악 아닌가 생각했다. 무용과 리허설 시간에 선생님이 피아노 실연(實演)을 해주러 갔던 때였다. 아니 그건 드뷔시의 「아마빛 머리의 소녀」였던가. 아무리 특수한 조건의 만남이라도 레퍼토리는 결국 비슷비슷하니까 정확한 곡명은 까먹고 말았다. 하긴 기억해봤자 결국에는 내 손해였다. 뭐였든 간에 불세출의 명곡이었을 것이고 다시는 듣고 싶지 않을 테니까. 아직도 뭔가 기대를 하고 있지만 결국 선생님도 희망과 달리 관계를 회복하지 못한 채 그런 몇몇 곡들에 대한 예민한 통증만 가지게 될 것이다. 산책하다가 그가 흥얼거린 몇소절의 가락으로 만들었다는 선생님의 자작곡도.

그때만 해도 선생님은 정신이 나가 있어서 내게 그런 사연까지 들려주며 곡에 대한 의견을 물었는데, 선생님의 연주는 당연히 훌륭했지만 나는 오히려 그래서 눈물을 흘리고 말았다. 그날은 선생님이 자신에게는 전혀 필요 없을 듯한 저 승마형 운동기구를 사들고 온 날이기 때문이었다. 그 와사비 같은 대학원생이 자기가 쓰던 물건을 판 것이었고 인터넷으로 찾아보니 가격은 시중가보다 정확히 오만원 쌌다. 그 남자애가 자신의 여인에게 보여준 그 오만원의 디스카운트, 오만원의 에누리, 오만원의 희생과 그 자작곡은, 선생님이 피아노로만 들려줬지만 실제 연주에서는 현을 손끝으로 튕기는 피치카토 주법의 첼로가 끼어들어 음의 날카로운 피치를 드러낼 그 곡은 개탄스러울 정도로 어울리지 않았다. 선생님이 주위의 누군가에게 영감받았다는 곡들 중 단연 아름답고 환희에 차 있고 한편으로는 섬세하게 흔들리며 동요하는, 우리가 상상할 수 있는 가장 여러겹의 감정이 담긴 명곡이었다.

　선생님은 언젠가 내가 들려준 어린 시절 이야기 —꽃밭에 놀러 가서 들었던 벌 몇마리의 날갯짓 소리 —를 듣고 「데이지」라는 곡을 선물해주기도 했는데, 그 곡을 들으니 「데이지」는 완전히 왜소한 소품이었다. 연주가 끝나고 제목을 물었을 때 선생님은 '올라가려고 하면 내려오고, 올라가려고 하면 내려온다'라고 했다. 아니, 그 반대였나? 아무튼 리애씨의 예언처럼 선생님은 평소보다 무척 말이 많았다. 자신의 신상 변화에 대해서만은 절대 언급하지 않는, 주로 이사 과정의 불합리와 어려움을 토로하는 긴 수다였다. 동작도 부산했는데 그 과정에서 달걀이 깨지고 양파가 아슬아슬하게 채썰리고 후추알이 갈렸다.

"선생님,"

"어? 왜? 왜 그러니?"

"너무 많아요."

둘이 먹기에 너무 많은 양이 요리되고 있었다.

"너무 많니?"

"많아요."

선생님은 그런가, 하면서도 재료를 솥에 다 쏟아넣었다. 그러고는 "얘, 이거 월세야" 하고 묻지도 않은 말을 했다. 그리고 아무 말이 없었는데, 선생님이 왜 수다를 멈췄는지 의아해하다가 접시에 놓인 생강정과 하나를 먹었다. 선생님은 추운지 한손으로 시들하게 부엌 창을 닫았다. 한시간쯤 지나 탕이 완성되었을 즈음 벨이 울렸고 대여섯명의 재학생들이 우르르 들어왔다. 나는 당황했다. 선생님은 내가 말 안 했던가? 하더니 조금 부드러운 얼굴로, 너는 손님은 아니니까, 라고 했다.

제자들은 다 너무 어려서 어쩐지 종이 인형에서 오려낸 존재들 같았다. 다들 씩씩하고 똑부러지는 어투로 학교를 떠나게 된 선생님을 향한 아쉬움과, 새집의 훌륭함에 대한 예찬과 앞으로의 계획에 관한 적절한 질문을 하고 있는데도 어쩐지 아까 아파트로 들어오기 전에 본 개천의 오리들처럼 뭔가를 경계하는 듯한 과장된 흥분이 느껴졌다. 나는 지금 학교를 다니는 사람도 아니고, 전공을 살려서 이들이 알 만한 선배가 된 것도 아니니까 화제에서 점점 소외되어갔다. 그들은 이런 상황에서 상대를 가장 잘 위로하는 길은 화제의 전환이고 그러니 학교의 이런저런 일들을 꺼내 마치 선생님이 아직도 과에서 촉망받는 교수인 듯한 착각을 주어야 한다는 점을 본능적으로 아는 애들처럼 노련하게 학교 이야기만 했다. 누가 준비도 없이 유학을 가려고 한다든가, 누가 휴학을 하고 싶어 하는데 휴학하면 재수하고 싶고 재수하면 삼수하고 싶은 것이 사람 마음이니까 그러면 안 된다든가, 누구는 피아노 과외를 열댓명이나 한다는 등등.

선생님은 확실히 나와 있을 때보다는 안정되어 보였고 토마토탕도 내 기우와 달리 적절하게 분배되어 비워지고 있었다. 나는 아까 발밑에 내려놓았던 정종을 꺼냈고 혼자 조용히 마시기 시작했다. 내가 은근히 취하고 나서야 한명이 정종병을 가리키며 평소에 이거 마시는 분 처음 봐요, 선생님, 하고 내게 말했다.

"그러니?"

"네, 맨날 아빠나 삼촌들이 사갖고 오잖아요. 제사 때,

그리고 다 먹지도 않고 끝나면 버리고. 선생님은 근데 이술 좋아하시나보다."

"나 선생님이라고 부르지 마."

나는 말 걸어준 학생 앞에 잔을 놓고 한잔 따라주면서 그렇게 말했다.

"왜요?"

"우리 선생님이랑 헷갈리잖아. 선생님한테도 선생님이라고 하고 나한테도 선생님이라고 하면."

"그렇구나, 그러면 뭐라고 할까요?"

나는 지갑에서 명함을 꺼내 돌렸다. 선생님은 그런 나를 보고 있다가 약과를 접시에 담아 가지고 왔다. 벌건 국물이 남은 식기들과 노란 조명과 흰 테이블보 그리고 다 비워진 정종병은 정말 있지도 않은 누군가의 죽음을 기억하는 자리처럼 기이하게 처량 맞았다. 학생은 차를 가져왔다며 술은 마시지 않았다. 이야기는 또다시 지금 당장 선생님의 진짜 삶에서는 중요하지도 않을 콩쿠르와 거기서 입선하기 위해 줄을 서는, 영혼이 병든 예술가들과 고가의 악기들, 테크니컬한 연주법들의 정련이나 발표회 준비로 흘러갔는데, 나는 이 대화의 모든 것은 사실 기만이고 우리는 지금 선생님을 위로하기 위해, 그러니까 죽어버린 선생님의 결혼생활을 위해 있고 역시 죽어 마땅한 선생님의 1년여간의 그 외도를 위해 여기 있지 않은가 생각하다가 선생님, 하고 선생님을 불렀다.

"왜?"

"선생님."

"왜?"

"걔하고 잤어요?"

그 순간 바람이 지나가듯이 휙 하는 침묵이 아파트를 채웠다. 그 영악한 애들은 학교에 떠도는 소문을 이미 알고 있는 듯, 놀라는 척조차 하지 않았다. 그러다 누군가의 휴대전화가 울렸고 그걸 신호로 모두들 일어나 부산하게 그릇들을 정리하다가 내가 소파에 가서 누워버렸을 즈음에는 인사하고 아파트를 빠져나갔다. 나는 선생님이 나를 혼내거나 엄청나게 화를 내리라 생각했지만 그런 일은 일어나지 않았다. 나는 바람이 솔솔 들어오는 창가 앞 소파에 한동안 방치되었다. 집 안이 너무 괴괴해서 꼭 무슨 큰일이 일어나 모두가 일시에 사라진 듯했다. 그 침묵이 버거워 아무래도 일어나 내 집으로 가야겠다, 싶은 생각을 겨우 했을 때쯤 인기척이 나더니 선생님이 얇은 홑이불을 가져와 내게 덮어주었다.

2

그날의 실패한 위로 방문은 나 자신에게 상처가 되었다. 대체 왜 그런 행동을 했는지 이해할 수가 없었다. 정작 나는 그 가십에 한마디도 보태지 않은, 어떻게 보면 선생님의 그 일에 대한 최종 수호자이자 보루의 역할을 하고 있지 않았던가. 하지만 이렇게 되고 보니 차라리 딴 애들처럼 굴었다면 선생님 앞에서 뭔가를 '가장'할 수 있었으리라 생각했다. 애들처럼 뒤에서 쩷고 떠들고 말을 지어내면서 인류애도 없는 듯이 굴었다면. 나는 이제 친구에게조차 하지 않을 듯한, 섹스나 성관계라는 말에 대한 이상한 기피 때문에 유치하게 선택하는 잔니?라는 표현을 떠올리며 괴로워했다. 그 말을 하고 있는 내 주둥이를 오리 부리처럼 늘여 처닫게 하는 상상을 여러번 했다.

리애씨는 내게 사과하라고 권했다. 그대로 두면 미안해지다가, 미안해지다가 결국에는 선생님을 미워하게 되리라는 얘기였다.

"미워하면 할 수 없죠, 뭐. 제가 어떻게 할 수 없는 거잖아요?"

우리는 점심을 먹고 아주 다디단 음료를 하나씩 물고 걸으면서 이런 대화를 나눴다. 그러면 장마철 쉰 음식처

럼 부글부글 상해가고 있는 마음이 조금은 나아졌다. 이
상하게 나는 리애씨가 선생님이나 클래식계와 완전히 상
관없는 사람이라 그랬는지 아무 말이나 감정적으로 내뱉
기도 했다. 그동안 내 마음속에 있는지도 몰랐던, 선생님
에 대한 박한 평가들이었다. 사실 선생님이 공부한 영국
의 그 대학은 굳이 따지면 이류에 가깝다든가, 선생님 동
기 중에는 이미 선생님보다 훨씬 유명한 연주자들이 많으
며 서울 시내에 있지만서도 붙고 나면 꼭 재수하고 싶어
지는 우리 대학 역시 그리 좋은 직장은 아니라든가, 그러
니 버릴 만해서 버렸다든가, 하는 말들이었다. 하지만 그
러고 나면 꼭 후회가 남아서 사내 메신저로 리애씨에게
미안합니다,라고 사과했다. 제가 왜 그랬는지 모르겠어
요. 어느날 리애씨는 아마 선생님이 약자가 되었기 때문
이리라고 알려주었다. 사람들에게는 약자를 알아보는 귀
신같은 눈이 있으니까. 초여름의 산책과는 어울리지 않는
차갑고 맵짠 말이었다.

"약자라니요? 우리 선생님이 어딜 봐서 약자예요?"

"약자죠."

"이혼했다고요? 요즘 세상에?"

"언제나 더 많이 사랑하는 사람이 약자인 거잖아요."

나는 그 말을 듣는 순간 말문이 막혔다. 사랑이라니. 그

대학원생이 얼마나 이기적이고 형편없는 인간인지 설명
했는데. 사실 나는 그보다 더한 그의 행실에 대해서도 알
고 있었지만 차마 리애씨에게는 말하지 못하고 있었다.
연인이라는 관계로 들어서자 그 남자애가 선생님에게 요
구했을, 어떤 태도 같은 것. 선생님 휴대전화에 미리보기
로 뜨던 은파야, 하는 반말로 된 메시지나, 선생님이 어느
날부터인가 먹기 시작한 경구피임약 같은 것. 선생님은
평소에는 관심 없던 왁싱에 대해 내게 묻기도 했다. 그러
면 나는 양팔과 양다리를 말끔하게 제모하곤 하는 무용과
남자애들을 떠올리면서 아마도 선생님에 대한 불편한 논
평이 있었으리라 짐작할 수밖에 없었다. 그러면 그건 그
냥 그것일 뿐이잖아, 그냥 털일 뿐이잖아, 씨발아, 하는 화
가 치밀어올랐지만 삭일 수밖에 없었다. 상황을 봐서 조
금씩 돌려 말할 뿐이었다. 그러니까 선생님, 피임약을 먹
는 건 여자 몸에 좋지가 않아요, 저희 엄마가 근종 때문에
자궁을 들어내고 에스트로겐을 오랫동안 복용했는데요,
유방암에 걸렸잖아요. 그거 안 좋아요, 선생님, 콘돔이라
는 안전한 피임기구가 있는데 왜요. 아니요, 제가 선생님
가방을 열어본 건 아니고요, 열려 있어서 시선이 간 거고
요, 선생님, 조심해서 나쁠 것 없잖아요. 백세시대인데 백
세 못 살면 얼마나 억울해요, 그깟 것 때문에 명을 줄이면

요, 죽은 사람만 서러워요. 산 놈은 계속 창창하게 사니까
요……

하지만 나는 리애씨 말에 대해 생각하지 않을 수 없었
다. 리애씨는 선생님의 사랑을 인정하지 않는다면 관계
회복은 요원하리라고 했다. 요원 —— 하다는 말, 아득히 멀
어진다는 말. 나는 퇴근길에 일정한 간격으로 흔들리는
전철 소리를 듣다가, 모교의 연주실을 떠올렸다. 대학에
들어오자마자 나는 작정한 사람처럼 방황했는데, 그때 선
생님이 연주실 조교라는, 있지도 않은 직을 만들어 자기
일을 돕게 했다. 처음에는 시급도 터무니없이 적은데 왜
이런 일을 시키나, 그야말로 노동착취가 아닌가 했지만
그 격일의 업무가 준 효과는 컸다. 서울의 북쪽에 있어서
인지 유난히 춥고 서늘한 그 대학의 건물에서 내가 있어
야 할 자리가 생긴 셈이었다. 마치 허허벌판의 운동장에
누군가 작은 원 하나를 그려준 것처럼, 어떤 서클 안에 들
어 있다는 느낌은 내게 안정감을 주었다.

물론 벌이로 따지자면 피아노 과외를 뛰는 편이 나았
지만 나는 졸업하던 해만 빼고 2년 반을 꼬박 일했다. 뭐
지킬 것도 없는 연주실에 앉아 대관 스케줄을 조정하고
악기들의 입반출을 점검하고 선생님 곡을 기보하거나 연
습곡을 들었다. 선생님 연주가 있을 때면 기꺼이 페이지

터너가 되고 때론 선생님의 추천곡으로 콩쿠르를 준비하기도 했다. 물론 나는 끝내 좋은 연주자가 되지는 못했지만 그 모든 시간이 내게 필요했던 건 사실이었다. 나는 지금도 선생님이 어떤 존재냐고 누가 물으면 이 세상에서 나를 가장 빈번하게 칭찬해준 사람이라고 답했다. 그 어려운 예술대학 입시에 돈을 댔으면서도 부모는 정작 이후에 내가 무슨 성취를 이루고 있는지 관심이 없었으니까.

선생님을 다시 만나러 가는 날에는 돌풍이 불고 비가 내렸다. 나는 어쩐지 그 기상 악화가 마음에 들었는데 꽃이 다 지고 말리라는 생각이 들어서였다. 이런 기분에 벚꽃이며 라일락이며 철쭉이 다 무언가. 그렇게 해살해살 피어나서 꽃가루나 날리며 자기 본능에 열심인 것들에 시비가 일었다. 더구나 꽃가루 알레르기도 있으니까, 선생님과 내게는.

선생님은 내 전화를 받지 않다가 회사와 황부장의 이름을 붙여 부탁할 일이 있다고 하자 겨우 문자메시지를 보내왔다. 황부장이 최근 대기업에서 수주해 온 프로젝트로, 늦여름 고궁에서 한국의 내로라하는 뮤지션과 아티스트를 모아 케이-아트 행사를 열겠다는 계획이었다. 일정이 터무니없이 촉박해서 부서에는 비상이 걸렸다. 황부장은 선생님과 동문이었고 진심인지 인사치레로 하는 말인지 몰라도 선생님의 광팬이라고 했다. 선생님이 곡을 모아 몇 년 전 앨범을 냈을 때도 발매되자마자 사서 마르고 닳도록 들었다는 자기 말을 꼭 전하라고 했다. 그러니 함께 일을 한번 해보고 싶다고.

황부장은 선생님에게 행사의 테마곡을 부탁하고 싶어 했다. 부장이 아무리 이 행사에 대한 긍지와 의지를 불태워도 이 정도 예산과 일정으로 대중이 알 만한 누군가를 데려올 수는 없으니 그러는 건가 의심했지만 사과도 할 겸 잘됐다 싶었다.

"애제자니까 가능하지? 섭외쯤이야 부러뜨릴 수 있겠지?"

그 부러뜨린다는 말은 부장을 비롯해 팀장과 사수 모두 쓰는 그들만의 전문용어였다. 해내자,도 아니고 해결해,도 아니고 해치우자,도 아닌 부러뜨리자,라니. 참으로 해괴했다.

선생님은 오늘도 아파트로 오라고 했다. 나는 이번에는 슈퍼든 홍제천이든 아무 데도 들르지 않고 곧장 아파트로 직진해 들어가려 했다. 하지만 중간에 화원을 지나다 노란색 데이지 화분을 보았고 충동적으로 사들였다. 왜 나는 선생님을 만나러 갈 때마다 이렇게 뭘 사게 될까. 그런 돈은 대체 무슨 마음을 위해 지불될까, 불안인가. 하지만 그 생각을 했을 때는 이미 점원이 나의 데이지를 비닐봉지에 넣고 있었다.

선생님은 전보다 마르고 생기 없는, 잡으면 버석거릴 낙엽 같은 표정으로 무소륵스키의 「전람회의 그림」을 듣고 있었다. 요절한 친구가 남긴 그림을 보며 무소륵스키가 작곡한 그 연작은 선생님이 가장 황홀감을 느끼며 연주하는 곡이었다. 선생님은 허리통증이 심하다며 소파 위에 쿠션을 놓고 앉아 있었다. 허리와 어깨 디스크는 연주자라면 흔히 있는 직업병이었다. 언제 밥을 해 먹었는지 부엌은 휑하니 비어 있었고 선생님은 다른 건 없고 두유 한잔을 주겠다며 냉장고를 열었는데 거기에는 상해서 갈변되고 축 가라앉은 샐러드 한통이 있을 뿐이었다. 나는 괜찮다고 했다. 부장이 시킨 대로 일을 성사시키기 위해, 어차피 선생님도 일은 필요하니까, 열심히 설명했는데도 선생님은 별 반응이 없었다. 내 말은 선생님 쪽으로 흘러갔다가 어딘가에 있는 홀을 만나 그냥 쪼르륵 흘러버리는 듯했다. 이런 식이라면 프로젝트건 우리의 화해와 용서이건 제대로 부러뜨려질지 알 수 없었다. 이윽고 선생님이 나는 최근에 우울증을 진단받았어,라고 했다. 의사가 입원을 권했지만 집이나 거기나 마찬가지인 듯해서 그냥 여기에 있기로 했다고.

"그게 어떻게 같아요? 다르잖아요."

내가 걱정이 되어 그렇게 말하자 선생님은 그런가? 하고 잠깐 생각했다.

"하기는 다르지. 거기는 약을 먹어야 할 때만 하나씩 주니까. 그 사람들은 저렇게 많은 약을 나에게 어떻게 맡기는지 모르겠어."

CD가 다시 첫 곡인 「난쟁이」로 넘어갔을 때쯤 나는 선생님께 사과했다. 그러나 그건 리애씨가 용기를 주었듯이 선생님과의 화해를 바라는, 선의로 가득 찬 몽글몽글한 마음이라기보다는 무소륵스키의 곡이 그렇듯 딱딱하고 음울한, 어느 정도의 두려움과 강제가 깃든 것이었다.

"죄송해요. 선생님, 제가 그날 선생님의 그것을 모욕했어요."

"내 무엇을 모욕했지?"

선생님의 눈은 너무 고요해서 얼핏 보면 건강한 평안에 든 사람 같았다. 휴양지에서 이제 막 일어나 늦은 아침을 먹으러 가는 사람처럼, 저녁의 공원에서 자전거를 타다가 서서 강변이나 운동장을 응시하는 사람처럼. 하지만 그 눈과 선생님 입에서 나온 말은 아주 달랐고 나는 우리가 이런 대화를 나누어야 한다는 점에 적잖은 노여움을 느꼈다. 정작 당사자는 내가 아닌데도 이 일에 끼어들어

사과를 하게 되었다는 상황이 아이러니했다. 하지만 한편으로는 이렇게 참여해 있다는 사실을 기꺼이 받아들이고 싶은 의욕도 느꼈는데, 왜냐하면 선생님과 나는 그런 사이였기 때문이었다. 10여년 동안 우리가 함께해왔던 시간이 있고 루틴이 있었다. 나는 선생님이 피폐하고 종내는 심적으로 파산하더라도 돌아올 만한, 2호선 순환선처럼 거대한 서클을 그려주고 싶었다.

"선생님이 하고 계신 사랑에 대해서 제가 너무 함부로 얘기한 것 같아요."

나는 내가 뱉는 말 한마디 한마디에 신경 쓰며, 발음을 정확히 하며 대답했다. 선생님은 나를 물끄러미 바라보다가 "저거 데이지니?" 하고 화분을 가리켰다. 데이지는 아직 비닐봉지에서 나오지도 못하고 노란 꽃잎 한장만 살짝 보이고 있었다. 그렇다고 하자 선생님은 내가 그때 뭘 잘 몰랐는데, 하고 말을 꺼냈다.

"너가 어렸을 때 봤다던 그 꽃은 데이지가 아닌 것 같더라. 데이지는 여러겹인데 그건 팬지였어."

"괜찮아요, 선생님."

"아니야, 내가 미안하다. 데이지도 아닌데 데이지라고 하고, 사실은 팬지인데."

"아니에요, 사과하지 마세요, 선생님."

나는 갑자기 눈물이 나서 엉엉 울었는데 그런 나를 보고 있던 선생님의 눈시울도 붉어지다가 고개를 돌려 재빨리 그 순간을 모면했다.

"그리고 그 일은 다 끝났어. 더는 걱정하지 않아도 돼. 너가 뭘 걱정했는지는 모르겠지만."

3

나는 한동안 사랑의 무구함을 인정할 수 있었다. 그것이 발생한다는 사실만으로도 빛무리처럼 갖게 되는 어떤 형질에 대해. 그건 더이상 와사비 걱정을 할 필요가 없기 때문이기도 하고, 리애씨가 자신의 얘기를 더 들려주었기 때문이기도 했다. 우리는 그 얘기를 점심 산책길에 잠깐잠깐씩 나눴지만 그렇게 고궁과 거리와 광장을 오가는 동안 언젠가 리애씨가 했던 표현처럼 여러 계절들이 지나는 듯했다. 그러니까 26년 동안의 모든 계절이.

리애씨가 뉴욕으로 간 데에는 당시 한국에 대한 참을 수 없는 염증 ─ 지체, 후진성 ─ 이 있었다고 했다. 언제나 여기를 떠나고 싶었고 돌아오고 싶지 않았다. 교환학생으로 와서 박사과정을 밟고 있던 '미스타 리'를 만난 건 그런 스물두살의 리애씨에게 행운처럼 여겨졌다. 그는 마혼에 가까운 병약한 사회학자였으며 이미 한번 결혼한 경험이 있었지만 문제가 되지 않았다.

김포공항에서 뉴욕으로 가는 비행기를 타며 리애씨가 떠올린 것은 프랭크 시나트라의 「뉴욕, 뉴욕」이라는 노래와 영화 「그렘린」이었다. 「그렘린」은 리애씨가 처음으로 극장에 가서 본 미국영화였다. 1985년의 성탄절이었고 서울극장이었다. 귀엽고 선한 털뭉치가 물에 닿으면 단란한 가족을 파괴하는 괴물이 탄생한다는 내용이었다. 물에 닿는 것이란 얼마나 아무것도 아닌 사소하고 무심한 행동인가 싶은데 그래서 더더욱 두려워지는 공포였다. 그 영화에서 리애씨에게 인상적이었던 건 등장인물도 인물이었지만, 영화에 등장하는 그 가정의 평범한 가구와 평범한 가전제품, 평범한 침구류와 평범한 식기들이었다. 그런 것들이 마구 망쳐져갈 때, 괴물들이 접시를 깨고 오븐과 전자레인지로 장난을 치고 커튼을 긴 손톱으로 찢고 크리스마스트리를 엉망으로 휘저어놓을 때, 리애씨는 오히려 그 모든 것을 그렇게 망치고 일소해버려야 좀 살 것 같은, 스테레오타입의 미국식 가정에 대해서 생각했다.

리애씨는 학생운동의 전통이 있는 독서회에서 활동했는데, 그곳의 여자 선배들이 얼마나 투철한 신념과 의식을 지녔든 간에 결혼 후에는 대개 비슷비슷한 불행에 빠지는 것을 목격했다. 이상한 얘기지만 남편을 두려워하지 않는 여자란 없는 듯 보였다. 그리고 과 학생회장이었던 선배가 남편의 폭력을 피해 리애씨 집에서 자고 간 다음 날, 혁명의 날이 오더라도 거기에 여자들의 자리는 없을 것 같다는 생각을 했다. 여자는 노동자보다도, 노예보다도, 제3세계 식민지인들보다도 더 늦게, 어쩌면 영영 해방되지 못하겠구나.

여기까지 들었을 때, 나는 리애씨의 스토리가 한국을 벗어나 선진국에서 비로소 주체적인 여성의 삶을 찾으려다 가부장적이기 짝이 없는 남편 때문에 고생하고 이혼 끝에 귀국한, 배경만 세계의 시장인 뉴욕이냐, 그저 그런 시장인 서울인가만 다르지 결국 수없이 되풀이되는 패턴의 이야기가 아닐까 생각했다. 리애씨 대신 우리 언니나 엄마나 누구를 갖다대도 상관없는. 하지만 내 예상과는 달랐다. 리애씨의 가정에는 그런 패턴은 없고 마치 무균실에 놓인 가정처럼 그런 게 너무 없어서 생기는 뜻밖의 고통이 있었다. 뉴욕에서 돌아오기까지 20여년 넘게 미스타 리는 리애씨와 단 한번의 섹스도 하지 않았다.

그가 어떻게 해서 그런 삶을 선택했는가는 리애씨가 매일 고통스럽게 생각했던 것이었다. 이유를 물으면 그는 병든 육체에 대해 언급했지만 그것이 전부는 아니라는 사실을 그도 리애씨도 느낄 수 있었다. 그가 그러기를 원해서 그렇게 살아야 한다는 것을. 리애씨는 많은 감정과 싸워야 했다. 분노, 의혹, 불신, 욕망, 냉소, 공격성, 자괴, 슬픔, 허무, 실망, 그중에서 가장 강렬한 것은 수치심이었다. 다른 누가 아니라——어차피 리애씨는 누구에게도 이 얘기를 하지는 않았으니까——자기가 자신에게 느끼는 수치심. 그것은 깊은 상념 속에서만 있지 않고 매일의 일상에도 영향을 미쳤다. 매번 스스로를 창피 주고 모욕하려는 시선이 생겨나, 오븐에서 식기를 꺼내거나 바자회에서 입을 드레스풍의 옷을 고르거나 꽃밭에 물을 주거나 장을 보고 있을 때, 그렇게 사사롭고 소소한 욕망을 실현하고 있을 때마다 자신을 위축되게 하는 시선을 리애씨는 느꼈다.

참으로 이상한 것은 섹스를 하지 않는 사람은 미스타리인데 왜 자기가 자신을 그렇게 꾸짖고 경멸하는가 하는 점이었다. 그렇게 한번 분열되기 시작한 의식은 알코올로 조금씩 더 파괴되어갔다. 뉴욕의 부자 동네에 있었던 리애씨의 집은 고요하고 점심에 열어놓은 창으로 들어온 벌 한마리가 겨우 그날의 걱정일 정도로 평화로웠지만 리애씨는 이 집이 「그렘린」에 나오는, 어떻게 보면 천진무구해 보이는 괴물들로 들끓고 있어 특별한 악의 없이 자신을 죽이고 있구나 하고 생각했다. 그러니까 미스타 리가 대학에서 돌아와 다소 지쳤지만 다정한 얼굴로 여보, 나왔어, 하면서 인사하는 그 손동작 속에, 샤워를 마친 미스타 리가 손발톱을 똑똑 잘 자르고 파자마를 입고 침대에 누워 먼저 잠이 들면 리애씨 눈에 들어오던, 잠깐 발기되어 있는 그의 성기 속에, 교민들이 다니는 교회에 주일에 가서 한 자리를 차지하고 앉아 듣는 목사의 설교나, 반복해서 닦는 식기와 테이블 위에, 그것이 있었다.

"나는 미스타 리를 사랑했어, 윤령씨. 하지만 지혜롭지 못해서 그가 미워질 때까지 아무 행동도 하지 못했지."

"뒤늦게라도 이혼을 하셨잖아요. 돌아오셨잖아요."

나는 과거의 미망이야 중요하지 않고 현재가 중요하지 않겠느냐며 최선을 다해 리애씨를 위로했다. 그때는 이미 여름이 한창이라 그늘 속이 아니라면 걸을 수 없는 상태였다. 우리는 사무실에서 출발해 교보빌딩까지 갔다가 으레 건물의 그늘 속에 서 있었다. 그렇게 한발을 좀더 어두운 쪽으로 향하는 것만으로도 우리는 살 만한 상황이 되었다.

"아니야, 윤령씨, 이혼은 미스타 리가 결정했어. 신장이 거의 기능하지 않는다는 선고를 받고 나를 설득해 이혼했지. 이혼을 이루기 위한 그 노력은 얼마나 눈물겨웠는지.

하루 두시간 겨우 일상의 일을 처리하는 병세 속에서도 계속되었어. 그 시간을 생각하면 윤령씨, 그러면 미스타리와 내가 했던 사랑도 전혀 이상할 것이 없잖아."

나는 평소에는 크게 관심도 없는 사랑의 면면을 왜 이 여름 이렇게 고심해야 하나 생각했다. 리애씨도 선생님도 모두 나보다는 근 십수년은 위인 여자들, 그러니까 더 늙고 경험 있는 연륜 있고 스펙 있는 여자들인데 인생의 중요한 마디마다 여전한 의문을 풀지 못한 채 살고 있는 듯했다. 어쩌면 신화에서 인간이 판도라의 상자를 열었을 때 다 날아가고 남은 건 희망이 아니라 의문이 아니었을까.

나는 대체 리애씨 남편이 왜 그런 삶을 택했는지 궁금했고 어느 할 일 없는 밤, 인터넷 검색을 통해 그 사회학자의 부고를 찾아냈다. 리애씨의 미국 이름은 샌드라 R. 리였고 그들이 살았던 동네는 뉴욕의 퀸스였다. 나는 리애씨가 이혼을 했다고만 했지 그가 죽었다고는 하지 않아서 당황했다. 그는 대학에서 홉스에 대해 가르쳤고 미술과 음악에 조예가 깊었던 듯 블로그를 잠시 운영하기도 했다. 한 사이트에는 짤막한 동영상 인터뷰가 올라와 있었다. 재킷을 그리 단정하지 않은 매무새로 걸친 채 말할 때마다 검지로 허공을 찌르듯 하는 버릇이 있는 그에게는 그러니까 그런 서사, 리애씨가 말한 그 복잡한 욕망과 사랑의 서사는 없어 보였다. 그저 그 인터뷰에서 얘기하는 공동사회와 이익사회라는 개념에 대한 지루한 설명처럼 그의 인생은 그런 고루한 것들로 채워져 있을 듯했다.

나는 리애씨가 자신과 그의 관계를 여러번의 산책을 통해 설명한 수고와 진정성에 대해서는 공감했지만 그 결론이 정당한 사랑이 되는 것에는 여전히 의심을 거둘 수 없었는데, 영상 밑에 누군가가 달아놓은 노 모어 레이시즘이라는 댓글을 발견했다. 사회학자에게 붙은, 인종차별은 안 된다는 댓글이라니, 나는 무슨 얘기인가 싶어 댓글을 단 사람의 프로필을 눌렀다. 그는 유학원을 운영하는 한인이었고 뉴욕에서 일어나는 다양한 한인 관련 뉴스들을 블로그에 올려놓고 있었다. 정식 루트로 알려진 뉴스뿐 아니라 한인들이 운영하는 크고 작은 매체, 종교시설, 친목단체 등에서 발설하는 루머나 잡담에 가까운 이야기들도 있었다.

나는 페이지를 넘기다가 그가 링크해놓은 한 기사를 발견했다. 뉴욕의 모 대학교수가 그의 배우자에 의해 살해당했다는 가능성을 의심받고 있다는 내용이었다. 구역까지만 나온 집 주소가 퀸스였고 전공이 같았으며 사건이 일어난 월과 부고의 날짜가 동일했다. 그는 자택에 설치된 내부 엘리베이터에 갇힌 채 발견되었는데, 그 고장 난

엘리베이터에 종일 방치되어 있다 사망했고 이와 관련해 배우자의 고의성을 경찰이 조사하고 있다는 것이었다. 기사를 인용해놓은 그는 이것이 한인들에게 종종 불리하게 적용되는, 인종차별적 수사는 아닌지 의심하고 있었다. 왜냐하면 수많은 한인들이 그 사회학자 부부의 지고지순한 사랑을 증언했기 때문이었다. 거기에는 솜털만 한 문제도 없었다고 표현한 사람도 있었다. 그들은 나이 차가 있었지만 서로를 존경하며 귀감이 되는 사랑을 실천 중이었다고.

나는 좀더 체중감량을 해야겠다며 회사 근처에 있는 헬스장을 끊었다. 점심시간을 이용해 잠깐 들러 운동할 수 있는 프로그램이 회사 사람들 사이에서 유행하고 있었다. 나는 점심을 간단히 때우거나 아예 먹지 않고 헬스장에 들러 스피닝을 돌리고 러닝머신을 뛰었다. 더이상 산책을 하지 않는 날들의 적당한 변명이 되었다. 그러면서 한번은 리애씨에게 물어봐야 하지 않을까, 그런 일이 있었어요?라고 해야 하지 않을까, 거리낌에서 출발해 나중에는 혐오 같은 미운 감정으로 바뀔 수도 있는 의혹에 대해 확인하고 넘어가야 하지 않을까, 그것이 관계의 기본 아닌가 싶었지만 그렇게는 하지 못했다.

왜 그런지는 알 수 없었다. 정말 리애씨가 살인자라고

여기는 걸까? 그런 의심이 들면 운동을 하다가도 나는 와다닥 웃음이 나왔는데, 그런 건 정말 말이 되지 않았기 때문이었다. 내게 밀려드는 그 말도 안 되는 통속과 신파의 서사를 거부하듯 실제로 헛손짓을 해가며 아, 될 말을 해, 라고 중얼거렸지만 어떨 때는 죽일 수도 있지 뭐, 하는 생각도 들었다. 하지만 무수히 공회전하는 그 마음 상태에서도 리애씨의 이 말에 대해서는 의식할 수밖에 없었다. 더 많이 사랑하는 자가 언제나 약자라는, 운동을 하다가 떠올리면 어쩐지 다리 힘이 빠지고 선득선득한 추위를 느끼게 되는 그 사랑의 무결함에 대한 말이었다.

4

거국적 행사의 이름에 대해서는 많은 의견이 오갔지만 이런저런 이유로 클라이언트에게 거절당하고 결국 '고궁에서 ─ In The Old Palace'라고 결정되었다. 중요한 라인업들이 잡히자 어느 선을 탔는지도 모르는 낙하산들이 우르르 떨어져서 섭외를 종결했다. 비록 갑을관계가 선명한 가운데 공연과 전시를 담당하는 기획자들이었지만 그래도 우리의 감식안이라는 것이 있는데, 그런 점에서는 절대 선택할 수가 없는 아티스트들이었다. 대체로 젊은 사원들이 선정에 불만을 갖고 입을 쑥 내밀었지만 사수가 너네는 정말 사회생활 할 줄 모르는 초랭이들이다, 하는 바람에 감정을 다스렸다.

"이거 넣으려면 이거 받아야 하는 거고, 현실과 이상을 적절히 조절하면서 부러뜨릴 생각을 해야지. 어디서 순진을 떠니, 떨기를."

깊은 대화를 나누지는 않았지만 리애씨에게도 골치 아픈 섭외 대상자들이 한둘이 아닌 듯했다. 그중 가장 난관은 영상 작업을 하는 돈수라는 작가였다. 작품을 상영할 스크린의 크기가 문제였다. 고궁 측에서 장소를 빌려주면서 걸었던 조건 중 하나는 어떠한 경우에도 고궁의 건물을 가리는 설치물이 있어서는 안 된다,였는데 돈수는 그런 규정 따위는 납득하려 하지 않았다. 고궁의 담장을 훨씬 넘는, 웬만한 야구장 전광판만 한 사이즈를 고집했다. 그래도 들어줄 수밖에 없는 것이 초청 아티스트 중에서 가장 유명하고 국제적인 작가였다.

그 협상을 부러뜨리기 위해 부장과 이사까지 동원되었다. 그리고 어떻게 그런 각도를 찾아냈는지 몰라도, 고궁의 처마가 똑 끝나고 팔 벌린 나무들의 가지가 이어지기 직전 어떻게 어떻게 45도 틀면 만인이 만족할 수 있는 대안이 나왔다. 하지만 그렇게 각도를 트는 데도 돈수는 예민하게 반응해서 재차 설득을 해야 했다. 급기야 사무실을 방문한 돈수는 상영 중 화면이 일그러지거나 뒷배경에 뭔가가 비치는 등 작품의 가치를 떨어뜨리는 불의의 사고가 일어나면 배상한다는 각서를 받고 나서야 허락했다. 그는 외국에서 오랫동안 활동해서인지 아니면 국제적인 공증이 필요해서인지 서류를 영문으로 작성해달라고 했다. 그리고 발음이 자기와 유사하고 매우 훌륭한 영어를 사용한다며 주로 리애씨와 대화했는데, 뉴욕에 관한 이야기가 나오자 돈수는 살았던 지역을 물었고 리애씨는 맨해튼이라고, 내가 알고 있는 것과 다른 지명을 댔다.

선생님은 곡은 완성했지만 제목을 붙이지 못하다가 최종 단계에서야 '올라가려고 하면 내려가고, 내려가려고 하면 올라간다'라고 정했다. 곡 제목이 이전 것과 유사하다고 생각했지만 대놓고 물어볼 수는 없어서 "이거 초연이라고 팸플릿에 적을까요?" 했는데, 선생님은 무덤덤하게 그러라고 했다. 스타카토가 붙은 길고 짧은 아르페지오로 주로 구성된 그 곡은 다소 앙상한 느낌이 있긴 했지만 데모상으로도 훌륭했다. 그런데 선생님은 곡의 소개말은 쓰지 않겠다고 고집을 부렸다. 그냥 불러주기만 하면 받아 적겠다고 해도 선생님은 음, 하면서 뜸을 들이다가 나에게 일임했다. 행사 날 연주는커녕 참석하게 하는 데도 지난한 설득이 필요했던 터라 더는 강요할 수가 없었다.

어느날 가보니 선생님은 짐 정리를 하고 있었다. 관리소장이 올라와서 선생님이 내놓은 운동기구를 고맙다며 가져갔고 이제는 몇개의 소품만 식탁에 남아 있었다. 선생님은 마치 눈싸움을 하듯 그것들을 집중해서 보고 있다가 카드와 편지 몇장을 집어 천천히 찢었다. 유치한 서클무늬가 그려진 스카프는 이따가 내려갈 때 옷 수거함에 넣어줘, 하면서 내게 건넸고 이제 남은 건 바싹 말린 꽃잎을 넣고 향수를 채워 넣은 유리병이었다.

선생님은 팔짱을 끼고 그 유리병을 내려다보다가 엄지와 검지로만 달랑 들어 쓰레기봉투에 넣었다. 나는 선생님이 워낙 살림에 젬병이라 쓰레기봉투에는 가연성만 넣어야 한다는 것조차 모르는가 싶어서 선생님, 이건 안 돼요, 하고 말렸다. 그러자 선생님은 도리어 그럼 어쩌니? 하고 내게 되물었다. 그런 선생님 얼굴에는 아직 다 정리되지 않은 복잡하고도 선명한 고통이 얼룩져 있어서 나는 차마 속을 알뜰히 비워 재활용으로 내놓으라고는 하지 못했다. 슈퍼에 가서 어떻게 하면 좋을지 묻자 주인은 별도의 특수폐기물용 봉투를 내밀었다.

"얼마예요?"

"오천백원 되겠습니다."

"아니, 왜 이렇게 비싸요?"

"오십 리터라서 그렇죠."

"그렇게는 필요가 없는데, 그냥 요만한 병 하나 버릴 거라서요."

나는 두손으로 뭔가를 움켜잡듯이 해서 크기를 설명했다. 주인이 보더니 그래도 할 수가 없어요,라고 했다.

"대형밖에 안 나와."

잘하면 쪼그려 앉은 사람 하나도 충분히 버릴 수 있을 듯한 그 봉투를 하는 수 없이 사왔다. 선생님은 비닐봉지 안에 병을 떨구듯 넣더니 입구 부분을 느슨하게 묶었다. 거기에는 아직 충분한 양의 폐기물이 차지 않아서 버려진 것이 무엇인지 아주 오롯하게 보였다. 그날도 용건은 해결하지 못하고 쓰레기만 가지고 나가려는데 선생님이 잠깐만, 하더니 뭔가를 더 가져왔다. 무더운 여름을 살아내지 못하고 선생님의 방관 속에 죽어버린, 아마도 내가 사다주었을 데이지 화분이었다.

곡에 대한 설명을 쓰기 위해서는 하는 수 없이, 그 곡을 썼던 선생님의 여름날들을 떠올려볼 수밖에 없었다. 타인의 마음을 헤아리기 위해서 최대한 가까이 가볼 수밖에 없는 과정이었고 아무래도 좀더 어두운 편에 서보는 것이었다. 그 와사비 인간의 춤사위에 대해서도 다시 생각해볼 수밖에 없었다. 또다시 유튜브를 틀어서 밤마다 시청했는데, 너무 반복해서 눈에 무리가 간 것인지 아주 잠깐 눈물이 나기도 했다. 그는 리허설 영상에서 한국의 어깨춤 동작을 선보였다. 어깨가 올라가고 내려오고 올라가고 내려가는 동작을 전혀 유연하지 않게, 어색하게 느껴질 정도로 천천히 반복하면서, 한편이 올라가려고 하면 반대편이 내려가고, 또 내려가려고 하면 다시 올라간다고 설명했다. 그 이상하게 허탈하고 비애가 번지는 표정, 그러면서도 이것을 춤의 신명이라 설명하는 상황이 서글프게 느껴졌다. 세상의 어떤 환희는 그렇게 자유자재가 아니라 불가피한 강제 속에 발생한다는 것이.

나는 그것을 보고 나서 어떻게든 문장을 만들어보려다가 서양음악 작곡가 진은파가 만들어내는 동서양 음악의 조화, 한국적 선율의 재발견, 사랑과 평화의 메시지 같은 말로 대체해버렸다. 선생님의 그 여름에 대해서는 누구도 끼어들 수 없을 것 같았다. 스스로 어쩔 수 없는, 감정과 상태의 불수의근에 몰두해 있는 선생님의 연인조차도.

소개글을 완성해 선생님에게 컨펌을 요청했지만 선생님은 내가 보낸 이메일을 읽지도 않는 것으로 예의 그 거부 의사에 다시 언더라인을 그었다.

마침내 디데이가 되자 우리는 고궁 안을 종일 정신없

이 뛰어다녔다. 특히 우리가 VIP라고 부르는 초대 인사나 클라이언트들이 왔을 때는 고궁의 경계석들을 허들처럼 넘어가며 일사불란하게 움직였다. 전시는 한달 동안 이어지는 상설이었고 디데이 행사는 공연이었지만 중간에 조명을 모두 꺼 암흑으로 만든 뒤 스크린에 띄우는 돈수의「기괴의 탄생」이 클라이맥스였다. 그걸 스크린에 띄우는 건 뭐 그리 어렵고 복잡한 과정도 아니었지만 각서까지 쓴 터라 직원들 모두 긴장했다. 어디서 수가 틀려 트집을 잡을지 몰랐다. 보름이라 더 둥실 떠오를 달마저 문제삼을지 모른다고, 부장은 전시 쪽 팀장에게 기상청에 전화를 걸어 오늘 달이 어느 방향에서 뜨는지 확인해보라고 했다.

내게는 그 일 말고도 긴장한 대목이 있었는데, 선생님이 온다는 사실이었다. 나는 선생님에게 전처럼 편하게 연락하지는 못하고 있었다. 그날 선생님이 유리병과 함께 내 화분까지 치워버린 것이, 어느날은 청소를 하는 사람의 당연한 행동처럼 여겨지기도 하고 어느날은 내게 보여주는 어떤 메시지처럼 느껴지기도 했다. 선생님이 리애씨와 만나게 된다는 점도 신경 쓰였다. 물론 선생님은 리애씨에 대해 모르고 리애씨도, 내가 전한 것 말고는 선생님에 대해 모르며 결과적으로 모두를 알고 있다고 생각한 나도 양쪽에게 무슨 일이 있었는지 지금은 아주 모르게 되었다고 결론 내렸지만 모종의 관련자들이 맞닥뜨리는 듯한 긴장이 있었다.

돈수의 작품은 선생님 곡이 끝난 직후 발표되기로 예정되어 있었다. 그리고 각자의 이유로 회사 사람들이 긴장하고 있을 때 마침내 작품이 상영되었다. 그날부터 우천 시만 제외하고 고궁에서 무한반복 될 그 영상에는 자신의 엄지손가락을 열심히 빨고 있는 어느 우량아의 모습만이 담겨 있었다. 솜털 하나도 다 잡아낼 듯한 고화질의 영상이 거대한 스크린에 떠올랐고 무아지경의 자족감을 느끼며 엄지를 탐하는 아기의 열띤 반복이 펼쳐졌다. 그 쌕쌕하는 숨소리와 손가락을 축축이 적시며 흘러내리는 투명하고 농도 짙은 침과, 머리카락이 땀으로 범벅이 된 상황에서도 도무지 놓지 않는 엄지를 카메라가 담고 있었다. 그 갈구와 애착과 버둥거리는 팔 동작을.

아직 행사가 끝나지 않았는데도 선생님은 자리에서 일어났다. 나는 선생님에게 인사를 해야겠다, 인사를, 그러니까 다정한 배웅을 해야겠다 하면서도 인파가 많아 우선 눈으로만 따랐는데, 리애씨가 선생님에게 인사하는 장면이 보였다. 선생님은 고개를 약간 숙이면서 몇마디 말을 했다. 리애씨가 밤하늘을 가리키는 것으로 보아 보름달 얘기를 한 듯했다. 그러니까 그 영상의 정확히 반대편에 떠 있는 그 환하고 거대하며 완전한 원형인 것을. 둘은 어깨를 가까이 붙이고 고궁의 돌담길을 걷기 시작했다. 나는 아직 행사가 진행 중인데 리애씨가 어디까지 함께 가는 건가, 저러면 또 사수들한테 한소리 듣지 않겠나 하면서도, 벌써 중간문을 넘어가는 그들을 따라가지는 못했다.

• 진은파의 자작곡 제목인 '올라가려고 하면 내려가고, 내려가려고 하면 올라간다'는 국립현대무용단의 2017년 공연 「댄서 하우스」에서 착안했다. 어깨춤 동작도 공연 장면에서 가져왔으나 그 의미와 해석 등은 관련이 없다.

깊이와 기울기

제주 부속섬에 마련된 레지던스 '공가'는 작가들이 무척 가고 싶어하는 곳이었다. 환경과 시설이 좋고 체류기간 동안 생활비를 주기 때문이었다. 뉴욕의 모마(MoMA)처럼 국내외 유수의 미술관을 통해 작가를 추천받아서 체류 자체가 경력이 되었다. 나쁜 아니라 거의 대부분의 예술가들이 그렇게 레지던스를 철새처럼 오가며 살고 있었다.

오직 한달에 한번 자동차로 생필품을 전해준다는 오슬로 어딘가의 통나무집에서부터, 유령 일족이 모여 산다는 이탈리아의 으스스한 고성을 거쳐 폐광된 독일의 보훔과 중국 선전의 공사장까지, 예술가들의 임시주거지가 다채롭게 있었다. 그 섬은 그런 불편과 단절 대신 일상의 안정이 가능한 곳들 중 하나였다.

레지던스에 머무는 4개월은 꽤 긴 시간이라서 애인인

영류가 불평하지 않을까 예상했지만 그러지 않았다. 잘 됐다고 뜨뜻미지근하게 반응하더니 한번 내려오겠다고 만 했다. 그 한번이 정말 횟수 한번을 가리키는지도 모호 한, 언젠가 시도는 해보겠다는 정도의 시적시적한 태도였 다. 섭섭했지만 하는 수 없었다. 영류는 근래 매사에 의욕 이 없었으니까.

언젠가는 속옷을 갈아입는 나를 물끄러미 바라보다가 우리는 완벽한 라이프 파트너야,라고 맥락 없이 말하기도 했다.

"사는 데 성욕만큼 성가신 게 없는데 잘됐지 뭐."

한 계절 쓸 짐들을 캐리어에 담으니 30킬로그램이 넘었 다. 그나마 다른 짐들은 영류가 차차 택배로 보내주기로 한 게 그랬다. 전철과 버스, 비행기, 택시와 배까지 가능한 모든 교통수단을 이용해 마침내 섬 선착장에 도착하니 레 지던스 매니저가 마중을 나와 있었다. 인터넷 홈페이지나 구글 지도에서 봤을 때와는 비교도 되지 않는, 섬의 현실 감이 압도적으로 눈앞에 펼쳐졌다. 태양 아래 바다는 파 랗다고 하기에는 좀더 무겁고 농축된 쪽빛을 띠었다. 그 색감이 주는 이상한 처연함과 무게감에 정신이 팔려 아득 해지는 순간 매니저가 "작가님, 조심하시고요" 하고 주의 를 줬다. 한걸음 걸을 때마다 갯강구 수십마리가 일사불란하게 흩어져 갯바위 어딘가로 흘러들었다.

　레지던스는 선착장에서도 30분은 걸어가야 하는 거리
였다. 섬은 천천히 걸으면 한시간이면 다 도는 작은 크기
니까 그 정도를 걸어야 한다면 끝과 끝이라는 얘기나 마
찬가지였다. 매니저는 곱슬머리에 키가 작고 왜소한 체격
의 남자였고 걷는 내내 레지던스가 시설은 좋지만 전용
자동차 한대가 없다고 불평했다. 슈퍼도 없고 적어둔 전
화번호로 연락하면 주인이 가능할 때만 나와 물건을 파는
매점이 다인데 장을 보는 건 자기 담당이고 늘 감당할 수
없을 정도로 많은 재료를 사러 본섬에 다녀와야 한다고.

　"수박! 작가님, 정말 수박은 요청하지 마세요."

　매니저의 불평이야 어떻든 섬의 풍경이 주는 감동과
자극에 기분 좋게 취해가는데 매니저가 당부했다.

　"수박이라니요? 저는 수박 안 좋아해요."

　"그거 잘됐어요, 정말 수박은 말이 안 돼요. 차도 없는
데 그 무거운 걸 들고 서귀포 마트에서 레지던스까지 오
자면 아주 말이 안 되는 거죠, 수박은."

　"수박은 과일이고 없으면 안 먹어도 되는데 왜요, 누가
그렇게 수박을 원해요?"

　"작가들이 원하고 안나씨도 부탁하죠."

　"안나씨가 누군데요?"

매니저는 안나가 누군지 설명하자면 복잡하다고, 그냥 섬의 '젊은 리더'라고 알면 된다고 했다. 타지에서 5년 전에 이주한 사람인데 지금은 택배배달원이자 하군 해녀, 사진작가, 레지던스 운영자문위원으로 왕성한 활동을 하고 있다고. 이미 그것만으로도 충분히 정체가 복잡한 상황이었다.

레지던스의 여름날은 단조롭게 흘러갔다. 작가들은 배정된 방과 작업실에 있다가 끼니때가 되면 나와서 식사를 했고 흩어져 잠을 잤다. 우리는 모두 작가명이 따로 있었고 여기서도 당연히 그렇게 불렸다. '인부1'이라는 설치미술가, 개인인데도 복수의 명사를 쓰는 집단체, 잭슨 폴록이 사용한 안료에서 가져온 '듀코'라는 이름으로 활동하는 작가가 있었다. 뉴욕에서 온 헤이마린은 유일한 외국 작가였는데 한달째 적응을 못해 불면증을 겪고 있었다.

영류는 우체국 갈 시간이 없다며 택배 발송을 자꾸 미뤘다. 점심시간에는 붐비고 우체국은 여섯시에 닫으니까 퇴근 후에도 갈 수가 없다고.

"우체국 택배를 부르면 되잖아."

"우리 사무실 분위기 알잖아. 있어봐, 월차를 한번 쓸 거야."

지금은 큐레이터 일을 하지만 영류의 원래 꿈도 나처

럼 작품을 하는 거였다. 하지만 그러기에는 현실적인 문제들이 있었고 어느새 영류는 작업보다는 생활을 운영해 나가는 데 더 골몰했다. 가슴은 예술할 때만 뛰는 것이 아니더라고, 혹시나 사둔 주식 몇주가 오를 때도 미친 듯이 뛰더라고, 말하곤 했다.

"그래도 너는 예술해. 나는 생활 예술할게."

영류의 직장은 호텔에 소속된 미술관이었다. 로비층 지하에 소규모 전시장이 있었다. 영류는 주로 거기를 지키다가 하루 두번, 오전 열한시와 네시가 되면 신청한 투숙객들과 함께 호텔을 투어했다. 로비와 복도에 자리한 미술품과 골동품들은 고가인 만큼 값어치가 있었지만 정작 미술관 전시품들은 단순히 내걸렸다는 것 말고는 의의를 논하기 힘든 작품들이었다. 영류는 그것들에 아주 냉담했다. 주로 경력을 쌓으려는 목적으로 친분을 이용해 전시회를 여는, 혹평조차 과분한 미술품들이라고 했다. 그래도 투숙객들이 지하로 내려와 작품 설명을 요청할 때면 그런 자기 평가를 말할 수는 없었다. 스커트 앞섶을 정리하듯 자기 마음을 팽팽하게 만들고 화려한 수식어로 포장된 말들을 늘어놓아야 했다.

일이니까 점차 익숙해졌지만 그래도 뭔가를 억지로 했다는 감각만은 못내 사라지지 않는다고 영류는 한탄했다.

그때마다 나는 영류의 일정한 수입에 기대 불안정한 작가 생활을 해나가는 나 자신이 조금 더 싫어졌다. 영류의 부담을 덜어줘야 한다고 밤새 뒤척이며 고민했다. 하지만 일곱시 알람에 영류가 일어나 마을버스를 타러 가면 또다시 방에 혼자 덩그러니 남았다. 불투명창으로 얼룩진 햇빛이 들어오는 빌라에, 오늘 해야 할 드로잉과 함께.

섬에서의 하루란 외형상으로는 평소와 다를 바 없었다. 하루에도 몇번씩 전화와 이메일로 큐레이터들의 안내나 홍보, 선배들이 어떻게 어떻게 잡아 온 전시회 일정, 동업자들의 신세한탄과 은사의 호출 메시지 등이 날아들었다. 하지만 서울에서와 달리 확인에는 점점 시들해졌다. 나만 그런 건 아닌 듯했다. 한달 먼저 생활해온 인부1도 알 수 없는 무력감이 고인다고 했으니까.

"배출 없이 고여버리는 기분, 고이다가 고이다가 태풍이라도 불어야 싹 날아서 해소되고 마는 그런 섬의 형질. 헤이마린도 그래서 못 자는 거예요. 뉴요커가 어떻게 여기서 적응을 하겠어요. 얼마 전에 멸종 문화 아카이브 하는 영국 작가가 해녀들 찍는다고 왔다가 여기까지 데리고 오니까 화내면서 돌아갔잖아요. 이런 오지까지 왜 데려왔느냐고, 미쳤느냐고 그러면서."

"그 정도인가, 여기가?"

"기라성 작가는 어떤데요?"

"전 아직은 괜찮은데요."

그러자 인부1은 좀 있어봐요, 차차 알게 됩니다, 했다.

처음 며칠은 각자 요리했지만 어느 순간 인부1이 식사 준비를 도맡았다. 어차피 자기 먹느라 요리를 해야 하니까 자기한테는 그게 그거라고 했다. 그러면서 인부1은 레지던스에 구비되어야 할 '기본 식자재'의 종류를 서서히 늘려갔다. 간장이 국간장과 조림간장과 다시간장으로, 쌀이 현미쌀과 오곡잡곡을 지나 퀴노아로, 고기가 돼지고기, 소고기, 오리고기로 분화했다. 원래 규정상 기본 식자재는 레지던스 예산에서 제공하고 나머지는 각자 조달하기로 되어 있었지만 매니저는 안 된다고는 못했다.

인부1이 요리를 해주면 편한 면도 있었지만 그렇듯 예산 적용의 애매한 기준을 이용해 하루 식단을 공짜로 제공받는 일은 마음 어딘가를 건드렸다. 그러니까 최소한 여기까지는, 이건 아니다 싶은 자존심의 어느 저점이었다.

그래서 혼자 즉석식품으로 끼니를 때우려다보면 인부1에게 나빠요,로 시작하는 잔소리를 들어야 했다. 인부1에게는 건강을 해치는 나쁜 식습관에 대한 정보가 목록화되어 있었고 늘 암을 거론했다. 진실로 암이란 불행의 먹이슬 가운데 최상위 포식자였고 자비 없는 침략자였다. 암은 내가 그냥 간편하게 데워 먹으려고 집어든 즉석식품의 알루미늄 포장지에서 시작해 냉동 떡갈비를 이루는 붉은고기의 단백질 입자와 각종 유지, 숱한 식품첨가제와 전자레인지를 돌릴 때 일어나는 파동마저 포자로 삼아 세포를 증식시키고 최종적으로 우리를 죽음으로 몰고 갔다. 그렇다면 그것이 바로 예술의 죽음이에요,라고 인부1은 결론 내렸다.

"그러니 예술하는 우리 자신을 좀더 사랑합시다, 에?"

드디어 안나를 만난 건 섬에 도착하고 나서도 한달이 지나서였다. 영류가 보낸 택배가 도착했다고 해서 나가보니 안나가 오토바이에 그 짐의 일부를 싣고 기다리고 있었다. 나머지는 선착장에 있다고 했다.

"그럼 어떻게 하죠?"

"가져오셔야 해요."

처음에는 무슨 의미인지 몰라서 당황했다. 섬에는 다른 택배가 아예 들어오지 않는다고 해서 굳이 영류가 월차까지 내서 우체국을 이용해 보냈는데 내가 가져와야 한다니? 안나의 오토바이는 중국집 배달원들이 주로 몰고 다니던, 요즘 도시에서는 그들조차 잘 이용하지 않아 희소해진 낡은 시티100이었다. 짐을 많이 실었다가는 넘어질지도 몰랐다. 그래서 다 못 가져온 것이 아닐까 생각하며 넘기려는 순간 화를 돋우는 말이 다시 들려왔다. 앞으로 무거운 물건은 시키지 말라는 것이었다.

"그러면 어떤 걸 보냅니까?"

"가벼운 거, 적당히 그런 거요."

안나는 마치 내가 당연히 알아야 하는 팁을 일러주는 사람처럼 상냥했다.

"무겁지 않으면 들고 왔겠죠. 무슨 우체국에서 그런 것까지 상관합니까?"

"우체국이라고 다르게 하는 게 아니라 사람이 갖고 와요. 기동철 님 손으로 안 옮길 뿐이죠."

"저 기동철 아니고요, 기라성 작가예요. 여기 레지던스 입주 중이고요."

"아,"

그날 선착장 매표소에 덩그러니 놓여 있을 짐을 매니저와 함께 가지러 가면서 우체국에 항의하는 방안에 대해 진지하게 의논했다. 매니저는 회의적이었다. 안나가 택배 일을 하고는 있지만 정말 하고 싶어서 하는 게 아니다, 가장 젊은 사람이라 떠맡았을 뿐이다. 안나가 이런저런 사정으로 못 가져오면 사정이 되는 마을 주민들이 배달해

주는 경우도 흔하다. 섬에서는 젓가락 하나라도 있으려면 누군가는 나가서 들고 와야 하니까 그 들고남의 수고스러움을 서로 이해하고 협조할 수밖에 없다. 이런 상황에서 우체국에 일러바친다면 섬 주민들의 불친절이나 받을 거라는 얘기였다.

"뭐 어떻습니까? 불친절하면 뭐, 제가 무섭나요?"

나는 섬의 불합리한 생리를 이해하고 싶지 않아 부루퉁하게 물었다. 그러자 매니저는 좀 애처로운 얼굴로 그러면 레지던스 운영이 어려워지겠지요,라고 설명했다.

"당장 전기가 끊겨도 할 말 없는 거예요."

그렇게 한번 얼굴을 알고 나자 안나는 섬에서 자주 눈에 띄었다. 심지어는 누구네 집을 직접 고쳐주고 있기도 했다.

"다재다능한 분이신가봐요. 공사도 하고 물질도 하고 사진도."

"일단 이 섬에 와서 5년을 버텼다는 사실 자체가 유니크하죠. 절대 쉽지 않아요."

"뭐가 제일 어려워요?"

"당연히 텃세죠. 이 조그만 섬에서 전동 사람, 후동 사람 다르다는 말이 나와요. 안나씨가 부단히 노력하죠."

섬은 선착장이 있는 전동과 반대편의 후동으로 구역이

나뉘어 있었다. 그래 봤자 가로지르면 10여분 거리였다.

"사진은 전문적으로 찍는 거예요?"

나는 은근히 그러나 심드렁하게 물었다.

"당연하죠. 제주에 드나드는 사진작가들 많고 듀코 작가님도 기업 후원 받아서 시리즈 작업하시는데 제가 잘은 모르지만 솔직히 안나씨만큼은 아니에요."

그때 우리는 커피와 맥주, 간단한 안줏거리를 파는 스 낵바에 앉아 있었다. 스낵바는 레지던스를 운영하는 기업이 주민들의 수익 창출을 위해 섬에 기부채납한 곳이었다. 나무덱으로 만든 스낵바의 테라스 앞은 방조제이고 창창한 바다였다. 하기는 섬이니까 앞이 바다가 아닌 곳은 거의 없었다. 바로 앞이 아니라면 앞앞이 혹은 앞앞앞이 바다였다. 끝없이 펼쳐진 바다를 섬에서 바라보면 저면 곳의 수평선은 육지보다 높이 올라가 보인다는 것을 나는 여기 앉고 나서야 깨달았다. 수평선은 멀어지면 비현실적으로 완고해 보이고 아득한 경사를 이뤄 나를 휩쓸 듯했다.

멀리 여객선이 출렁이는 바다를 가로지르더니 오래지 않아 관광객들이 스낵바 안으로 우르르 들어왔다. 우리는 테라스를 내어주고 좁은 바가 있는 실내로 들어갔다. 그렇게 영업에 협조하지 않으면 나중에 스낵바 이모에게 한

소리 듣는다고 매니저가 미리 일러두었다. 이모는 80년대에 일본으로 건너가 해녀로 일하다 귀향한 섬의 토박이였다. 그래서 스낵바에 '순자, 준코(順子)'라는 두 이름을 써놓고 있었다. 아직 오지는 않았지만 아마도 올 것이 분명한 일본인 방문객을 위한 것이라고 했다.

커피를 내리던 이모가 "저기 곰새기네" 하며 바다를 가리켰다. 우리뿐 아니라 관광객들도 모두 자리에서 일어나 바다를 건너보았다. 여기 와서 돌고래까지 보면 횡재라고 관광객들이 들떴다. 하지만 이모가 손가락으로 가리킨 곳에는 물결이 일 뿐 아무것도 없었다. 관광객들이 어디냐고 더 정확히 말해달라고 들볶자 이모는 모양을 보지 말고 물결에 도드라지는 물색을 보라고 하더니 우리가 아쉬워하든 말든 심드렁하게 자기 할 일로 돌아갔다.

"그거 고칠 수 있을 것 같아요!"

그때 본섬에 다녀온 안나가 백팩을 멘 채 스낵바로 들어왔다. 매니저가 어리둥절해 무슨 소리냐고 묻자 "학교 옆 르망 말이에요!" 하고 다시 들떠서 말했다. 초등학교 옆 수풀에 방치된 르망 차를 말하는 것이었다.

주민들은 그 차가 오래전 여름 주차된 뒤로 그 자리를 지키고 있다고 했다. 버려진 이유는 알아내지 못했지만 누구에게도 그 처분에 대한 권리는 없는 것 같았다. 몇몇 주민이 그 차를 고쳐서 타거나, 가져다 팔려고 했다고 들었는데 나서서 권리를 주장하는 사람이 없었기 때문이었다. 물론 그들 모두 배보다 배꼽이 더 크다는 결론을 듣고 포기했다. 정비공을 부르거나 배를 띄우거나 어떤 경우도 그 한줌의 르망 가격보다는 비쌌다. 안나는 그 차를 고쳐 레지던스와 자신이 몰 궁리를 하고 있었다.

"그래도 정말 주인이 있으면 어쩌나요?"

나는 영 미심쩍어서 안나에게 물었다. 고치더라도 운행하려면 자동차 등록을 해야 하지 않는가, 보험도 들고 정기검사도 받아가면서. 안나는 어차피 섬 안에서만 몰 텐데 상관없다는 안이한 태도였다. 육지의 그 숱한 도로에도 몇만대의 무등록 차량이 돌아다니는데 어떠냐는. 물론 섬에서는 그런 법률, 운전자가 안전벨트를 매야 한다든가, 운전자가 막걸리를 마시면 안 된다든가, 운전자가 면허를 가지고 있어야 한다든가 하는 것들이 종종 무시됐지만 안 될 말이었다. 그런 차를 행여나 고쳐 몰다가 사고라도 나면 매니저가 직장을 잃을 판이었다. 그러자 안나는 일단 고치면 섬 치안센터의 김경장에게 의뢰해 주인을 찾겠다고 했다. 얘기를 듣고 있던 이모도 나중에 주인이 오면 고쳐줬다고 고마워할 일 아닌가, 하며 거들었다.

르망을 고치기 위한 안나의 계획은 무모하기 짝이 없

었다. 요약하자면 모두가 모두의 기량을 발휘해 그것을 고친다,였다. 기계장치들을 이용한 설치미술품을 만드니까 레지던스 작가들에게 그런 기술이 있다고 기대하는 걸까 싶었는데 그건 아니었다. 그저 우리의 학습능력을 믿는 듯했다. 우리 중 유학을 다녀오지 않은 사람은 아무도 없었고 손재주 없는 사람도 없으니까. 유튜브를 참고해 그 정도는 하지 않겠느냐는 믿음이었다.

안나는 '르망장인'이라는 유튜브 채널을 보여주었다. 퇴직한 자동차회사 기술자가 만든 경정비 튜닝 채널이었고 마니아들 사이에서 이슈가 되고 있다고 했다. 시작한지 1년도 되지 않았는데 구독자가 이만명이었다.

"이만명!"

매니저가 탄식하듯 그 숫자를 되뇌었다.

우리는 안나가 틀어준 채널에서 르망장인이 범퍼를 열어 정비를 시작하는 장면을 지켜보았다. 구레나룻이 턱과 볼을 덮고, 존 레넌처럼 렌즈가 작고 동그란 선글라스를 끼고 있어서 얼굴을 확실히 알아볼 수는 없었다. 슬레이트로 지은 듯한 차고는 안 그래도 어두운데 선글라스를 껴야 하나, 나사나 뭐 제대로 보일까 싶었다. 그런데 지금 한국에 남아 있는 르망이 천대가 안 될 것 같은데 차 고치는 모습을 보려는 사람이 이만명이라니.

그날밤 레지던스로 돌아가 여느 때처럼 인부1이 해주는 저녁을 먹으면서 자동차 수리 문제에 대해 대화했다. 인부1은 히헹헹, 하는 코웃음으로 말도 안 된다는 의견을 대신했다. 괜히 노력 봉사하지 말고 각자의 작업이나 잘하자고 했다. 요즘 커뮤니티 아트다 뭐다 해서 예술가들이 활동가 비슷하게 나서서 별별 일에 이용되는 거 자기는 별로라고.

헤이마린은 수면보조제를 먹기 시작해 늘 얼이 나간 표정이었는데, 자동차 얘기가 나오자 흥미를 보였다. 나는 헤이마린이 자기 작업이라며 보여준 자동차 영상을 떠올렸다. 멕시코와 미국 국경에 버려진 그 자동차는 어떻게 했는지 투명한 얼음막에 뒤덮여 말 그대로 동결된 '얼음 자동차'가 되어 있었다. 그리고 그 자동차에 다양한 인종의 사람들이 끊임없이 올라탔다. 홀로그램으로 표현된 그들이 그렇게 무한으로 탈 수 있다면 그건 타는 게 아니라 사라지는 과정처럼 보였다.

영상은 자동차의 측면을 비쳤는데 헤이마린은 버튼을 달아서 원하면 각도를 돌려 차 내부를 들여다볼 수 있게 했다. 하지만 버려지고 얼어버린 차체와 '이민자'라는 작품명이 연상시키는 그 내부의 장면은 아마도 비극적일 게 분명했기에 많은 이들이 버튼을 누르지 않는다고. 하지만 일단 누르면 영상이 바뀌면서 그 차는 패밀리카, 미국식 홈비디오에 등장할 만한 꼬맹이들과 부부로 구성된 백인 중산층의 차로 바뀌었다.

헤이마린은 헤어밴드를 풀었다가 다시 앞머리부터 천천히 밀어올리면서 그러니까 그 수리는 예술작업이냐고 물었다. 우리가 집단적으로 참여하는 레지던스 차원의 협업이냐고.

"아니, 그냥 고치는 거예요."

"왜?"

정작 헤이마린이 그렇게 진지하니까 이유를 바로 댈 수가 없었다.

"그냥 그 차가 거기 있으니까?"

그건 너무 빈번히 사용되어서 아우라가 거의 사라져버린 한 산악인의 명언이었고, 나조차도 웃으면서 말했지만 헤이마린은 진지하게 뭔가를 생각하더니 자기도 참여하겠다고 했다. 집단체에게도 물어봐야 했지만 집단체는 워낙 은둔생활을 해서 사흘에 한번이나 볼까 말까였다. 식사나 하고 작업하라며 인부1이 괜히 찾아갔다가 히스테릭한 항의를 받은 뒤로 안 보여도 모두들 그러려니 했다. 다만 입주작가의 안전을 책임져야 하는 매니저만이 집단체의 생사를 알 수 없어 곤란해하다가 하는 수 없이 시시티브이를 돌려 보곤 했다. 아무도 없는 새벽이 되면 휘청휘청 걸어나와 냉장고를 열고 우유 한팩을 통째로 마신다고 했다. 그러고 보면 레지던스가 원래 목적했던 고립과 단절을 제대로 수행하는 사람은 집단체뿐이었다.

작가들과 헤어져 방으로 들어온 나는 침대 시트를 정리하고 블라인드를 천천히 내렸다. 작은 지네를 발견해 스프레이로 기절시킨 뒤 내다 버렸고 이불 속에서 뒤척뒤척하다가 르망장인 채널을 몇회 돌려보았다. 르망장인은 원래 그런 건지 아니면 동영상 촬영이 익숙하지 않은지 화면을 똑바로 바라보지 않았고 바람 빠진 풍선처럼 말을 히들히들하게 했다.

갈아야지, 갈기는 해야는데,

뭐 그러면 이렇게 누유를 막아봐야 하나,

하—,

되면 되고 안 되면 모르고.

르망장인의 그런 시들시들한 멘트와 달리 나는 영상에 점점 빠져들어가면서 가슴이 뛰는 것을 느꼈다. 이런 자동차들은 한국 자본주의의 발전 과정을 보여주고 있지 않은가, 포니, 스텔라, 아카디아, 티코, 에스페로…… 이 이름들만 가지고도 폰트를 잘 만들고 자음과 모음을 해체해 어지럽게 보여주면서 자본에 대한 한국인들의 선망과

속물성을 패러디하면서 기계문명에 대한 성찰을 담으면, '작업' 하나가 나오지 않나 싶었기 때문이었다. 하지만 오래지 않아 창피할 정도로 빤한 구상이라는 생각이 들었고, 그 도식성과 클리셰들에 완전히 질려 나 자신을 한심해하다가 잠이 들었다.

다음 날, 아침을 먹으러 가보니 매니저는 그 계획을 진지하게 검토하고 있었다. 매니저에게 자동차가 간절한 이유는 수박의 무게 때문만은 아니었다. 섬의 주민이자 레지던스 운영이사인 양선장에게 한 약속이 있어서였다. 양선장은 몇년 전만 해도 어선을 몰았지만 그만두고 지금은 일손이 필요한 곳에 손을 보태며 지내고 있었다. 관광객들이 많은 여름기간에는 섬의 중국집 일을 봐주기도 했다. 식사를 하러 갔다가 마주치면 그는 쑥스럽다는 표정을 하고 "알바!"라는 단답으로 자기 상황을 설명했다.

이사라는 직함은 사실상 보수가 없는 명예직이었다. 그런데도 그는 그 직의 상징성에 걸맞게 레지던스를 살뜰히 살폈다. 개념상으로 살폈다는 것이 아니라 실제로 그랬다. 그런 그에게 본사 팀장이 레지던스 전용차가 생기면 양선장님도 사용하시라고 약속하고 갔지만 3년째 이행되지 않고 있었다. 물론 매니저는 문서를 완벽하게 꾸려 왜 차가 필요한지, 차가 얼마나 필요한지를 본부에 알렸지만 그렇게 올라간 페이퍼는 윗사람들의 반응 ── 정말 차가 필요하겠구나 ── 만 얻을 뿐 실현되지 못하고 미끄러져 내렸다.

"뭔가를 하긴 해야겠어요. 아주 작은 거라도, 이렇게는 못 견디겠어요."

나는 견딜 수 없다는 매니저의 말이, 자동차가 없는 불편을 가리키는 것인지, 레지던스 근무를 말하는 것인지, 아니면 오히려 그 견딜 수 없는 상태를 몰개성하게 만드는 말 같지만 삶 자체가 그렇다는 건지 몰랐지만 일단 수긍했다.

우리는 우선 르망에 접근해보기로 했다. 그러자면 풀부터 베어야 했다. 작업을 하기 위해 모였는데 안나가 양말과 운동화를 신고 오라고 돌려보냈다. 수풀에는 반드시 뱀이 있다. 양말만 잘 신어도 골로 갈 걸 안 갈 수가 있다. 우리는 레지던스에서 나와, 자전거와 오토바이에 나눠 타고 해안도로를 달렸다. 다 갈라진 콘크리트 위로 'H' 표시가 있는 헬기장을 지나, 소라와 전복 껍데기로 담 전체를 꾸며놓은 상군 해녀의 집을 지나 치안센터를 지나, 초등학교에 다다르자 마침내 억새와 잡풀로 차체가 다 가려진 르망이 보였다.

보기에는 반나절이면 가능할 것 같았던 풀베기는 인부1

과 집단체를 제외한 레지던스 식구들이 다 달려든 끝에야 꼬박 하루 만에 종료되었다. 중간에 주민들이 제초기를 빌려주거나 돕겠다고 나섰지만 듀코가 반대했다. 듀코는 우리가 낫으로 풀을 베는 과정을 아이폰으로 찍었다. 작가들이 아닌 누군가들이 대신하거나 그 전동 칼날이 모든 상황을 정리하면 그림이 안 나온다고 했다. 우리는 뼛속까지 예술가니까 피로로 몸이 천근만근 무겁게 느껴지는 상황에서도 그도 그러하다고 동의했다.

이윽고 풀을 다 헤치고 다가선 르망은 생각보다 낡고 확실히 엉망이었다. 흰색 범퍼에는 원래 차의 문양인 것처럼 새똥이 얼룩져 있었고 모서리라고 할 만한 모서리에는 검붉은 녹이 슬어 있었다. 죽은 것들도 있었다. 메뚜기와 그리마와 날벌레가, 몸을 활처럼 접고 말라 죽은 지네와 지렁이가 그리고 새 한마리가 범퍼와 지붕 위에 말라붙어 바람에 닳고 있었다. 우리의 기대와 상상보다 비극적인 풍경이라서였을까, 힘이 부쳐서일까 헤이마린이 울음을 터뜨렸는데, 달랠 수 있는 사람은 없었다. 듀코가 반대해서 직접 돕지는 못하지만 무슨 일이 생길까 지켜보던 양선장만이 "낫 크라이!" 하고 외치고는 박수를 턱턱턱 보내줄 뿐이었다.

나는 아주 나중에서야 양선장의 그 영어 문장이 틀린 것도 잘못된 것도 아니라는 생각을 했다.

　하지만 그런 여름날을 서울의 영류에게 전달하기는 어려웠다. 풀을 다 벴어,라고 하자 영류는 양치를 하다 전화를 받고는 "잘됐네. 야, 레지던스에다가 비용 청구 꼭 해라"라고 충고했으니까. "고급 인력들을 그런 막노동에 이용해먹어"라고. 그 말을 들은 나는 가만히 있다가 막노동까지는 아닌데, 하면서 말끝을 흐렸고 막노동이 아니면 뭐냐고 영류가 다시 물었을 때는 대답하지 못했다.

　다음 날부터 우리가 해야 할 일은 그렇게 많은 일손을 필요로 하는 작업이 아니었는데도 헤이마린은 시간 맞춰 공용키친으로 나왔다. 매니저가 이제 괜찮다고 설명했지만 헤이마린은 동료들과 함께하면서 마음속에 뭔가가 생겨났다고 했다. 그리고 비로소 잠을 잘 자게 되었다고.
　"전혀 안 깨고요?"
　"새벽에도 깨지 않았어."
　헤이마린이 목덜미에 선크림을 바르며 대답했다. 자기 손해나는 일에는 일분의 시간도 아까워하는 인부1도 서서히 관심을 보였다. 작업을 한다고 우리끼리 시간을 보내고 외식도 하니까 점점 소외감을 느끼는 듯했다. 그래 봤자 중국집에서 사 먹거나 스낵바 이모가 끓여주는 라면을 먹고 오는 것뿐이었지만.

열쇠공을 불러 차 문을 열었을 때 그 안에 무언가—사체라던가—가 있지 않을까 가장 두려웠는데 외장과 달리 내부는 시간이 많이 흘렀는데도 상태가 양호했다. 주인을 알 수 있을 만한 물품은 없고 빈 맥주 캔 두개가 나왔다. 시동은 걸리지 않았다.

르망장인이 올드카를 수리하는 과정에서 가장 강조한 것은 부품 구하기였다. 실제로 많은 올드카들이 더이상 생산하지 않는 부품들 때문에 폐차되거나, 혹은 엔진마저 교체해 르망은 르망인데 사실 르망이 아니기도 한 애매한 개조 상태로 운행되고 있었다. 자가정비를 하지 않고 정비소에 맡기면 대개 올드카들은 그런 권유를 받고 그런 상태가 되었다. 하지만 르망장인은 타협하지 않고 부품을 구하기 위해 전방위로 노력했다. 그 시기 그 기업에서 생산한 자동차들은 대개 동일한 부품을 썼으니까 그런 차들에서 얻기도 했다.

우리는 르망장인이 올린 195개의 동영상을 나눠 보고 거기서 얻게 된 르망의 모든 것을 텍스트 파일로 정리해서 레지던스 내 공유폴더로 공유했다. 의욕적으로 풀을 벨 때와 달리 학습시간이 돌아오자 우리는 회의와 무기력, 염세와 나태에 다시 사로잡혔다. 레지던스 생활이 끝나가는 듀코는 더이상 촬영해둘 만한 상황이 벌어지지 않자 이 일에 거의 손을 떼다시피 했다. 하지만 섬 주민들은 우리만 보면 르망에 대해 물었다. 전례 없는 폭발적인 관심이라고 매니저가 설명했다. 사실 가장 궁금한 사람은 양선장이겠지만 그걸 직접 언급해서 르망에 기대를 갖고 있음을 드러내는 것은 그의 성품에는 맞지 않았다. 그는 더 묵묵히 레지던스를 관리하고 살피며 우리를 응원했다.

아침에 밖으로 나가 바다를 보는 일은 그즈음의 새로운 일과였다. 물살이 아주 거칠지 않은 한 해녀들이 늘 바다에 있었다. 테왁을 안고 둥둥 떠다니며 쉬는 모습과 작은 폭죽을 터뜨리듯 높은 숨을 피─ 하고 몰아쉬는 소리가 풍경을 이뤘다. 바다에 완전히 잠긴 채 머리만 내놓은 그들은 수면 위에서 선명하게 도드라졌다. 그들은 어떤 지점 같았다. 수면 위로 살아 있음이라는 포인트를 잡아놓고 깊이, 상군 해녀라면 물밑 20미터까지 내려가 그 살아 있음의 가능점을 찍어놓고 다시 돌아오는.

어느날은 그렇게 바다를 보다가 양선장과 마주치기도 했다. 그는 내 자전거를 한번 살피며 지나가더니 자기 집에 갔다가 다시 돌아와 뻑뻑한 체인에 윤활유를 촥 뿌려주었다. 물론 그답게 앞뒤 상황에 대한 설명은 없었고 행동만으로 호의를 실천한 것이었다. 내가 고맙다고, 그러지 않아도 너무 무겁게 돌아갔다고 하자 그는 그 인사에 대한 언급은 없이 "바당 무사 봅니까?" 하고 큰 소리로 물었다.

"대단해서요. 익숙해지면 괜찮을지 모르겠지만 해녀분들이 제가 보기에는 신기하고 대단하고."

"저기 들어가면 뭐가 제일 무섭냐면은 목장갑."

"목장갑이요?"

"바당서 보멘 꼭 사름 손이라 아주 추물락한."

그가 뒤로 한발자국 물러나 놀란 시늉을 해 보이는 바람에 웃을 수밖에 없었는데, 섬 주민들의 농담이 대개 그렇듯 여운이 길면 길수록 마음 어딘가가 묵직해졌다.

"선장님은 왜 배를 안 타세요? 나가고 싶지 않으세요?"

그러자 그는 고개를 흔들면서 전혀 그렇지 않다고 했다. 죽은 사람을 많이 봤기 때문이라고. 내가 더는 묻지 못하고 침묵하자, 그가 또 보는 건 괜찮은데 보고 마을로 돌아오면 히잉히잉 울게 된다고 농담했다. 바다에서 죽은 사람을 보고 돌아오면 모형칼로 여러번 찔리는 푸닥거리를 받아야 했기 때문이었다. 아프지 않게 각도와 깊이를 잘 조절해서 가져다대야 하는데 꼭 어디 아파봐라 하는 것처럼 직각으로 세워서 하는 놈들이 있다고, 그게 모형이기는 하지만 사실 굉장히 아프다고. 아픈데 사람들 앞에서 울면 창피하니까 숨어서 울 수밖에 없다고 했을 때는 의례적으로라도 웃었지만 나중에는 그 말이 완전히 내게 다가와 입혀지면서 무게를 안겼다.

르망장인의 경정비 실전편을 2주간 숙지한 끝에 우리는 드디어 보닛을 열었다. 그리고 죽 서서, 엔진룸 안에 자리 잡은 89년형 르망 TBI엔진을 내려다보았다. 르망장인이 거의 매편에서 강조하고 클로즈업해가며 설명한 탓에 우리는 마주하기도 전에 그것의 아우라를 학습한 상황이었다. 이 엔진은 그 당시 웬만한 정비사들은 이해조차 할 수 없는 고급한 첨단의 엔진 제어방식이었다고 르망장인은 강조했다. 그 가공할 기능을 끝내 이해하지 못해 정비 일을 그만둔 한국의 정비사들이 부지기수였다. 실제로 르망 마니아들이 르망을 잊지 못하는 이유도 이 엔진 고유의 소리, 진동, 출력감 때문이었다. 차원이 다른 깊이가 있다고 했다.

우리는 일단 배터리를 점검해보기로 했고 양선장이 이웃의 차를 빌려 왔다. 안나가, 빌려 온 차에 시동을 걸고 점프케이블을 르망에 연결했다. 우리는 길 한편에 서서

이 간단한 응급조치로 시동이 걸리기를, 그래서 이름만 들어도 머리가 아픈 부품들을 참고할 필요가 없기를 바랐지만 그런 행운은 찾아오지 않았다. 매캐한 휘발유 냄새가 올라올 정도로 빌려 온 차를 돌리자 계기판에는 불이 들어왔지만 다시 나가고 시동도 걸리지 않았다.

엔진 내부는 오일이 새서 엉망이었다. 영상으로 확인했지만 막상 엔진 속을 맞닥뜨리자 긴장이 마음을 눌렀다. 엔진은 안전과 직결되는 문제이고 잘못 고치면 시동을 걸자마자 터질 수도 있었다. 어디부터 손볼 것인가. 점화케이블? 팬 벨트? 실린더? 연료분사기? 엔진룸의 무엇을 건드리든 흙과 먼지와 알 수 없는 유기물들이 떨어져내렸다. 그때 매니저가 일단 덮자고 했고 그날은 그렇게 퇴각하듯 르망을 떠났다.

그렇게 또 며칠 르망은 방치되었다. 안나만 매일 들러 그 앞에다 수동카메라를 세워놓고 사진을 찍었다. 르망은 이미 너무 낡았고 며칠 사이 그 낡은 상태가 달라질 것이 없는데도 고심하며 바라보다가 찰칵, 그리고 아주 오랫동안 기다렸다가 찰칵. 그 셔터 소리는 안나가 그 순간, 그 일관된 낡음 속에서도 그렇지만은 않은 타이밍을 발견했다는 뜻이겠지만 나는 알 수 없었다. 다만 공유폴더에 매일매일 생성되는 사진들을 클릭하며 그 시간에 안나가 그 자리에 있었다는 것을 확인하고 그 확인이 하루를 맺는 중요한 의식이 되었을 뿐이었다.

우리의 의지가 사그라들고 있음을 눈치챈 안나는 일이 되어가는 데에 가장 중요한 회식을 열었다. 자기 집에 초대한 것이었다. 섬에 왔어도 주민들 집에 들어가본 적은 없어서 그 일은 좋은 이벤트가 되었다. 안나 집 마당에는 백구가 한마리 있었는데 이장집 개가 어미이고 스낵바 이모네 개와는 자매라고 했다. 섬의 개들은 그렇게 대개가 친척이었다.

안나의 집은 남아 있는 문지방을 봐서는 벽을 틔워 방 두개를 하나로 만든 것 같았다. 원래 식당이었는지 액자에 넣은 메뉴판이 그대로 남아 있었다. 보말칼국수, 성게 미역국, 미쓰이까, 소라구이, 생선회. 하지만 그중에 안나가 할 수 있는 요리는 하나도 없었고 불판에다 삼겹살을 지글지글 구워주었다. 이모도 스낵바를 정리하고 나서 합류했는데 우리를 보자마자 요즘은 왜 회의하러 오지 않느냐고 물었다. 진척이 없다고 사실대로 알릴 수는 없었다. 이모는 르망의 운행을 꽤 바라는 눈치였기 때문이었다. 그렇다고 확실히 잘되고 있다고 과장할 수도 없어서 우리는 그저 삼겹살을 열심히 먹었다. 이모는 같이 굽고 있던 양배추만 좀 집어먹더니 맥주로 남은 허기를 채웠다. 우리가 식사를 하시라고 하자 "어채피 맥주도 맨 보린디 어떻 안 해" 하고 대답했다.

다 먹고 나서는 안나의 제안으로 노래를 한곡씩 했다. 휴대전화와 연결하면 언제든 노래방 기계와 스피커 역할을 하는 최신 노래방 마이크를 이모는 늘 가지고 다녔다. 이모는 우리가 부르는, 자신을 배려해 선택했음이 분명한 이미자에서 최백호까지의 어설픈 트로트를 다 듣고 나서 마이크를 잡았다. 그리고 "크 데스티누 오 마우디상(Que destino, ou maldição)" 하는 포르투갈어로 노래를 시작했다. 의외의 선곡에 우리가 놀라자 인부1이 포르투갈의 로컬 음악인 파두라고 아는 척했다.

"이거 유명한 곡인데 노래 제목이 뭐였죠?"

와인을 마셔서인지 얼굴이 벌겋게 달아오른 인부1이 물었다.

"앙골아주."

"아, 앙골아주였구나! 맞다, 그렇다."

그러자 안나가 그건 말 안 해준다는 제주말이라고 정정했다. 우리도 모르게 와하 웃고 말았고 인부1이 왜 놀리고 그러세요, 하며 새초롬해졌다. "무사 보멘 경 묻습꽈" 하고 이모도 살짝 지긋지긋하다는 듯 불평했다. 관광객들도 그렇고, 대체 육지에서 온 사람들은 뭐가 그렇게 질문이 많냐고, 궁금한 게 많아서 먹고 싶은 것도 많겠다고.

밤산책이나 좀 하다가 흩어지기로 하고 학교 길을 향해 걷는데 안나가 어제 헬기장에서 바다를 봤느냐고 물었다. 내가 그렇다고 하자 그때 손을 흔들어준 해녀가 바로 자기라고 말했다.

"안나 선생님은 어떻게 물질까지 해요? 그거 어렸을 때부터 해야 잘한다면서요."

"저 물질 못해요. 어멍들 40킬로그램 이렇게 할 때 저 한 5, 6킬로그램 해요. 공판장에 가지고 가면 어멍들이 너 지금 이거 했냐, 하고 걱정하죠."

"여기 사는 거 쉽지 않죠?"

"서울에서 사는 건 어때요?"

"쉽지 않죠."

"그러는데 뭘요."

우리는 르망 앞까지 와서 걸음을 멈췄다. 일단 깨끗이 세차해놓은 것만으로도 존재 변이를 한 르망은 주행을 일시적으로 멈추고 밤을 보내는 여느 차들처럼 자리를 지키고 있었다. 우리가 괜히 르망을 살펴보고 툭툭 치고 곧 달릴 수 있게 해준다며 큰소리치는 모습을 지켜보던 이모는 허리를 숙여 잠깐 차 안을 들여다보더니 아까 자기가 부른 노래 제목은 '어두운 숙명'이라고 알려주었다. 너무 근사하지 않느냐면서, 일본으로 건너가기 전 잠깐 고등학교 다닐 때 그 노래를 처음 알았고 아주 나중에 그 노래를 아는 사람을 한명 더 만났다고.

"이모, 또 우리 섬 아가씨 슬픈 옛사랑 나온다. 여기까지 왔다가 퇴짜 맞고 갔다는 그 일본 사름?"

"허이고, 사랑은 무신 사랑게?"

우리가 그게 무슨 얘기냐고 궁금해하자 이모는 다시 앙골아주, 하더니 노래를 흥얼거리며 자기 집으로 들어갔다. 천둥 번개가 치면 무서워해서 창고에 넣어두어야 한다는 흰둥이가 컹컹 짖으며 이모를 환영했다.

자격증이 있는 정비사라면 몇분이면 알아챘을 문제를 우리는 몇배나 더 걸려 마치 사건현장에서 지문을 채취하는 특수경찰처럼 조심스럽게, 부품 하나하나를 유튜브 영상과 비교하고 모두의 의견을 들은 끝에 판정 내렸다. 교체 혹은 고장 의심이라는 결과가 나오면 안나가 일지에 기록했고 제주 본섬의 카센터에 연락해 적절한 부품을 구했다. 하지만 귀찮은 건지 이제 정말 구할 수 없게 된 것인지 없다는 대답이 잦았다. 기다리면 구해준다고 해놓고는 감감무소식이기도 했다.

하는 수 없이 내가 나섰다. 서울의 우리 집이라면 간단히 2호선을 타는 것만으로도 닿을 수 있는 구로공구상가에 가서 일체를 구해 오겠다고 제안했다. 우리는 원하는 부품들이 있는 가게들을 인터넷으로 찾아냈고, 이윽고 그 목록을 가지고 내가 비행기를 탔다. 한 이틀 지내다 올 예정인데도 매니저와 안나와 양선장이 선착장까지 나와서 배웅했다.

"영수증 잘 끊어 오시고요."

매니저가 여객선에 오를 때까지 당부했다. 우리는 부품 비용을 작가들에게 배정된 작업비 예산에서 지출할 작정이었다. 공금 유용이라면 유용이었고 어떻게 생각해보면 또 그렇지도 않았다.

제주공항에서 저녁 비행기를 타고 김포에 내리자 일단 그 많은 불빛들이 눈에 들어왔다. 두달 정도 섬에 있었을 뿐인데도 도시의 모든 것들이 생경하게 보였다. 올라오면서 영류에게는 미리 연락하지 않았는데, 괜히 나 때문에 일정을 바꾸는 것을 원치 않았고 누구나 자기 집으로 돌아올 때 그런 수선을 피우지는 않으니까 자연스럽게 오고 싶었기 때문이었다.

빌라는 내가 떠날 때와 그다지 다르지 않았다. 현관에 나와 있는 영류의 신발이 펌프스에서 뒤축이 없는 샌들로 바뀐 정도였다. 나는 집 안으로 들어서자마자 늘 그랬

250

듯 가방을 내려놓고 주머니에 든 것을 모두 꺼내 식탁 위에 두었다. 비행기표와 휴지 같은 쓰레기를 버리고 물을 한잔 마셨다. 그리고 내 방 문을 열었을 때 나는 내 짐이 상당히 정리되어 있는 것을 발견했다. 대신 영류가 대학때 쓰고 창고에 처박아두었던 작업대가 나와 있고 그 위에 조소 작업을 위한 브론즈가 놓여 있었다. 그 적동판에는 점 몇개가 찍혀 있을 뿐이지만 그건 그뒤의 많은 가능성들을 예비하는, 그래서 슬프고 그래서 특별한 것들이었다. 내가 섬으로 이동하고 난 뒤에야 시작된 영류의 새로운 밤들이었다.

나는 벗어놓았던 색을 다시 메고 빌라를 나와 서울을 처음 온 사람처럼 갈팡질팡하며 돌아다녔다. 지하철 노선도를 보며 우두커니 서 있다가 언젠가 인부1이 극찬했던 용산의 돈가스 맛집을 겨우 떠올렸다. 가는 길에는 말 그대로 인파를 연속해서 맞았다. 섬에서 그곳이 파도에 파도를 더하는, 그만큼 물살이 센 바다라 죽은 사람도 많다는 얘기를 들었을 때는 그것이 내게 해당하는 얘기처럼 들리지 않았는데, 지하도를 걸으며 사람들로 만들어진 파고가 이렇게 끊임없이 내게 왔다가 무심하게 통과해 뒤편으로 사라지는구나 싶자 나의 어떤 것이 위태롭게 지워지는 기분이었다. 내가 자꾸만 깎여나가는 기분이었다. 이렇게 많은 사람들이 내게 와서도 나를 식별하지 않은 채 그냥 지나가는, 이 아무 일도 일어나지 않음 때문에 내가.

용산역의 그 돈가스집은 노포였고 가게가 좁아서 밥시간이 지났는데도 열댓명이 줄을 서 있었다. 나는 맨 뒤에 서서 기다렸다. 매미들이 울고 훅 하고 더운 바람이 불어왔다. 그때마다 인부1이라면 질색했을 기름 냄새가 가게 환기구에서 풍겨 왔다. 나는 어쩌면 지금 느끼는 공기 중의 열기는 그 탓일 뿐, 가을이 오고 있는지도 모른다고 생각했다. 공기 중 어딘가 찬 기운이 섞여 있지 않은가. 그래서 내가 이렇게 몸은 덥지만 내부의 어느 결은 서늘한 한기를 느끼는 것이 아닌가.

내 앞의 일본인 관광객들은 열심히 사진을 찍고 있었다. 돈가스집 간판을 배경으로 서 있거나 이런저런 숍에서 받은 광고지들을 펼쳐 보거나 그냥 무심히 기다리는 포즈를 취했다. 그 모든 것에는 스스로에게 부여하는 어떤 특별함, 특별한 도취와 매혹, 머릿속에서 만들어지는 자기만의 서사가 있다는 생각이 들었다. 적어도 지금은 그것이 어떤 건강함으로 보이기까지 해서 나는 서늘해지는 마음을 그 여행객들에게 기탁해보았는데, 돈가스집 스태프가 나와서 줄 서시면 안 돼요,라고 말했다.

"여기 보이시죠? 붉은 줄. 여기 넘으면 민원 들어와요."

"그러면 어떡해요?"

"돌아다니다 오세요."

"어디를요?"

그러자 스태프는 자기가 그런 것까지 알려줘야 하느냐는 얼굴로 있다가 "아무튼 어디든 가세요, 좀" 하고 결론 내렸다.

영류는 내가 부품들을 다 사서 제주에 내려가고도 며칠이 지나 전화를 해왔다. 나는 몸살을 좀 앓았다고 했고 영류는 빌라까지 와놓고는 그냥 가버린 너를 어떻게 이해해야 해? 하고 물었다. 그렇게 갈 거면 흔적이라도 남기지 말지 왜 비행기표를 쓰레기통에 버려두고 갔느냐고, 그 모든 건 대체 무슨 뜻이냐고.

*

스타터 모터는 엔진의 반대편에 있어서 거의 르망 밑으로 기어들어가야 할 판이었다. 우리에게는 리프트 시설이 없으니까 그 상태로 들어가서 팔까지 자유롭게 쓸 수 있는 사람은 안나와 헤이마린밖에 없었다. 일단 안나가 들어가서 살펴보았는데 자동차 밑으로 비죽이 나와 있는 두 다리가 버둥거릴 때마다 혹시 무슨 장치가 떨어져서 숨을 막은 게 아닐까 긴장해야 했다. 인부1은 계속해서 "안나씨, 힘내요. 안나씨 미안해요"라고 기운을 불어넣었다. 어쩌면 기운이 필요한 건 그 상황을 지켜봐야 하는 자신인 것 같았다. 죽음을 두려워하는 인부1은 우리가 뭘 고칠 때마다 일어날지도 모를 불상사에 대해 늘 예단하고 경고했으니까.

스타터 모터를 고치던 9월의 그날에 섬 공기는 완연히 달라져 있었다. 아침에 일어나 걸으면 묵직함이 느껴졌고 바다의 물결이 높아져 배가 뜨지 않는 날이 늘었다. 이모는 추석 이야기를 자주 했다. 섬사람들은 흔히 제주 본섬에 집을 한채 더 가지고 있어서 명절이면 섬이 도리어 텅 빈다고. 이모도 제주 본섬에 자매와 조카들이 있었지만 올해는 그냥 여기서 잠이나 폭 잘 거라고 했다. 그러면서도 레지던스에는 작가들이 얼마나 남아 있느냐고 여러번 물었다.

안나가 하지 못하고 나오자 이번에는 헤이마린이 조심스럽게 나섰다. 이전 자동차 작업을 할 때는 설계만 하고 업체에 맡겨서 처리하기는 했지만 그래도 고등학교 때 물리와 체육을 잘했다며 자신감을 보였다. 내가 물리와 체육이라니 대단하다고 하자 헤이마린은 "지구를 구할 수 있는 원리들이지" 하고 답했다.

헤이마린은 혹시 잠이 들었나 싶을 정도로 동요 없이 자동차 아래에서 버텼다. 정 힘들면 나오라고 했는데도 괜찮아, 하면서 배선을 풀어내고 나사를 조였다. 이따금 유튜브에 접속해 르망장인의 설명을 참고했는데, 한국어는 알지 못했지만 영상만으로도 정보는 전달되었다.

"그런데 마지막 신마다 이 사람 뭐라고 하는 거니? 인사인가?"

그건 '생활 속의 멋과 여유, 생활 속의 좋은 차 르망'이라는 오래전 광고 카피였다. 80년대의 원래 광고에서는 강한 에코 속에서 뭔가를 힘주어 선언하듯 들리는데 르망장인은 그 말을 딱딱하게, 이제 더이상 그렇지 않은 것에 그런 선언을 해주어야 하니까 그런지, 위축된 말투로 전했다. 우리가 설명해주자 헤이마린은 재밌네,라고 했다. 예술에 대한 비유처럼 들린다고.

"요즘 사람들 정말 멋과 여유가 너무 없어요. 그래서 예술이 찬밥이야."

인부1이 그렇게 말하자 듀코가 거기에 부합하는 수많은 예들을 댔다. 비엔날레 같은 행사 때 공무원들을 만나보면 가격을 후려쳐도 너무 후려친다는 것이었다. 그래서 자기가 싸우다시피 작품료를 받아내고 나면 또 작가들은 작가들대로 적다고 자기에게 불만을 가진다고.

"그래도 능력 있으시잖아요. 늘 기획위원으로 활동하시고."

매니저가 그렇게 말하자 듀코가 눈을 동그랗게 뜨고 아니에요, 나도 이거 적성에 안 맞아요, 하고 펄쩍 뛰었다.

"정말 모르는 소리예요. 사회생활이니까 하는 수 없이 하죠."

일몰이 시작될 즈음, 헤이마린이 나 성공한 것 같아, 하고 말하며 차 밑에서 나왔다. 우리는 그동안 몇번이나 희망을 품었다가 실망했기 때문에 이번에도 별 기대가 없었다. 내가 운전석에 들어가 열쇠를 돌렸다. 괴괴한 침묵을 지켜야 하는 엔진에 추추르츠측 하고 시동이 걸렸다. 와, 하고 사람들이 놀라는 표정이 눈에 들어왔는데, 가장 놀란 건 바로 나였다. 더더더 떨리는 르망의 차체는 그저 그런 중고차들이 가지고 있는 불편한 승차감과 다를 바 없었지만, 르망에 시동이 걸린 순간, 그런 일이 일어나지 않으리라는 완전히 밀폐된 확신을 찢고 시작된 그 진동은 얼떨떨할 정도로 강렬했다.

르망은 헤아릴 수 없는 오랜 시간 동안 서 있던 초등학교 옆을 양선장의 운전으로 벗어났다. 걷거나 자전거를 타는 것과는 다른 보폭으로 둘러보는 섬은 무엇보다 바람이 달랐다. 우리를 두들기듯 정신없게 하는 세기는 같았지만 우리 역시 만만치 않은 세기를 지니자 세기와 세기가 만나 맞부딪치면서 흥분을 만들어냈다. 아무래도 후륜타이어 바람이 빠진 것 같다고 인부1이 말했지만 누구도 신경 쓰지 않았다. 우리는 마라도가 지척으로 보이는 해안도로를 달려, 코스모스와 해바라기밭을 지나 '친환경 명품섬'이라고 쓰인 현판을 지나 장사하지 않는 펜션과 역시 장사하지 않는 간이매점을 통과해 이윽고 스낵바 앞에 멈췄다. 이모는 낮 동안 잡아 온 보말들을 바락바락 씻으며 내일을 준비하고 있었다. 우리가 부르자 찬찬히 걸어와 테라스 앞에 섰다. 그리고 그 차, 르망이 비상등을 깜박이며 스낵바 입구에 정차해 있는 장면을 내려다보았다.

이모의 표정은 우리의 수고를 치하하는 것도, 놀랐다거나 다행이라는 것도 아니었다. 이상하게 딱딱하고, 우리보다 높은 곳에서 내려다보고 있어서인지, 고고하고 근엄하게조차 보이는 얼굴이었다. 이모는 그런 얼굴로 한참 보다가 이윽고 "버린 것 살리민 봐라, 그추룩 좋수다"라고 한마디 했다. 그리고 우리가 이제 장 보는 거 걱정 말라고, 한번 와서 타보라고 하자 "무사 상관없엔" 하고 사양하더니 모레쯤 태풍이 올 거라고 했다.

선착장을 지나 다시 레지던스 쪽으로 향하는데 갑자기

르망이 섰다. 또 고장이 난 건가, 우리의 두달간의 노고가 한번 달려본 것으로 끝인가 싶어 놀랐는데, 양선장이 레버를 돌려 차창을 천천히 내렸다. 그리고 창밖으로 손을 내밀어 어딘가를 가리키며 아름답지 않은가, 하고 우리에게 물었다. 양선장이 가리킨 그곳에는 제주 본섬이, 육지의 가로등과 네온사인과 아파트와 건물들이 내는 휘황찬란한 불빛이 있었다.

섬에서 맞는 태풍은 혹독했다. 나갔다가는 해일에 휩쓸리니까 레지던스에만 머물라는 말을 들었다. 태풍은 마치 거대한 프로펠러가 공중에서 도는 듯한 소리와, 공기 중을 부유하는 물체들로 느껴졌다. 흔들릴 수 있는 모든 것이 흔들렸고 태풍의 방향으로 휩쓸려 날아갔다. 양선장이 자기네 집 창고에 숨겨둔 르망을 포함한 섬의 모든 것들이 걱정되는 밤이었다.

태풍이 거의 지나갔다는 사실을 가장 먼저 알아챈 사람은 인부1이었다. 이튿날 새벽 조용히 일어난 인부1은 양동이를 들고 나가 태풍 때문에 바다에서 휩쓸려나와 육지에 떨어진 생선들을 수거해 왔다. 그건 태풍이 지나면 으레 주민들이 하는 일과였지만, 인부1이 너무 부지런하게 일어나 기습적으로 나선 탓에 상당한 생선들이 그의 소유가 되었다.

그렇게 주위 온 뱅에돔으로 인부1은 그 아침에 찜을 하겠다며 나섰다. 아직 잔바람이 남긴 했지만 밖으로 나가보았다. 갯바위 인근에는 어디서 날아왔는지 냉장고 한대가 떨어져 있었고 뽑힌 나무와 잡풀들로 길이 어지러웠다. 가장 크게 희생된 건 갯강구들 같았다. 아무리 많은 수를 모아 무게를 재어도 측정이 불가능할 듯한 그 작은 것들은 이후 보름이 지나도록 안 보이다가 새끼손가락만 한 어린것부터 조금씩 모습을 드러냈다.

*

공가에서 지낸 여름은 서울로 돌아오고 나서는 빠르게 잊혔다. 이따금 도로를 달리다 르망을 만나면 르망장인이 클로징 멘트로 썼던 생활 속의 멋과 여유, 생활 속의 좋은 차, 생활 속의, 하는 말이 떠오를 뿐이었다. 그리고 안나가 찍은 사진들. 거기서 르망이 있는 구도는 항상 같았지만 그 뒤의 구름과 풀잎, 가로수의 잎과 어두운 정도, 햇볕의 다사로움과 빗방울 같은 섬의 모든 것은 변하고 있었다는 생각이 들었다. 그러니까 안나의 기록은 르망이라는 대상에 대한 기록이 아니라 그 대상을 대상이게 하는 배경에 대한 집중, 기록이라는. 그리고 보면 그 둘을 분리할 수 있을까 싶고 그러한 분리가 불가능하다는 결론에 이르면 어딘가 한고비 넘는 기분이었다.

나는 영류의 집에서 나오기 위해 무엇보다 영류를 설득해야 했다. 작업을 계속할 생각은 없다고 자기는 그런 막막한 길은 싫다고 영류는 여러번 단호해졌지만 결국 그렇게 선택했다. 직장을 정리하고 8년간의 동거인인 나를 집에서 내보냈다. 슬픔이 무겁게 잠식한 시간은 아주 천천히 흘러갔다. 어느 밤에 연락해 온 영류는 세상에서 가장 귀찮은 건 어쩌면 이루지 못할 꿈이 있다는 것 아닐까, 하면서 씁쓸해했지만 나는 어쩌면 그조차 우리가 헤어지고 나서야 얻게 된 삶의 진실이 아닐까 생각했다.

여름을 함께 보낸 작가들에게선 레지던스를 떠나고 나서 연락이 없었다. 딱 한번 매니저가 그 르망의 주인은 엉뚱하게도 일본인이었다는 말을 전해 왔다. 나는 그 말을 무심히 넘겼다가 그렇다면 스낵바의 이모와 관련 있는 사람이 아닐까 싶었지만 앙골아주,라는 이모의 말이 떠올라 더 궁금해하지 않았다.

나중에 생각해보니 그 여름의 최대 미스터리는 사실 집단체가 뭘 하며 보냈는가 하는 점이었다. 우리가 그렇게 고생한 덕분에 집단체는 편안하게 자기 캐리어를 르망에 신고 그 섬을 빠져나갔지만 대체 그 많은 밤과 낮을 뭘 하며 보냈는가는 언질조차 주지 않았다.

그것이 밝혀진 건 레지던스가 주최하는 입주작가 결과 보고 전시회에서였다. 나는 끝내 제출을 못하고 오프닝 때도 핑계를 대고 가지 않다가 모두의 관심이 시들해졌을 어느날 이태원의 전시장을 찾았다.

입구에는 헤이마린이 작업한 '사운드'라는 작품이 있었다. 물질을 나가는 사람들 몸에 녹음장치를 부착해 소리를 모은 것이었다. 장비들이 부딪치는 소리, 무언가를 캐는 소리, 들어내는 소리, 꺼내 오는 소리, 수면 위로 올라와 숨을 터뜨리는 소리, 걷는 소리, 힘들어서 욕하는 소리, 누구를 부르는 소리, 갑각류의 껍데기들이 바구니 안에서 서로 부딪치는 소리, 파도 소리, 수영하는 소리들이 저장되어 있었다. 그리고 액체 수은 안에 넣은 작은 나사 부품이 그 소리들의 주파수를 표시하고 있었다. 그 나사 부품은 이해 불가능한 이유로 섬에 버려진 올드카에서 가져왔다는 설명이 쓰여 있어서 나는 설핏 웃었다.

듀코와 인부1의 작품을 지나 집단체의 작품 앞에 섰을 때 나는 처음 그 억새와 대나무로 짠 수많은 바구니들이 무엇을 뜻하는지 몰라 어리둥절했다. 거울이 되비쳐서 바구니의 개수는 무한에 이르도록 많았지만 그것들을 모아

놓는다고 작품이 되는 건가, 이런 바구니들이야 어느 토속품점에 가면 흔히 있는 것 아닌가 싶었다. 그런데 가만히 들여다보니 여느 바구니들과 다르게 유선형이었고 길고 높았다. 캡션에는 '베이비스 바스켓, 애기구덕'이라고 쓰여 있었다. 제주에서 아이들이 태어나면 넣어두던 바구니, 아기들의 보온과 안전, 이동을 위해 사용되었다,라고.

두문불출하던 집단체가 어떻게 그 많은 애기구덕을 구했을까 하는 의문은 그뒤로도 이따금 떠올랐다. 모두 낡아 있었는데, 그렇다면 섬사람들에게 얻었거나 혹은 새로 만들어 낡은 상태로 표현했다는 얘기였다. 나는 우리가 르망을 굴리기 위해 애쓰던 여름의 어느날에 집단체가 조용히 레지던스를 빠져나가, 섬의 누군가의 집을 방문하는 장면을 상상했다. 그러면 새벽에 물질을 다녀온, 수면에서 바다 저 밑까지 오르내렸던 '할망'이 무슨 일이냐고 묻고, 앉아보라고 하고 마당에는 모두가 가족인 백구들이 짖는 가운데 창고를 열어서 애기구덕이 있는가 살피는 장면을. 그렇게 있으면 주고 없으면 없는 이유를 전하면서 여름의 낮을 보내는 시간을. 나는 그 작품을 후에도 한번 더 보게 되었는데 세월호 희생자들을 기리는 예술가들의 전시에서였다.

그런 집단체의 여름에 비하면 우리의 나날들은 너무

해이하지 않았나 싶은 생각이 들기도 했다. 하지만 그럴 때는 기억 저편에서 '낫 크라이' 하는 말이 떠올랐다. 우리가 그 계절을 보내고 섬을 떠나왔다는 결과만은 같다는 생각도. 다만 누구도 완전히 어딘가에 닿은 것 같지는 않았는데, 우리들의 르망이 그 섬에 있는 한, 어쩌면 그것은 중요한 사실이 아닐지도 몰랐다.

• '인부1'이라는 작가명은 유하의 동명 노래에서 왔다.

초아

초아는 내 이종사촌, 풀 초(草) 자에 아이 아(兒) 자를 쓴다. 우리는 9년 전 같이 산 적이 있는데 그후로는 만난 적이 없었다. 왜 그랬을까. 며칠 전 엄마가 전화해 그 이름을 환기했을 때 나는 공원에 앉아 그런 생각을 했다. 그날은 팬데믹으로 어디를 들어가기가 꺼려져 승현과 밖에서 만난 것이었다. 밤이었고 흰 조명 아래 큰 개 두마리가 서로 연결된 하네스를 찬 채 호를 그리며 뛰고 있었다. 박자를 서로 맞추어 달리는 개들은 뛰는 것이 아니라 미끄러지는 듯했고 나무 그림자 안으로 들어섰을 때는 어둠에 완전히 스민 듯했다.

엄마는 적어도 여름이 가기 전, 초아와 내가 초전에 가야 한다고 했다. 늦어도 추수하기 전에 사진을 찍어야 한다고.

초전은 엄마 고향이었다. 엄마와 이모는 그곳에 각자 자신의 딸 명의로 농지를 가지고 있었다. 농지의 경우 재촌자경, 해당 농지의 30킬로미터 반경에 살면서 직접 농사를 지어야 세금 혜택을 받을 수 있으니까 우리 주소를 큰외삼촌 집으로 옮겨 매수한 것이었다. 이제는 농사를 짓지 않고 읍내로 이사한 큰외삼촌 집은 농지에서 정확히 27킬로미터쯤 떨어져 있다고 했다. 물론 나는 거기 가본 적도 없었다.

엄마가 그쪽 땅을 산 건 신도시로 지정될지도 모른다는 소문 때문이었다. 10년 넘게 돌던 소문은 최근 언론에도 보도되면서 현실화될 확률이 높아져 있었다. 물론 엄마의 전언이었다. 그러다 공무원들이 그 지역의 재촌자경 여부를 자주 확인한다는 소식을 들었고 만약을 대비해 증거를 남기기로 한 것이었다. 엄마 목소리에는 이 일이 지금 우리에게 무엇보다 절실하다는 흥분과 긴장이 실려 있었다. 나라에서 작정하면 그깟 사진 몇장과 영수증이 무슨 소용이랴 싶었지만 엄마와 피곤하게 실랑이하느니 다녀오는 편이 낫겠다고 생각했다. 운전해서 세시간 반 거리니까 사실 어려운 일도 아니었다. 엄마는 전화를 끊으며 그날 일하기 좋은 복장을 하고 오라고 당부했다. 고무장화나 모자는 초아 걸 같이 쓰면 되니까 일부러 사지는 말고.

"초아가 온대?"

내가 그렇게 묻자 엄마는 초아가 왜 못 와? 하고 되물었다. 나는 그냥, 요즘 사람들 바쁘니까, 하고 말을 돌렸다. 그러자 엄마는 바쁘긴 개가 뭐가 바쁘니, 하고 시퉁하게 받았다. 직장에 매인 너도 오는데 개가 왜 못 와. 그제야 나는 지금 초아는 무슨 일을 하느냐고 물었고, 아무것도 안 해,라는 답을 들었다.

"일 다니다 쉬는 거야? 구직 중인가?"

"아니, 애, 개는 아무것도 안 한다. 말 그대로 아무것도 안 하는 애 있지? 그게 초아야."

전화를 끊고 나서도 엄마의 그 말은 머릿속을 맴돌았다. 일단 상상할 수가 없어서였다. 우리가 함께 자취했던 시절을 떠올려보면 거기에는 아무것도 하지 않는 초아란 없었다. 아무것도 하지 않는다는 것은 나태를 뜻하는 말인가 무능을 뜻하는 말인가. 다시 자전거를 끌고 노을공원 쪽으로 건너가면서도, 버드나무를 흔들다 기어이 몇잎을 떨어뜨리며 가는 밤바람을 좇으면서도, 아무것도 하지 않는다는 말의 의미가 무엇일지 생각하게 됐다.

"그건 그냥 좀 넉넉하다는 뜻 아닐까?"

승현은 고민할 필요가 없다는 듯 그렇게 정리했다.

"그러니까 지금 두분이 부동산 투자를 하신다는 거잖

아. 어머님과 이모님이. 꼭 그 땅이 아니라도 다른 데서 수익이 났을 수 있고 그렇다면 자기 자식은 좀 여유 있게 살게 할 수도 있지."

사실 이모는 그 정도로 여유롭지는 않았다. 지금 초전의 땅에도 엄마 돈이 일부 들어갔다고 전해 들었으니까. 엄마와 이모 중 누가 더 매수에 적극적이었는지는 알 수 없지만 그 둘이 그런 선택을 한 데에는 유산상속에서 완전히 배제된 이유도 있었으리라고 나는 짐작했다. 오래전 조부가 돌아가면서 남긴 얼마간의 땅은 정작 조모도 아닌 세 아들이 다 나눠 가졌고, 엄마와 이모는 오빠와 남동생들의 요구로 포기 각서까지 순순히 써주었다고 했다. 그런데 그런 동네가 신도시로 지정돼 아들들만 줄줄이 팔자를 고친다는 건 상상만으로도 원통한 일이었다. 뒤늦게라도 그런 호재는 공평하게 분배되어야 했고 엄마들은 대출까지 당겨 고향 땅을 산 것이었다. 그런데도 나는 승현에게 그럴 수도 있겠네, 하고 답했다. 그냥 그게 하기 편하고 듣기 편한 말이었으므로.

그날 수원에 들러 엄마를 태우고 고속도로를 탄 건 열한시나 되어서였다. 추풍령 휴게소쯤 와서 쉬는데 대구에서 출발한 이모에게서는 이미 도착했다는 전화가 걸려왔다. 원래는 읍내 농약사에서 만나 카드를 긁을 예정이었지만 그러다가는 늦어질 것 같으니 농지 쪽으로 바로 오라는 거였다. 휴게소 주차장에서는 높이가 30미터쯤 되는 고속도로 준공기념탑이 바라보였다. 엄마는 멀미나 식힐 겸 그쪽으로 건너가보자고 했다. 가는 동안 엄마는 마치 여행을 온 사람처럼 휴대전화로 풍경 사진을 찍었다. 그러고 보니 엄마와 어디를 다녀오는 것이 오랜만이었다. 더구나 할머니가 돌아가셨을 때 이후로는 엄마 고향에 간 적이 없었다. 하지만 그것이 꼭 저 탑일 필요가 있을까. 그러지 않아도 이모가 늦었다고 하는데.

그래도 엄마는 지열이 이글대는 주차장을 묵묵히 통과해 지상에서 승강기를 탄 다음 고속도로 양차선을 횡단하는 고가 초입으로 올라갔다. 난간에는 안전을 위해 철망이 촘촘하게 쳐져 있었다.

"얘, 우리 사진 찍자. 기념사진."

"기념은, 기념할 게 뭐가 있어."

말은 그렇게 했지만 나는 휴대전화를 꺼내 적절한 구도를 잡았다.

"뭘 기념하긴, 이렇게 차가 쌩쌩 지나는 고속도로 위에 딸하고 서 있는데 그게 다 기념이지. 봐라, 이 다리도 며칠 전에 개통했다 하고. 탑이 수십년 있었어도 이렇게 건너가본 사람은 손에 꼽을 거야."

엄마 말처럼 그 다리는 모든 것이 새것이었다. 철제 난간이나 바닥의 나무덱, 철망까지 모두. 반면에 50년 가까이 된 탑은 기단의 색이며 마모 정도가 세월을 느낄 수 있게 했다. 탑의 전체적인 모양은 인터체인지 형태였다. 직선으로 뻗은 탑의 상층부를 향해 여러개의 곡선이 나비 모양으로 엇갈렸다. 엄마는 그 앞에 서서 탑의 부조를 한참 바라보았다. 삽과 드릴을 든 인부들의 발끝과 공장 굴뚝이 연결되고 그것이 책을 든 소년과 양복 차림의 아버지 그리고 남동생을 보듬어 안은 누이와 갓난쟁이를 품은 어머니로 연결되는 것을. 기념탑 설명대에는 서울-부산 간 고속도로는 박대통령 각하의 역사적 영단과 지휘 아래 1968년 2월 1일에 기공 2년 5개월 만인 1970년 6월 말에 완성하여 동년 7월 7일에 준공식을 올렸다…… 가장 높은 이곳 추풍령에 건설과 번영을 상징하는 30.8미터의 탑을 세운다,라고 쓰여 있었다.

엄마는 그걸 읽다가 어마, 하고 소리쳤다. 내가 왜 그러느냐고 묻자 "칠월 칠석이네, 견우직녀 만나는 날!"이라고, 설명대의 비장함과는 동떨어진 감탄을 했다.

그리고 다시 주차장으로 내려오는 동안 엄마는 누가 뭐라 해도 자기는 그 사람 욕은 안 하게 된다고 했다. 아무리 그래도 그 딸을 그러는 게 맞았겠니. 육영수 죽었을 때 나도 울었거든, 눈물이 났거든.

"엄마," 하고 부르며 나는 그편을 바라봤다. 엄마 얼굴에는 열이 올라 있었고 볕에 탔는지 볼이 불그스름했다.

"엄마, 1970년이면 몇살이었지?"

엄마는 좀 생각해보다가 열네살이었지,라고 회상했다. 아주 어린애였지. 엄마는 화제를 바꿔 승현의 안부를 물었다. 요즘도 사이좋지? 하는 애매한 확인이었다. 팬데믹 상황이 나아질 내년쯤 결혼식을 잡아둔 우리 사이에는 이제 모든 일의 초점이 그때로 맞춰져 있었다. 그건 내밀하게 가까워진다는 느낌보다는 감당해야 할 일들이 도리어 많아 어느 부분에서는 부쩍 감정이 건조해지는 느낌이었다. 서로 계산해야 할 부분들이 늘기 때문이라고 나는 생각했다.

"사이좋지, 그럼."

"그럼 됐어, 사이좋은 게 최고야. 다른 건 괜찮아. 다른 건 인력으로 되는데 사람 좋아하는 마음은 인력으로도 안 되는 거거든. 걔 부모도 너 괜찮다 했다며?"

나이 차 때문에 줄곧 반대하던 승현의 부모는 얼마 전에야 나를 집으로 초대했다. 일산의 그 집은 90년대에 지은, 대규모 단지의 너른 평수 아파트였다. 아파트 명을 최근의 건설사 브랜드로 바꾸고 도장을 다시 하면서 구축의 느낌을 지우고 있었다. 집으로 들어가자마자 앉은 식탁에는 근처 중국집에서 주문한 음식들이 차려져 있었다. 승현의 엄마는 얼마 전 오십견 시술을 받아 요리할 수가 없었다고 설명했다. 나는 그 중국집 요리가 나를 홀대하는 것이라고는 생각하지 않았다. 하지만 불편해서 평소보다 식사 속도가 늦었던 내가 미처 다 먹기도 전에 그의 엄마가 식탁을 치우기 시작했다는 점에 대해서는 신경 쓰고 있었다. 승현의 엄마는 내가 실제보다 많이 어려 보인다는 말과, 승현은 어려서부터 마음이 여리다는 말을 할 때만 약간 표정을 풀어 보였다.

식사가 끝나자 승현의 엄마는 나를, 말이 거의 없는 승현의 아버지와 함께 거실 소파에 앉혀놓았다. 정리를 돕겠다고 해도 아들과 자신이 하면 된다고 아직까지는 손님이라며 사양했다. 승현의 아버지는 음소거로 틀어놓은 텔레비전을 보고 있다가 내가 하는 일이 구체적으로 무엇인지를 물었다. 책을 편집한다는 건 그러니까 인쇄소를 다닌다는 얘기인지를. 평생을 은행에서 일한 그가 출판사 일에 대해 모르는 건 당연할 수 있었다.

내가 설명하는 동안 부엌에서는 승현이, 먹고 난 짜장을 남겨두려는 엄마와 실랑이를 벌이고 있었다. 짜장면장을 그렇게 남겼다가 다음 날 짜장밥을 만들어 먹는 건 가족의 습관인 모양이었다. 아니, 습관에서 더 나아가 승현의 엄마에게는 중요한 이벤트 같은 뉘앙스였다.

"너 짜장밥 좋아하잖아. 늘 그래 놓고는 왜 하지 말래."

"그렇게 다시 볶으면 기름만 돌고 맛도 떨어지니까. 이제 그런 거 싫더라."

"맛이 떨어지긴 뭐가 떨어져. 내가 채소까지 넣어서 다시 볶는데 그렇게 해서 내일 우리 식구끼리 모여서 한끼 뚝딱 해 먹으면 되지."

"아냐, 나 오늘 유은씨랑 서울 돌아갈 거야. 내일 여기 없을 거야."

그리고 승현이 짜장 그릇을 버리려는데 그의 엄마가 그것을 낚아채듯 받아다 냉장고에 탁 집어넣었다.

"그래도 놔둬. 만날 먹어놓고 갑자기 얘가 왜 이래."

체력장을 뛴 듯 온몸이 천근만근이 되어 그 집에서 나온 나는 승현에게 "너는 나랑 살면 뭐가 좋을 것 같아?" 하고 물었다. 승현은 얼굴을 가까이 댄 채 내 표정을 살피더니 조심스레 웃어 보였다. 내가 또 어떤 꼬투리를 잡을까 염려하는 듯했다.

"글쎄, 자취하는 지금보다는 집안일을 덜 하지 않을까? 최소한 2분의 1이니까?"

"그럼 결국 가사 노동 때문에 결혼하겠다는 거니?"

"아아니," 그러면서 승현은 나를 안았다. 힘을 주어서 팔 안에 완전히 가두고는 머리를 쓰다듬었다.

"당연히 아니지. 왜 뾰족해졌어, 그럼 우리 유은씨는 왜 결혼해?"

막상 승현이 그렇게 묻자 나 역시 적당한 말이 떠오르지 않았다. 글쎄, 왜 하는가. 왜 결혼을 하려고 하는가. 나는 생각하다가 지금보다는 덜 외로울 것 같다고 답했다.

"최소한 둘이니까."

집으로 돌아가는 길에는 그 4인용 식탁에서 여러번 반복된 말, 어리고 여리다는 말이 체기처럼 얹혀 있었다. 어리고 여린, 여리고 어린, 어리고 여린 승현과 내가 하게 될 그 어리고 여려 더 어려울 결혼이라는 것.

마을 입구에는 '草田'이라고 쓴 비석이 세워져 있었다. 그 뒤로는 죽 좁은 아스팔트길이었다. 엄마는 우리 농지가 초전마을에서도 가장 끝자리에 있다고 했다. 마주 오는 방역차량 때문에 한동안 담 곁에 붙어 기다리는데 엄마가 불쑥 "너 근데 초아랑 살 때 걔 어땠니? 괜찮았어?" 하고 물었다.

그때 나는 초아에 대해서 엄마에게 거의 이야기하지

않았다. 아니, 사실 내가 서울에서 어떻게 살고 있는지 대체로 전하지 않았고 그건 평생의 내 입장 같은 것이었다. 나는 아이였을 때조차 엄마에게 뭔가를 요구한 적이 거의 없었다. 단 한번, 집중력 향상에 도움이 된다는 전자기기를 사달라고 한 적 말고는. 그때도 엄마는 흘려듣다가 내가 아예 엄마 사무실이 있는 빌딩으로 찾아가자 그제야 그게 정말 있어야 되니? 하고 물었다. 엄마가 일하는 보험회사 빌딩 2층에 그 전자기기 판매점이 있었다.

엄마는 내가 그런 요구를 하는 것이 싫다기보다는 당황스러워하고 있었다. 그동안 내가 학원이나 과외 같은 내 진로와 관련한 것에는 어떤 욕심도 부리지 않았기 때문이었다. 나를 데리고 판매점에 가 그것을 할부로 사면서도 엄마는 다시 한번 물었다.

"정말 이게 필요하니?"

엄마는 과대광고라고 생각했지만, 내가 그렇게 끈질긴 욕심을 드러낸 물건이 처음이라 안 들어줄 수는 없는 모양이었다. 나는 고개를 끄덕였다. 사실 지금 돌아보면 그 기계가 꼭 필요했던 건 아니었다. 나는 신문에서 본 그 기계의 홍보 문구에 어느 면에서는 부당함을 느끼고 있었다.

만약 그것을 귀에 꽂는 일로 정말 석차가 바뀐다면, 그 전자파가 각자의 성취를 그렇듯 뒤바꿔놓는다면 그건 너무 억울한, 불공정에 가까운 일이라 생각했던 것이다. 그러자 무엇보다 초조함이 밀려왔다. 다행히 가격은 이십만 원 대로 내가 욕심 부릴 만했고 한번 사면 몇년을 가니까 소장할 만하다고 생각했다. 나중에 내가 대학에 간 뒤에 그 기계는 이모를 통해 초아에게 전해졌다. 초아도 나만큼 그걸 자주 썼는지는 알 수 없지만 어쨌든 사촌 중 누구도 가지 못했던 서울의 유명 대학에 붙은 건 사실이었다.

"엄마 초아한테 무슨 일 있어?"

"아아니,"

엄마는 뭔가를 살피듯 물었던 것과는 달리 발뺌을 하듯이 고개를 저었다.

"이모가 걱정을 많이 해. 대학원 다니다가 그만두고 돈 번다고 해를 보내다가 이제는 그것도 그만두고. 주식을 한다는데 내 보기엔 아무것도 안 하는 거야. 명절날 변변한 돈도 못 부친다는데 그 좋은 대학을 나와서. 그게 일이 되는 거니? 어디 빚이나 안 졌는지."

연무로 가려졌던 전방이 맑아지면서 아지랑이가 다시 구불구불 올라왔다. 그리고 마을 풍경이 눈에 들어왔다. 논둑과 비닐하우스, 전봇대에서 빠져나온 전깃줄을 따라 가다보면 가닿는 사료공장의 둥근 지붕과, 논밭에서 수백 미터 떨어진 공중에 건설되어 있는 고속도로까지. 나는 원뿔 모양으로 서 있는 그 거대한 교각을 가리키며 저게 언제부터 있었지? 하고 엄마에게 물었다. 엄마는 한 2년 전인가, 하고 헤아렸다. 그리고 저런 도로가 났다는 것 자체가 개발의 징조라고 자기 나름대로 해석했다.

아스팔트를 다 통과하자 마을 뒷산부터 등선이 이어진 야트막한 언덕이 나왔다. 엄마는 여기에 차를 세우라고 했다. 우리는 차에서 내려 짐을 챙긴 뒤 언덕을 돌았다. 길이 끊겼나 싶었는데 그 뒤 역시 넓은 논밭이었고, 아까 본 교각이 거기에도 이어져 서 있는 것이 보였다. 이모 일행은 느티나무 아래 돗자리를 펼치고 앉아 있었다. "언니, 오느라 수고했다" 하며 뛰어와 손을 잡는 이는 명선 이모였고, 잠깐 묵례하고 다시 휴대전화에 고개를 박는 이는 큰외삼촌의 아들인 유동 그리고 마스크를 쓴 채 우리를 가만히 보고 있는 사람이 초아였다. 초아는 그때보다 많이 마른 것처럼 보였다. 배기 면바지에 검정 반팔 티셔츠를 입었는데 바람이 불자 상의가 몸에 감기면서 가느다란 몸체가 드러났다.

*

함께 살게 되면서 나는 초아에 대해 너무 자세히 알지

는 말자고 다짐했다. 사촌이기는 해도 명절에나 잠깐 얼굴 볼 일이 있을 뿐 내내 무심했던 사이인데 같이 살아야 한다니. 취직이 되자마자 서울로 올라와 인턴 시절을 보내고 있었기에, 챙겨야 할 누군가가 생긴다는 것 자체가 부담스러웠다. 하지만 그 제안을 받아들인 건 나로서도 월세를 감당하기가 쉽지 않았기 때문이었다.

초아는 어느 2월, 정말 이름 그대로 아이처럼 교복을 입은 채 우리 집 초인종을 눌렀다. 그런 개에게 내가 한 첫 말이 "이름표를 그렇게 달고 오면 어떡해?"였다. 누가 이름을 알아내고 허튼짓을 하면 어쩌려고 그래. 그러자 초아는 그걸 똑 떼어 주머니에 넣으면서, 하기는 내 이름 너무 쉬워서 다들 한자를 읽겠구나, 했다. 풀이고 아이니까.

초아가 서울의 명문대에 붙은 일은 우리 일가에서는 파란에 가까운 사건이었다. 기를 쓰고 입시 공부를 시켜봤자 일가의 사촌들은 대체로 낙방하거나 그리 만족스럽지 않은 학교에 겨우 이름을 올렸으니까. 나는 초아가 그런 성공에 의기양양해 있지 않을까 생각했지만 막상 만나보니 그렇지 않았다. 무엇보다 추가 합격으로 붙었다는 사실이 충격인 듯했다. 기숙사도 그래서 들어갈 수 없었던 거였다. 어차피 통과하는 교문인데 차례가 뭐 그리 중요해서 신경을 쓸까 싶었지만 초아는 아니라고 했다. 사람들은 다 안다고. 누가 수석이고 추가인지, 누가 특기자이고 특별전형인지.

"그런 걸 어떻게 알겠니? 그런 정보를 학교에서 왜 흘리겠어?"

"언니, 그런 건 누가 흘리는 게 아니에요."

초아는 흐릿하게 웃었다.

"자기가 들키는 거죠."

초아는 이제 대학생이 되었을 뿐인데도 이미 꽤 많은 외부활동을 하고 있었다. 한 시사잡지의 청소년 기자단으로 선정되었고 기업 서포터즈로 일하면서 블로그에 관련 글을 올리기도 하고 온라인 서점에서는 '논객'으로 활동했다. 논객이라고 스스로를 표현하는 이유는 시비를 거는 유저들과 설전을 벌이기 때문이었다.

관악산 근처에 있었던 그 셋집은 4층짜리 소형 빌라였다. 우리 집은 2층인데도 볕이 잘 들지 않아서 낮에도 새벽처럼 희부윰한 어둠 속에 있었다. 청소년 독서 잡지를 만들던 내 첫 직장은 마감 즈음이면 밤샘이 다반사였다. 원고는 늘 마감 날이 임박해서야 들어왔으니까. 그것도 몇번씩 독촉 전화를 해서 받아내고 나면 어느날에는 이미 다른 곳에 한번 기고했던 원고가 버젓이 들어와 있기도 했다. 제목과 문장 순서를 적당히 손본 글이었다.

나는 그런 일들을 벌이는 저자들에 완전히 물리고 있었다. 그들이 또 대체로는 어느 대학의 교수라든가, 시민 사회 단체의 활동가라든가 하는 식이어서 더 화가 나곤 했다. 기만적이라고 느꼈으니까. 사회생활을 하면서 부딪히는 그런 아이러니들에 감정적으로 맞서기보다는 오히려 감정을 아껴 자기 자신을 보호해야 한다는 것을 체념 속에서 배우는 중이었다.

그리고 매달 잡지 구독자를 유치해야 하는 것도 괴로웠다. 달마다 다섯 명 이상으로 정해놓았는데 못 지킨다고 즉각 불이익을 주지는 않았지만 그렇게 해서 이월된 할당량은 결국 연말 인사고과에 반영된다고 했다. 어느 달에는 상사였던 임 대리가 자기 몫의 구독자를 넘겨주기도 했지만 대부분 나는 구독 인원을 채우지 못했다.

혹시 엄마 친구들 중에 고등학생 자녀를 둔 사람이 있을까 말을 꺼내자, 엄마는 너 편집자 그게 책 파는 거였니? 하고 물어왔다. 그 말은 엄마의 어떤 실망처럼 들렸고 나는 그냥 물어봤다며 말을 거뒀다. 보험 영업을 하며 반복된 거절과 냉대, 그로 인한 모멸감을 느껴본 엄마이기에 더 예민했을 것이었다. 초아는, 언니 그 정기구독자 내가 한번 모아볼까요? 하고 어느날 물었다. 그리고 직원가면 얼마냐고 확인했고 칠만 이천원이라고 하자 머릿속으로 사십 프로네요, 하고 계산하더니 알았다고 했다.

내가 늦게 귀가하는 밤에도 초아 방에는 형광등이 켜져 있었다. 공부를 하는지 영화를 보는지 모르지만 컴퓨터 모니터 안으로 빨려들어갈 듯 열심이었다. 도배를 못하고 들어온 터라 셋집 벽에는 정체불명의 얼룩들이 많았는데 초아는 거기에 좋아하는 시인의 시들을 붙여 가려놓았다. 영원한 눈물이란 없느니라, 영원한 비탄이란 없느니라, 하는 고정희의 시였다. 우리는 대체로 자기 스케줄대로 움직인다는 느낌이었지만 그런 새벽이면 집 안에 사람 하나가 있다는 사실에 적잖은 위안을 받았다.

그리고 4월 즈음, 동거인으로서 초아의 존재감이 두드러지는 일이 일어났다. 윗집에서 내 방으로 물이 샌 것이었다. 올라가보니 거기에는 노인들만 살고 있었고 그마저도 남편은 거동을 못해 누워만 있는 상황이었다. 아내는 그런 형편을 숨기지 않고 오히려 물이 새는 곳도 아닌 그 방을 열어 거기 환자가 있음을 내게 확인시켰다. 그러면서 자기가 이렇게 거지같이 산다는 말을 반복했다. 나는 당황한 채 듣다가 누수를 잡겠다는 소리가 나오자마자 황급히 내려왔다.

그런데 며칠 지나자 다시 물이 샜다. 내키지 않았지만 또 한번 올라갈 수밖에 없었다. 아내는 누수는 보일러의 온수 배관 때문인데 보일러를 갈 돈이 없다고 설명했다. 가을쯤 돈 들어올 일이 있어서 그때까지 온수를 쓰지 않으려 했는데 저 거지 같은 남편이 자꾸 변을 잘못 봐서 씻겨야 할 일이 생기고 저 거지 같은 인간이 저지레를 해서 하는 수 없이 잠깐 보일러를 틀 수밖에 없고 저 거지 같은 인간이…… 방 안에 있는 환자에게 다 들리도록 늘어놓는 악다구니에 나는 내가 모욕당하는 기분이 들어 다시 내려왔다.

그뒤로는 정말 보일러는 쓰지 않기로 했는지 물이 새지 않았다. 그렇다면 아무리 날이 더워도 병든 몸이라 온수를 써야 할 남편을 아내는 어떻게 씻기고 있는 것일까. 씻기지 않고 있는 걸까. 방 벽에 남은 얼룩을 볼 때마다 나는 그렇게 생각했다.

초아는 도배값을 받아내야 한다고 했다. 맞는 말이었다. 하지만 거기를 또 가서 재촉을 한다는 건 상상만으로도 괴로웠다. 보일러를 바꾸는 가을에 준다고 했으니까 기다리면 되지 않을까 했더니 초아는 아, 지겨워,라고 받았다.

"아, 꼭 우리 엄마가 하는 말 같아. 그런 말들을 왜 믿지? 결국 지 돈은 안 내놓겠다는 말들을. 언니, 우리는 세 살고 그 사람들은 자가예요, 자가. 정신 차려."

그후로 초아는 시간이 날 때마다 위층으로 찾아 올라가곤 했다. 문을 두드리고 벨을 누르고 하다가 인기척이 나면 도배비를 내놓으라고 말했다. 그러면 위층의 아내는 어린 사람이 어른들한테 왜 그래, 가을에 준다니까, 하면서 혼도 내보고 내게 했듯이 환자가 있는 방문을 열어젖혀 그 불행을 전시해보기도 했으나 초아에게는 통하지 않았다.

"할머니, 저희는요. 여기 천에 사십오만원짜리 월세예요, 월세. 젊으면 뭐요, 젊음이 무슨 한국은행이에요? 할머니 저희보다 더 부자잖아요."

"내가 무슨 부자야? 거지같이 살고 있는데."

"아니에요, 할머니 부자예요."

"아니라니까."

"아니긴 뭐가 아니에요, 부자라니까요."

그러면 결국 아내는 말이 통하질 않네, 하며 에구구 앓았고 그 소리는 빌라 복도를 울리며 퍼졌다.

"초아야, 그거 그만하면 안 될까?"

어느 밤 나는 거실에 누워 텔레비전을 보는 초아 옆에 같이 누워서 만류했다. 초아는 "뭘요?" 하고 되물었다.

"위층 찾아가는 거."

"제가 일부러 괴롭히려고 찾아가는 거 아니잖아요, 언

니.”

“그렇지.”

“저는 제가 하는 항의는 정당하다 생각하거든요.”

“맞아. 그래도 안 준다는 게 아니라 가을에 준다고 하잖
니.”

“하,”

초아는 그렇게 탄식하더니 “언니, 그건 그 사람들을 배
려하는 게 아니에요. 잘못된 건 잘못이라고 해주는 게 사
람대접이에요” 하고 충고했다.

그리고 긴 장마가 끝나던 어느날에 노부부는 이사를
갔다. 집을 팔 것이라 그렇게 보일러를 고치지 않으려 했
던 거였다. 물론 그 사실을 몰랐던 나는 도배비를 미리 받
아두지 못했다. 위층에는 신혼부부가 들어와 며칠 공사를
했다. 나는 도배기사를 부르는 대신 흰색 시트지를 사서
얼룩진 벽을 덮었다. 다른 벽면과 당연히 차이가 났지만
생각보다는 자연스러웠다. 그리고 그날 초아에게 그것을
보여주었지만 초아는 좋다 나쁘다 말이 없었다.

*

내려오기 전까지만 해도 허울만 논이고 거의 방치된

땅이겠지 했는데 그렇지 않았다. 그곳은 정말 푸른 벼가 끝도 없이 펼쳐진 농지였다. 근처의 누군가가 대리농을 짓고 있다고 했다. 엄마들은 새벽같이 준비해 와놓고는 정작 사진을 찍는 일에는 늑장이었고, 우리에게 일단 밥을 먹으라고 했다.

이모는 차도 없이 그 많은 음식을 어떻게 들고 왔는지 반찬만 해도 수육과 된장국, 배추전, 고구마전, 숙주나물, 무나물, 마요네즈로 버무린 '사라다' 등 호화로웠다. 사람 수에 딱 맞게 앞접시까지 준비한 이모는 가장 그늘진 곳에 우리를 앉혔다. 펼쳐놓은 음식들 위로 파리며 산벌레가 몰려들 때마다 초아가 팔을 확 뻗어 그것들을 쫓았다. 밥을 먹는 도중에 그렇게 시선 안으로 불쑥 들어오는 초아의 팔은 그냥 무심결에 하는 행동이 아니라 그 풀밭 위의 점심을 어떻게든 훼방하겠다는 충동처럼 느껴지기도 했다.

초아는 밥에는 거의 관심이 없었다. 시시때때로 휴대전화를 확인하며 일견은 흥분되어 있고 일견은 초조해 보였다. 그런 초아와는 상관없이 엄마와 이모의 대화는 그들이 아이였을 때부터 출발해 현재의 근황까지 광폭으로 오갔다. 빌딩 청소일을 하던 이모는 아파트 청소로 일자리를 옮겼다고 했다. 그러자 가장 좋아진 것은 화장실 청소를 하지 않아도 된다는 점이었다.

"이제 빚도 어지간히 갚았겠다, 좀 쉬어도 안 괜찮나?"

엄마는 아파트로 일터를 옮긴 것에 대해 잘됐다고 기뻐하다가도 그런 웃음을 천천히 거두며 말했다. 이모를 만나자 엄마 말투는 고향말로 빠르게 돌아갔다. 이모에 대한 엄마의 안쓰러움과 걱정, 노여움, 측은함. 그것은 바람과 햇볕의 유무에 따라 변하는 이 느티나무 아래의 온도만큼이나 수시로 일어나는 감정의 변조였다. 이모의 경제상황은 본인의 불성실이나 무능보다는 주위 사람들에 대한 기대 탓에 조금씩 나빠져갔다. 물론 아버지는 거기에 이모가 가진 일종의 사행심, 혹시나 있을 인생의 행운에 대한 멍청한 기대가 있기 때문이라고, 그래서 남들의 사탕발림에 심장이 벌렁벌렁해 넘어간다고 흉을 봤지만 사실 아버지는 누구도 좋게 평가하지 않으니까, 나는 이모의 실패를 그렇게 단순화할 수는 없다고 생각했다. 그건 매우 어려운 문제였다.

이모는 자기보다 부자들도 다 일하러 온다고, 움직일 수 있을 때 움직이는 것은 좋은 일이라고 엄마의 우려를 받아넘겼다. 집이 세채나 되는 다주택자도 새벽 버스를 타고 나와 아파트를 청소한다고.

"엄마, 그렇게 돈 많은 사람이 왜 그러겠어? 엄마가 또

속은 거지."

가만히 듣고 있던 초아가 불쑥 그렇게 이의를 달았다. 이모의 말을 더이상 자신의 생활을 걱정하거나 우려할 필요가 없다는 메시지로 받아들이고 있던 나는 그 말에 다시 긴장을 느꼈다.

"아이다, 누가 속노? 보면 딱 알지."

이모는 그 직장 동료가 부산의 항만노동자였던 남편을 젊어서 잃었지만 그때 받은 보상금으로 집을 부지런히 팔아 성공했다고 상세하게 설명했다. 지금 부산에 가보면 알겠지만 바다마다 고층 건물들이 들어서 아예 신세계가 되지 않았느냐고.

"재주가 있었네."

"그렇지 언니야, 이 난세에 부동산 하나만 믿고 살아서 성공한 사람들 많다, 천지삐까리다."

이모는 자신의 말에 신빙성을 더하려는 셈인지 그 직장 동료의 평소 모습에 대해서도 덧붙이기 시작했다. 그런 부자도 같이 회식이라도 할라치면 거기 내는 만원, 이만원도 아까워한다고. 반찬을 싸와서 같이 먹는데 기름진 것 하나 없이 김장김치만 싸들고 와서 끼니를 때우고, 사람이 사회생활하려면 그래도 자기 치장을 엔간히는 해야하는데 염색할 돈이 아까워 머리를 한겨울 찬서리 맞은 수풀처럼 하얗게 한 채로 돌아다니는데 무슨 돈 얘기만 나오면 눈빛이 호랑이처럼 빛나서…… 그러자 홀린 듯 듣고 있던 엄마가 문득 생각난 듯 "맞아, 우리 어렸을 때 마을에 호랑이에 물려간 사람이 있었다"라고 전했다. 보쌈을 입이 미어지게 욱여넣던 유동이 에이, 호랑이가 어딨 능교, 하고 웃었다. 여태 어느 말에도 반응이 없더니 그건 그렇게 허황되게 들린 모양이었다.

엄마는 진짜 그랬다고, 호랑이가 애를 물고 가서 벼랑에 올려놓았고 마을 사람들이 그 아이를 찾아왔으나 얼마나 놀랐는지 3년을 말을 잃었다고 했다. 그 순간 바람이 불어와 나뭇잎을 무수히 흔들어서였을까. 아니면 난데없이 엄마들이 호랑이 얘기를 해서였을까. 나는 초전의 나무 그늘 아래 모여 먹는 점심이 어딘가 비현실적으로 느껴졌다.

그런 오묘한 분위기를 깨는 것은 돗자리에서 벗어나 전화를 받는 초아의 목소리였다. 누군가와 통화하며 빠손해, 빠손, 하고 되풀이했는데, 통화가 끝나자 엄마가 초아야, 빠손이 뭐고? 불란서 말이가? 하고 물었다. 초아는 "아니, 이모, 빠른 손절이라고 주식 용어예요" 하고는 다시 부지런히 손가락을 놀려 휴대전화로 무언가를 처리했다. 그리고 한동안 나무에서는 싸 — 하는 매미 울음이 쏟아졌다. 마치 소리로 짠 성긴 그물이 우리를 천천히 덮는 것과도 같은 상태였다. 우리는 대화를 멈춘 채 앉아 있다가 여기까지 왔으니 뭐라도 해야 안 되겠나, 하는 엄마 신호에 일어나 엉덩이를 털었다.

유동이 사진을 맡기로 하고 초아가 먼저 논으로 들어갔다. 각자 그렇게 찍고 나중에는 서로가 서로의 배경이 되어 찍자고 했다. 김매기는 대체로 여럿이서 하니까. 나는 장화는 한켤레뿐인데 어쩌지 싶었지만 일단 알겠다고 했다. 십대 시절을 여기서 보낸 유동은 확실히 이 모든 일에 대해 아는 것이 많았다. 초아의 노란 헌터 장화를 보고도 개안나, 하고 망설였다. 누가 농사짓는데 그런 외국 브랜드 신발을 신겠느냐는 것이었다. 하지만 이제 와 어디가 사올 수도 없어서 우리는 그런 문제들은 접어두기로 했다. 그걸 따지고 들면 우리가 이 여름의 무논에서 벌이는 모든 일들이 사실상 말이 안 되니까. 유동은 그러면 밀 짚모자에 달린 길고 나풀거리는 목끈이라도 안으로 숨기라고 했다.

처음 논흙으로 쑥 빨려들어가 아씨, 하며 주춤하던 초아는 허우적거리면서도 논의 중간까지 직진했다.

"누나요, 그렇게 서 있지 말고 수구려요."

유동이 큰 소리로 그렇게 말하자 초아가 몸을 좀 숙였다.

"쬐금 더 수구려요."

초아가 거의 수면에 얼굴이 닿을 듯 허리를 굽히자 유동에게서 오케이, 하는 사인이 났다. 그뒤로도 유동은 팔에 좀더 힘을 줘서 뽑으면 자연스럽다던가, 뽑은 풀을 논둑으로 기운차게 던져보라던가 하는 조언을 했다. 초아는 시키는 대로 하다가 그 기운차게라는 말에 허리를 꺾어가며 웃었다.

"사촌, 지금 이게 기운찰 상황이니?"

"땅 주인이 기운 없을 게 뭐 있어요?"

우리가 땅 주인이라는 말에 다시 한번 웃는데 누군가가 자전거를 타고 가다가 근처에 섰다. 그리고 우리가 벌이는 일을 지켜보았다.

"이기 뭐 하는 것인교?"

마침내 남자가 물었다. 그 말에 뭐라고 설명해야 할지 몰라 눈치를 보는 사이 유동이 "논일 하는데예" 하고 답했다.

"논일은, 내가 여 사람 다 아는데 아주 생판인 얼굴인데. 언제부터 여서 농사를 지은 긴데?"

"저희 주말 농장이에요. 평소에는 다른 분이 자농하시고 저희는 가끔 와요." 나는 엄마와 말 맞췄던 게 생각나 그렇게 답했다. 그러자 남자는 "주말농장 해가 놀면시로

이 농사를 짓는다꼬?" 하면서 어이없어했다. 더이상 어떻게 해야 할지 몰라 서 있는데 초아가 "네, 지나가세요" 하고 한마디 했다.

"지나가시라고요. 상관 말고."

그때 나무 그늘 아래에서 엄마들이 "우리 땅이에요" 하고 소리치는 것이 들렸다. 남자는 그 말을 듣고 고개를 돌리더니 엄마들 쪽으로 자전거를 타고 갔다. 남자가 엄마들 편을 가리고 있어서 얘기가 어떻게 잘 진행되는지 아닌지 알 수 없었다. 그쪽으로 가볼까 했더니 남자가 다시 자전거를 타고 사라졌고 이모가 큰 소리로 "신경 쓸 거 없대이" 하고 우리를 안심시켰다.

초아가 사진을 다 찍고 나오자 유동은 "주민들은 우리 같은 사람들 지긋지긋해해요" 하고 설명했다. 직접 농사를 짓지 않고 세금으로 이득을 보거나 심지어는 대리농을 짓는 사람들 몫으로 떨어지는 보조금을 가로채는 사람들이 있어 영 싫어한다는 거였다. 나는 엄마들은 어떤 경우일까 생각했고 크게 다르지 않으리라는 예감에 마음이 불편해졌다. 초아는 논둑에 주저앉아 아주 서로서로 등을 치며 살아요, 하고 자조했다. 그리고 그러게 그 돈으로 왜 이딴 걸 사느냐고 하며 다 닦은 발수건을 옆으로 던져놓았다.

이번에는 내 차례였다. 장화를 신었는데도 발을 논흙으로 내딛자 흙 속의 온도가 차게 느껴졌다. 조금씩 걷다보니 어느새 교각 아래였다. 밑에서 보니 정말 그것은 불시착한 어느 우주선처럼 풍경을 압도하며 이질적으로 서 있었고 그런 점에서 더욱 흉물이었다.

"그만 드가요!"

그때 유동이 소리쳤다. 넋을 놓고 걷다가 너무 많이 들어와버린 거였다. 다시 돌아오려는데 유동이 괜찮아요, 줌으로 당길게요, 하고 답했다. 허리를 숙이고 아까 이모가 설명해줘서 알게 된 물달개비와 질경이, 쇠비름 같은 풀들을 뜯어내기 시작했는데 시간이 지나도 유동의 오케이 사인이 나지 않았다. 이상하다 싶어 허리를 바로 세우자 저 멀리 엄마들이 있던 느티나무 아래에서 초아가 두 손으로 자기 허리를 짚고 서서 누군가와 다투고 있는 것이 보였다. 조금씩 앞으로 가면서 상대를 밀어내는 형국이었고 이모가 그 사이를 막아서고 있었다. 상대는 두명이었는데 아마도 좀 전에 지나간 남자가 데리고 온 일행인 듯했다.

그것은 정말 이 낯선 무논에서 일어난 불행한 일이었겠지만 내리쬐는 햇볕 탓인지 나는 잠시 몽롱하게 그 장면을 지켜봤다. 현장의 긴장감과는 상관없이 연극처럼 느껴지는 그 장면을. 그러다 초아가 그들을 향해 그것도 기록으로 남겨두자며 뜯어다 모아놓은 잡초들을 뿌리기 시작했을 때에야 허우적거리듯 논 밖으로 나가며, 초아야, 하고 소리쳤다.

*

1학기를 마치고 나서도 초아는 기숙사에 들어가지 못했다. 성적이 그만큼 나오지 않았기 때문이었다. 초아는 과외를 너무 많이 해서인지 아니면 불문과가 자신에게 맞지 않는 건지 고민하기 시작했다. 겨우 한 학기를 다녀보고 그렇게까지 자책할 필요가 있을까 싶었지만 나는 한편으로는 내가 뭔가를 해주지 못한 탓일까 싶기도 했다. 뭔가를 해주기는커녕 나는 초아에게 상당한 도움을 받고 있었는데 구독자를 메우는 면에서도 그랬다. 초아는 과외를 통해 만나는 아이들에게 내가 만든 잡지를 권했고 시중보다 저렴하게 정기구독을 신청할 수 있다는 장점 때문에 알음알음해서 구독자가 늘고 있었다. 어느 달에는 매일같이 구독자가 들어와 할당량을 채우지 못한 입사 동기까지 구제해줄 수 있었다.

초아는 머리를 식히겠다며 열흘 남짓 동해를 여행하고

돌아와 다음 학기에는 과외를 좀 줄이고 구독자 모집에 신경 쓰겠다고 했다. 나는 그것이 농담인 줄 알았는데 정말 가을이 되자 그전보다 더 많은 구독자를 데리고 왔다. 구독이 들어오면 내가 이따금 용돈을 쥐여줄 뿐 그것이 뭐 대단한 수입이 된다고 과외를 줄일까 싶었는데 그 이유는 얼마 지나지 않아 밝혀졌다. 초아가 아니라 회사 영업부를 통해서였다.

어느날, 부장이 불러서 가보니 거기에는 영업부 과장이 함께 앉아 있었다. 그는 직원가 할인을 그렇게 악용해서는 곤란하다고 했다. 그리고 그 과정에서 커미션을 남기는 건 징계감이라고.

"커미션이라니요?" 나는 그렇게 되물었다. 정말 몰라서였다.

영업부 과장의 말인즉슨 거래해오던 글짓기 학원에서 다른 루트가 생겼다며 영업부와의 계약을 갱신하지 않았다는 것이었다. 그래서 알아보니 나를 통해 신청된 건이었고 그건 물론 소수라 이렇게 나서서 뭐라 할 건도 안 되기는 했지만 바늘 도둑이 소 도둑 되는 걸 막는 차원에서 자기가 부장에게 보고를 했다고. 나는 도둑이라는 말이 나오자마자 몸이 떨리는 것을 느꼈다. 그리고 그 순간 커미션이라는 말이 어떤 뜻인지 짐작이 갔는데 초아는 정기구독료를 자기가 직접 받아서 내게 전해주었기 때문이었다. 나는 완납 상태로 정기구독이 진행되면 좋으니까 대수롭지 않게 여겼는데 아마 초아는 자기가 모은 신청자들에게는 얼마간 돈을 더 받은 모양이었다. 그리고 그것이 과외를 줄일 수 있는 방법이었다.

"신입이라 의욕이 앞서서 그런 거니까 영업부 선에서만 알고 회사에 더 알게 하고 그러지는 말고요. 우리 김유은 씨도 앞으로는 그러지 않을 테니까."

부장은 그렇게 당부하며 면담을 마쳤다.

지금이라면 그건 세일즈의 한 방법으로 넘겼을지도 몰랐다. 생활 방수, 생활 '기스'라는 요즘의 말처럼 그런 일들이 가지고 있는 애매한 흠결쯤은 자연스러운 상태로 여기고 넘어갔을지도. 하지만 그때의 내 강파른 자존심은 그러지 못했다.

초아는 자기가 그렇게 했다고 인정했다. 미안하다거나 나를 곤란하게 만들었다는 자책감 없이 그냥 자기가 그랬다고, 상황에 따라 팔만원도 받고 팔만 이천원도 받았지만 구만원까지 받은 적은 없다고. 그렇다면 초아가 남긴 돈은 건당 오천원이나 만원쯤이었다.

"그게 왜 잘못됐어요? 제가 돈을 떼먹은 것도 아니고 언니한테 구독료 다 줬잖아요."

나는 지금 나를 화나게 하는 건 그런 게 아니라고 말했다.

"중요한 건 너가 나를 속였다는 거야, 알겠니?"

지금 생각하면 그 말이 초아를 찌르듯 지났으리라는 생각이 든다. 그러니 초아가 "언니가 그렇게 말하니까 내가 너무 거지 같은 애가 되네요"라고 한 것이겠지. 그런데 그 말은 다시 나를 찔렀기 때문에 이후 빌라에서의 날들은 안 좋게 흘러갔다. 나는 초아 이후로는 어떤 룸메이트도 들인 적이 없는데 그건 그런 날들의 기억 때문이기도 했다. 대화도 없이 같은 공간에서도 그렇게 누군가를 없는 듯 만들고, 때로는 그런 것이 오히려 그에 대한 맹렬한 '의식'으로 바뀌는 가운데 보내는 하루하루.

그 일은 이후로 다시 회사에서 거론되지는 않았지만 나는 다른 직장으로 옮기기 위해 면접을 보기 시작했다. 그건 그냥 남들보다는 스스로가 견딜 수 없어지는 것이었다. 그날 영업과장과 함께 부장이 있어준 건 어떻게 보면 자기 직원을 지키려는 목적이었으리라고 지금은 생각하지만 그때는 그러지 못했다. 나는 내가 정직원으로 채용이 확정되기도 전에 아웃됐다고 여겼다. 그렇게 신의를 잃은 건 무엇보다 자존심이 상하는 일이었다.

면접을 본 끝에 찾은 직장은 서울이 아니라 파주였고

나는 집세도 비교적 싼 회사 근처로 옮겨 가기로 결정했다. 이모는 그 집은 초아네 학교에서 얼마나 먼지, 그러니까 통학이 불가능한지 엄마를 통해 물어왔지만 나는 이번에는 원룸이라 누구와 살 형편이 되지 않는다고 전했다. 거짓은 아니었다.

집을 미리 빼겠다고 하자 집주인은 난색을 표했다. 정 그렇다면 복비와 이사비를 보증금에서 제하겠다고 했다. 복비는 그렇다 쳐도 이사비는 왜 받느냐고 하자, 자기도 그런 걸 옵션으로 걸어야 세입자를 빨리 구하지 않겠느냐고 말했다. 잠시 실랑이를 벌이다 이사비의 절반으로 합의를 해야 했다.

며칠 뒤 집주인이 집 상태를 확인하겠다며 찾아왔다. 나는 이삿날이 되기도 전에 그런 확인까지 받아야 하나 싶었지만 책잡히는 것이 싫어 부엌이며 베란다며 화장실이며 모조리 청소해놓았다. 집주인은 집으로 들어오더니 환기를 잘 안 하고 사셨어요? 했고 발코니로 가서 창문을 열어젖혔다. 그리고 화장실 문을 열어보더니 좀 심각한 표정으로 보증금에서 청소비도 제해야겠다고 말했다. 만약 그게 싫다면 지금이라도 락스로 타일을 닦고 실리콘도 깨끗하게 해놓으라고. 내가 이삿날까지 해놓겠다고 하자 집주인은 지금 하시죠, 하고 좀 차갑게 권했다. 이삿날 새집 짐이 정신없이 들어오고 보증금을 내주고 나면 자기가 문제 제기한다고 내가 듣겠느냐는 거였다.

하는 수 없이 나는 바닥솔을 가지고 타일을 닦았다. 락스를 뿌리고 허리를 숙여 쭈그리고 앉아 치직치직치직 솔질을 했다. 20년 넘은 빌라의 화장실 타일이 깨끗하면 얼마나 깨끗해야 했던 것일까? 시간이 오래되어 다 갈라진 실리콘은 이제 나달나달해 더 낡을 것도 없어 보였다. 열중하고 싶지 않았지만 그러지 않는 편이 더 괴로웠기에 나는 어떻게든 얼룩들을 닦아보려 노력했다. 그러다 고개를 들어보니 과 점퍼를 입고 노란 비니를 쓴 초아가 화장실 앞에 서 있었다.

"언니, 뭐 해요?"

상황을 알게 된 초아는 입술을 꼭 물고 집주인과 나를 바라보았다. 나는 초아가 또 나서지 않을까 하는 걱정을, 하지만 마음이 적지 않게 상한 터라 만약 그렇게 되면 나도 참지 않으리라 생각하는데, 초아가 가방을 내려놓고 잠자코 화장실로 들어왔다. 그리고 치직치직치직 소리를 내며 나와 함께 바닥을 닦기 시작했다. 집주인이 괜찮다고 할 때까지, 그러니까 집주인 마음이 풀릴 때까지.

내 방의 시트지는 이사 가는 날 결국 문제가 되었다. 뒤에 들어오는 세입자에게도 도배를 새로 해줄 생각이 없었던 집주인은 그 시트지가 마치 자기를 크게 속이려고 한 일처럼, 큰 손해를 입히려 했던 것처럼 부풀렸고 결국 나는 십만원을 물어냈다. 초아는 그전에 자기 친구 집으로 이사를 나가고 오지 않았는데 생각해보면 그건 초아가 윗집 사람들에게 받아내야 한다고 강조했던 그 돈만큼이었다.

*

올라오는 내내 엄마는 "거기가 이제 내가 살았던 거기가 아니야" 하면서 분을 삭였다. 아무리 개발 소리 나오면서 인심이 사나워졌다 해도 자기 마을 출신한테 그런 용심을 '직이는지' 모르겠다는 거였다. 무슨 이득을 바라고 농사꾼 흉내를 내느냐는 것이 시비의 원인이었는데 옆마을에서 거기까지 와 대리농을 짓는 주민이 와보지 않았다면 어떻게 되었을지 모를 일이었다. 차에는 초아도 타고 있었다. 출발은 이모네서 했지만 서울로 돌아간다고 해서 합류한 것이었다.

엄마는 초아 너 말대로 경찰을 불렀으면 우리가 애초에 초전에 간 일은 긁어 부스럼이 되었을 것이라고 했다. 재경자농을 따질 때는 주민들 탐문을 하기도 하는데 이제 어떻게 하느냐고 하다가 큰외삼촌이 이장과 친분이 있으니 괜찮겠지? 하며 불안을 달랬다.

초아는 별말 없이 해가 진 산 풍경을 바라보고 있었다. 엄마는 몇번 더 이런저런 걱정을 해보더니 혹시 그 사람들 돈을 원했나? 하고 혼잣말처럼 말했다. 당사자도 아니면서 그 논의 일에 그렇게 나섰으면 결국 나는 그럴 수도 있겠다고 생각했지만 초아는 그건 아닐 거예요, 이모, 하고 대답했다.

엄마는 추풍령 휴게소에서 저녁을 해결하고 가자고 했다. 이대로 서울로 가면 러시아워에 걸릴 판이니까. 우리는 차에서 내렸고 카운터 앞에 서서 메뉴를 고민했다. 그때 초아가 여기는 칼제비가 유명하다고 말했다.

"초아 너는 여기를 자주 지나가봤구나."

"아니, 언니, 인터넷에 그렇게 나오네."

그렇게 세그릇의 칼제비와 만두를 앞에 두고 우리는 저녁을 먹었다. 달걀지단과 김가루가 올라간 칼제비는 국물이 꽤 얼큰했다. 몸이 풀리는 기분이었다. 먹는 동안 엄마가 또 초아에게 서울에서 뭘 하는지, 주식을 한다면 얼마나 하는지 확인했다. 그리고 그러지 말고 취직을 다시 하거나 대학원을 마치라는 권유도. 초아는 엄마 말을 다 듣고 나더니 "이모, 그 땅 정말 올랐어요? 얼마나 올랐어요?" 하고 물었다. 엄마가 약간 머뭇거리다가 "호가가 쩜 오배는 올랐어" 하고 설명하자 초아는 그럼 이제 매도해야 되겠네, 하고 중얼거리며 숟가락으로 그릇을 뒤적였다.

식사를 마치고 우리는 휴게소 앞을 서성이며 잠시 소화를 시켰다. 엄마가 하늘을 올려다보더니 달 봐라, 하고는 사진을 찍었다. 엄마는 먼저 차 쪽으로 걸어가고 둘만 남았을 때 나는 초아에게 미안해, 그동안 연락을 통 못했지, 하고 말을 걸었다. 그 미안하다는 말은 나로서는 여러 의미를 담은 것이었다. 초아는 휴대전화를 들여다보면서 말을 않고 있다가 "괜찮아요" 하고 답했다.

"나도 연락 안 했잖아. 뭐 대단한 일이 있었던 것도 아닌데 내가 그렇게 언니랑 빼손을 했네."

요즘 서울 어디 사느냐고 묻자 초아는 지역은 밝히지 않고 전세 천육백짜리에 산다고 말했다. 80년대에 지어지긴 했는데 그래도 그게 아파트라고, 집주인들은 안 살고 재건축 때까지는 갖고 있으려고 해서 세가 그렇게 헐값에 나와 있다고. 그때 옆에 앉아 있던 한 노인이 우리에게 말을 걸었다. 얇은 모시 상의를 입고도 손수건으로 연신 땀을 닦아내던 그는 다른 뜻이 아니라 그런 아파트가 있으면 자기에게도 좀 알려줄 수 없겠나 싶어서 말을 걸었다고 했다. 요즘 천육백 보증금 아파트가 다 있느냐고, 우리

손주도 이제 올라가게 되는데 소개를 좀 해주고 싶다고.

나는 그런 건 인터넷으로 찾으면 다 나오고 손주가 그쯤은 알 거라고 대화를 밀어냈다. 그런데 초아는 매점 카운터에서 펜과 종이를 빌려와 아파트 주소를 적어 내려갔다. 어둑한 가로등 밑에서 본 주소는 서울이 아니었다.

그사이 노인은 초아 옆에 붙어 정말 원룸이 아니라 방 두개짜리 아파트인지 해는 잘 들어오는지 확인했다. 초아는 선선히 고개를 끄덕였다.

"그런 구축들이 좋은 게 죄 판상형이라는 거잖아요. 빛좋고 관리비 싸고 좋아요."

"물은 잘 나오고?"

"그럼요, 요즘 누가 물 걱정을 해요?"

초아가 주소를 내밀자 노인은 고맙다며 종잇장을 잘받아 메고 있던 가방에 넣었다.

"아가씨 아주 똑부러지네, 똑부러져. 우리 손주가 공부를 참 잘하는데 내가 뭘 얻어주고 싶어도 마음대로 되지가 않아서."

"괜찮아요. 젊어서는 다 그렇게 시작하는 거죠."

초아가 볼펜 레버를 올리고 그만 돌아서며 답했다.

"그런 거겠지?"

"그럼요, 걱정을 마세요."

여름이 지나는 동안 나는 추풍령에서의 그 밤을 자주 떠올렸다. 그럴 때 초아는 맹랑하게 웃고 있기도 하고 어느날은 화가 나 있기도 하고 어느날은 내게도 여유자금이 있으면 지금이라도 매수에 나서라고 진지하게 조언하기도 했다. 그렇게 해서 한 대상이 되살아나는 건 결국 과거와 현재를 잇는 하나의 길이 열리는 것이었다. 나는 승현에게 잠시 헤어져 서로 생각할 시간을 갖자고 제안했는데, 바로 그것이 그 시간들의 복원이 이끌어낸 변화였다. 승현이 왜 그런 요구를 하는지 물었을 때 설명하기는 난감했지만 나는 그것이 나 스스로에 대한 정당한 대접이라고 느끼고 있었다.

엄마는 칼제비 앞에서 초아가 매도 타이밍이라고 했던 말을 내내 걸려 했다. 어느날은 걔가 뭘 알고 땅을 팔라고 했던 건가 하다가, 어느날은 혹시 걔가 정말 그렇게 판단하고 농지를 팔거나 담보로 잡아 주식을 산 건 아닌지 걱정했다. 엄마의 성화에 못 이겨 떼어본 등기부등본에는 그런 흔적은 없었다. 다만 초아의 이름과 함께 그 초전면의 3000평방미터 땅이 표시되어 있을 뿐이었다. 엄마는 이모네 사람들은 사람을 너무 믿으니까 늘 살펴야 한다고 내게 당부했다.

"니가 언니니까 걔가 뭐 하고 사나 이제라도 안부 좀 묻고 살아. 사람은 누구든 저 혼자 놔두면 안 된다. 옆에서 참견하고 자꾸 귀찮게 하고 그래야 해."

그러면서 엄마는 초전행에서 찍은 사진을 몇장 보내주었다. 그중에는 어둑한 추풍령 휴게소에서 나란히 서 있는 초아와 내가 있었다. 각자 휴대전화를 보고 있는 두 사람의 얼굴은 그 불빛에 빛나고 그렇게 해서 두 형체는 어둠 속에서도 일면 형형했다. 하지만 그렇게 해서 초아와 내가 다시 어떤 관계의 전환을 맞을지는 지금은 알 수 없는 아득한 일이었다. 초아와 엄마와 함께 도로를 달리던 밤의 시간들은 이후에도 무언가를 기념하듯 선연히 눈앞에 떠올랐다. 정말 호랑이를 맞닥뜨려본 사람처럼 엄마는 무거운 피로감에 취해 깊고 깊게 잠이 들고 초아는 무심하게 창에 기대 어딘가를 주시하고 있는 시간들이. 인터체인지들은 내비게이션이 아니라면 길을 잃을 것처럼 복잡하게 얽혔고, 그 순간 나는 만월의 여름밤을 달려 여전히 상경 중이었다.

어쩔 수 없는 이 싸움들을 응원하라

황정아

이기기 힘들지만 그만둘 수 없는 싸움이 있다. 내가 나로 살아가는 일이 걸려 있기에 그렇다. 김금희의 소설은 늘, 그리고 무엇보다, 이 싸움을 유심히 지켜본다. 때로 그 점은 잊기 힘든 '개성적' 인물의 등장으로 나타나지만 치열한 전선은 그밖의 인물들에서 그어질 때도 많다. 짧으면 짧은 대로 미미하면 미미한 대로 누구나 자기 몫의 '역사'라는 게 있어서 이 싸움에는 늘 지나온 자취를 돌아보는 과정이 담긴다. 안타깝게도 우리 대부분의 자취에는 나답지 못했음이 분명한 순간이 숱하게 흩뿌려져 있고, 곱씹어볼수록 그것들은 어딘지 사람답지 못했던 순간처럼 보인다. 그래서 여기에는 개성만이 아닌 '인권'의 차원이 연루되어 있다. 크고 작은 무지와 오류와 수치와 굴욕으로 얼룩진 순간들을 붙들고 산산조각 내어 철저한 망각 속에 흩어버리는 일이야말로 가장 참담한 패배가 되는 이유가 여기 있다. "삶의 어느 모서리"(25면) 같은 순간들을 깎아내고 깎아내는 것이 결국 사람됨의 훼손과 다르지 않아서이다.

패배의 장면들을 온전한 삶으로, 그랬어도 좋은 삶으로 살려내는 일이 가능할까. 승자들의 개선행렬로 기록된 역사의 결을 거슬러 패배한 과거를 구원하는 '역사철학적' 임무를 말한 이는 발터 벤야민이다. 그 고결한 임무가 수행되려면 패배로서의 과거를 구원을 향한 열망으로 해석하는 단계가 필요하다. 그래야만 그 열망에 호응하는 현재의 노력이 발동하여 미래 또한 열리고 … 그렇게 새로운 역사의 지도 또는 성좌가 만들어질 것이다. 설사 거기에 이르지 않더라도, 실패들이 '역사적' 패배로 호명되는 것만으로 어떤 구원은 실현되는 것일까. '역사'라는 지도의 축척에서는 패배마저 선명하고 비장해 보인다.

김금희 소설은 매일의 나날과 축척을 같이하는데 부질없이 확대된 '나날들'의 지도에서 실패는 지루하고 패배마저 흐리멍덩하다. 어설픈 흔적처럼 존재하는 그것들은 기껏 작은 비고란에 기록될 법하지만 비고란이란 대개 비어 있기 마련이다. 그러나 남모르는 울분이 있고 지워지지 않는 느낌이 있고 잦아들 수 없는 발버둥이 있고, 요컨 대 어쩔 수 없는 고군분투가 있다. 나는 나로서 살아야 하고 그것이 여의치 않더라도 역시 사람으로 살아야 하기에 어떤 권리라는 것이 있다,고 김금희의 소설은 말하는 듯하다. 그리고 그 작은 비고란을 채워 주어진 연대기의 특이점으로 살려낸다.

정치적으로 '정답'에 충실하려는 오늘의 세상에서 구원의 서사는 사실 드문 것이 아니다. 몫이 없는 자들의 몫을 말하고 하위주체를 조명하며 피해를 증언하고 트라우마를 보듬는, 크고 작은 '구원'으로 흘러넘치는 시대가 도래한 것도 같다. 그런 서사들에서 흔히 박탈과 실패는 정확히 그것들로서 등록되고 그리하여 구원은 등록을 수행하는 현재의 서사 쪽에, 그 정치적으로도 올바른 윤리의 서사 쪽에 귀속된다. 그것으로 좋은 것일까. 패배와 구원 사이에 어떤 길이 나 있는지 이제야말로 물을 때가 아닐까. 과거는 패배의 운명에 붙들린 처절한 피해자로서 서사의 구원을 기다리는 게 아니다. 그것 자체가 구원의 열망, 그러니까 얼마간 스스로를 이미 구원하는 싸움이며, 그런 의미에서 거기엔 "힘이 없는 거지 희망이 없는"(47면) 것이 아니다. 서사는 다만 그 싸움을 포착하고 이어갈 뿐이다. 김금희의 소설들은 그렇게 구원을 그것이 이미 발생했던 과거로 정당하게 귀속시키는 방식으로 거듭 발견한다.

이 싸움에 얼마나 많은 것이 걸려 있는지, 이 싸움이 어떻게 명실상부한 전면전인지 잘 보여주는 작품이 표제작 「우리는 페퍼로니에서 왔어」이다. 소설의 출발점에는 언뜻 삶의 패배처럼 보이는 두 사건이 놓인다. 하나는 '엄마'의 죽음, 다른 하나는 '그해 여름' 연애의 좌초. 이야기의 큰 줄기는 그 여름의 방학 동안 '나'와 기오성이 노교수의 시골 종택에서 족보 정리 아르바이트를 하며 가까워졌다가 이내 어긋나는 과정이다. 노교수, 종택, 족보에 더해 꿩이 없음을 한탄하며 개성 요리를 해주는 사모에 이르기까지, 무엇 하나 빠질 게 없이 격조와 전통을 구비한 이 환경에서라면 "음식 냄새처럼 은은하게 번지던 위화감"(147면)마저 뚜렷한 사건이 되기에는 구태의연했을지 모른다. 그 위화감을 적당히 감당해주고 주말마다 종택의 대척점이라 해도 좋을 모란시장을 함께 걸으며 집으로 돌아가던 '나'와 기오성이 서로에게 가난이 어떤 흔적을 남겼나 혹은 남기지 않았나를 이야기하며 가까워지는 것도 그저 물 흐르듯 자연스러운 일일 수 있었다.

너무 뚜렷하여 오히려 안온한 이 분할선을 교란하는

존재가 유학을 준비한다는 손녀 강선이다. 도무지 갈피를 잡지 못한 영혼이었을 강선은 조부를 비롯한 세상의 모든 질서와 위계를 무시한다는 '설정'을 장착한 채 거리낌 없이 행동한다. 강선의 위력은 노교수의 애착을 대놓고 조롱하는 데서만이 아니라 '나'와 기오성 사이에 막 싹트기 시작한 감정에 '좌표를 찍어' 교묘히 훼손하는 기술에서 실제로 발휘된다. 어떤 소중한 것도 없으니 어떤 소중한 것도 없음으로 판명되어야 한다는 것이 강선의 논리일 것이다. 과거의 유물 같은 종택과 족보가 남아 있는 존재감을 한껏 드러내는 것도 강선의 배경으로 깔릴 때이다. 그것들은 강선이 무시할 만큼 낡았지만 강선의 무시가 저항으로 돋보일 만큼은 건재하다. 자신은 근본 없는 인간이며 어디에도 속하지 않음을 과시하며 강선이 내뱉은 "페퍼로니에서 왔어"(151면)라는 말은 종택과 족보를 든든히 밟고서야 '무중력'을 향해 도약할 수 있다.

'나'와 기오성 사이에 발생한 사랑이 패배한 것은 종택만도 아니고 강선만도 아닌, 바로 그 둘 사이의 적대적 '공조'이다. 기오성이 이후 스스로 갈피를 잃은 행보를 이어간 것은 자신이 알게 모르게 그 공조의 영향 아래 있었음을 직시하지 않은 것과 무관하지 않다. 반면 '나'는 거기에 싸움이 있고 또 정말로 패배가 있음을 알아본다. 하지만 사랑의 패배일지언정 그것이 '나'의 패배가 아니고 강선의 승리 같은 것은 더구나 아님을 확증하는 힘은, 역설적으로 그 싸움을 온전히 자신의 것으로 받아들이는 데서 나온다. '나'와 기오성 사이의 이런 차이는 종택도 족보도 없는 '나'의 '역사'에서 비롯하는 것이다. 거기에 무엇이 있어서? 이 질문을 탁월하게 끌고 나가는 소설의 전개는 그 자체로 '역사철학적' 임무의 수행에서 그리 멀지 않다.

김금희의 소설이 으레 그러하듯이 이 작품에도 큰 줄기와 세부 사이에 한 치의 어긋남도 느껴지지 않아서 그 배치가 치밀한 세공의 결과임을 놓칠 수가 있다. 세부는 저 혼자 벗어나지 않지만 언제나 독자적 울림으로 플롯을 향해 논평한다. 이를테면 종택에서의 첫 식사 자리에서 '나'가 딱히 그럴 일이 아닌데도 자신이 이 아르바이트의 조건에 적합한 사람임을 보여주려다 무심코 사촌을 언급한 장면이 그렇다. 대학 진학을 포기하고 취업한 '나'의 사촌을 두고 그래도 대학을 가야 하는 것 아니냐는 노교수의 언급과 못 갈 상황임이 분명한데 그걸 모르겠느냐는 강선의 면박은 예의 '공조'가 어떻게 작동하는지 얼핏 일러준다. 한편 이 아르바이트가 '노동'임을 자각하며 사촌 이야기를 꺼낸 것을 "끔찍하게 후회"(140면)하는 '나'의 모습은 노교수의 종택 못지않은 역사, 저버리지 않는 한 사라지지 않을 역사가 '나'에게도 있음을 반증한다. 끝내 공부의 길을 가지 못한 '나'와 또 끝내 재해보상금을 받지 못한 사촌의 지난 시간은 "그렇게 좌절을 좌절로 얘기할 수 있고 더이상 부인하지 않게 되는 것이 우리에게는 성장이었다"(172면)라고 회고되지만, 그것이 이미 좌절만이 아니었음은 이 역사를 관통한 은근하고도 면면한 우애로 기록되어 있다. 기오성의 행방불명이 오히려 그를 붙잡아주는 무언가를 암시한다는 느낌도 이 우애가 남긴 여운이다.

장편적 구성이 응축된 이 작품이 시대사적 우화이기도 하다는 점을 이야기하려면 좀더 긴 글이 필요할 것이다. 삶을 시대와 사회로 추상하는 대신 시대와 사회를 누군가의 허술한 삶으로 한사코 치환하는 것이 소설의 방식이다. 하지만 비스듬히 찍힌 워터마크처럼 흐리면서도 분명한 이 차원을 김금희의 소설에서 알아보아야 마땅하다. 「우리가 가능했던 여름」에는 한때 떠들썩했던 실제 사건(이른바 황우석 사건)이 다뤄지지만 이때도 이야기가 사건을 압도하지 그 반대는 아니다. 이 작품에서의 '여름'은 대학 진학에 거듭 실패한 삼수생 '나'와 의대 적응에 실패하고 휴학한 '장의사'의 '공식적인' 패배의 시간이다. 각자의 감옥에 갇혀 방향을 잃은 두 사람의 삶의 에너지는 그들 자신에게 흉기처럼 역류한다. "모든 상황이 불행 쪽으로 아귀가 맞추어지고 그것이 온당하며 지금과 다른 삶이란 가능하지 않으리라는 낙담 쪽으로 나 자신을 미는 힘, 그건 무엇이었을까. 그런 것도 생장의 힘이었을까."(21~22면) 한참 이후의 '나'가 던지는 이 질문처럼 정해진 '성장'의 궤도에서 탈락한 이 시간은 또다른 아픔들을 거치고야 '생장'으로 발견된다.

'김조교 형'은 두 사람을 옭아매는 것, 아니 두 사람으로 하여금 스스로를 옭아매게 하는 것이 저 논문 조작 사건에 수반된 무도함과 같은 성격임을 몸소 보여준다. 그 나이와 그 시간의 '나'와 장의사에게 김조교의 포식적 '가스라이팅', 곧 "인간을 인간이 아니게 하는"(41면) 통제는 탈락한 이를 챙겨주는 따뜻함이며 문화와 사회와 정치의 모든 영역에 걸친 세련된 판별력으로 오인된다. 그러나 소설은 이 가해가 진행되는 순간조차 그것에 서사의 패권을 넘기지 않는다. "열패감과 울분, 불안과 무기력으로 압착된 독서실"(22면) 칸막이에 갇혀 있을망정 마음을 쓰는 일은 멈춰지지 않았고, "가장 나쁜 상태의 투항"(38면)에 이어 삶을 버린 장의사도 오래오래 '안녕'을 묻는 기억 속에 남는다. 그리고 또 다음 세대로까지, 그렇게 위태하지만 끊어지지 않은 흐름이 있기에 우리에게 고작 가능했던 여름은 '우리'가 가능했던 여름으로 복원될 수 있다.

「크리스마스에는」은 크리스마스답게 조금 산뜻한 분위기의 변주이다. '맛집 알파고'로 이름이 난 옛 연인을 취재하는 부산 여행이 그 분위기에 속도감을 부여한다. 일정한 문화자본과 풍부한 허세가 절대적 차이로 여겨지곤 하는 대학 시절, 두 사람을 동시에 매료시킨 선배가 있었고 연인이 선배를 향한 애정을 털어놓으며 관계가 끝나버린 얼룩진 역사가 두 사람에게 있다. '나'로서는 연인이 동경의 대상을 줄곧 좋아했으며 자신은 처음부터 차선이었다고 의심할 수밖에 없고, 그래서 이 산뜻한 소설의 분위기가 암시할 수 있는 만큼은 깊은 한이 남은 상태이다. 하지만 그와 같은 복수의 염을 분식점 귀퉁이의 작고 말간 한 풍경 앞에서 스르르 풀어버리는 것은 '나'의 잠정적 의지 속에서 출현한 사건이다. 그 연애가 결국 끝날 운명이었던 데는 연인의 기만만이 아닌 '나'의 '동경'이라는 서브텍스트도 작용했기에, 소설의 끝에 이르면 한바탕 소동 같은 이 부산행이 진작부터 화해를 향하고 있었음을 깨닫게 된다.

누군가의 이름이 제목에 새겨진 김금희의 소설은 매번 독자를 두근거리게 한다. 이번에는 어떤 엉뚱한 인물이 우리의 공감능력을 시험하는 척 인격의 허를 찔러 올 것인가. 「마지막 이기성」에서는 이기성이 독자 편에서 이 시험과 도전을 함께 겪는다. 여기서 유키코라는 예외적 인물이 만들어준 예외적 시간은 그 나름으로 찬란한 승리의 순간을 포함한다. 격하게 항의하고 소리치는 쪽과 느긋하게 뭉개고 회피하는 쪽이 맞선 차별의 비대칭적 전선 자체를 "오금을 톡 쳐서 무릎이 꺾이게 만든"(120면) 유키코의 실로 창의적이고도 유쾌한 '배추밭' 투쟁은 이 소설의 하이라이트이다. 하지만 하이라이트가 지나가도 삶은 이어지는 것이어서 투쟁의 여파 속에 싹틔운 이기성과 유키코의 연애도 당연하다는 듯 휘발된다. 그러지 않을 도리가 있을까. 하지만 그렇더라도 그 예외적 순간들은 반드시 자취 없이 소멸해버리는 것일까. 과거에서조차 거의 지워진 이 순간들이 잔존하는 방식은 미래로부터 회귀하는 것임을 이기성은 짐작하게 된다. 그러니 타임캡슐의 동전처럼 먼 미래로, 우리의 '마지막'으로, 그것들을 힘껏 던져두어야 한다. 손가락에 남은 냄새는 "희미하게 옅어지다 종국에는 사라지고 없"(131면)다 해도 우리가 던져둔 것들은 오히려 차츰 되살아오리라 믿을 수 있다.

「기괴의 탄생」에서 기괴는 욕망과 일탈과 집착에서, 혹은 그것들의 좌절에서 탄생하지 않는다. 실력이면 실력,

교육이면 교육, 가정생활이면 가정생활, 모든 면에서 존경스러웠던 '선생님'이 아무것도 아닌 대학원생 '남자애'와 사랑에 빠지고 그에게 되돌아가고자 이혼까지 감행한 사실을 '나'는 도무지 받아들일 수 없다. 기괴란 바로 그 지점, 받아들일 만한지가 중요하다고 느끼고 나아가 받아들일 만하지 않음을 "다소의 부끄러움"(177면)과 함께 제발 이지 받아들이시라 압박하는 그 지점에서 탄생한다. 기괴로 가는 길은 기괴로 가는 빤한 길에서 누군가를 구원하겠다는 선의로 포장되어 있다! 충실한 제자다운 걱정이 실은 "약자를 알아보는 귀신같은 눈"(193면)과 얽혀 있음을 간파당했음에도 '나'의 걱정을 정당화해주는 것들이 너무 많다. 「기괴의 탄생」이라는 작품으로 기괴를 실제로 탄생시킨 유명 아티스트의 영상 퍼포먼스가 채 끝나기 전에 선생님과 리애씨가 미련 없이 돌아서는 것은 너무 당연한 일이다. 탄생한 기괴를 수습하는 일은 그들의 책임이 아니다.

예술이 다 그런 식은 아니어서 「깊이와 기울기」에서 예술가들의 분투가 탄생시킨 것은 사뭇 다른 무엇이다. 실은 예술적 탄생이 별달리 있었던가 싶기도 하다. 하지만 삶도 못될 것 같은 무언가가 삶과 다르지 않은 '깊이와 기울기'로 찔러 오는데도 대놓고 울지도 못한 채 감당하는 일이라면 일러주는 바가 있다. '나'를 비롯하여 제주 부속 섬 레지던스 '공가'에 입주한 몇몇 작가들은 하라는 예술은 대체로 방치하고 오랫동안 섬에 방치된 르망을 수리하는 데 느닷없이 의욕을 발휘한다. 기왕 느닷없을 바에 르망을 '오브제'로 승화라도 시켜야 수지가 맞을 일이건만 막상 이들은 '목적 없는 목적'이라는 목적마저 버린 채 수리에 몰두하고 그 작업을 통해 섬의 생활 속에 섞여든다. 생활과 예술 사이에 '실재하는' 경계와 '궁극적인' 경계 없음을 서사로 체현한 이 소설의 미덕은 무엇보다 손쉬운 아이러니에 기대지 않는 점이다. 왜냐하면 실제로 아이러니의 문제가 아니기 때문이다. 한갓 사물로서 견고하게 남았기에 르망은 사물 이상이 될 예술적 '위험'에 끊임없이 처해지는 것이다. 반면 "이루지 못할 꿈"은 8년간의 동거를 끝낼 만큼 엄연하게 존재하지만 "세상에서 가장 귀찮은"(260면) 일이기를 멈추지 않는다. 그러니 어떤 아이러니도 없이 예술의 '사업'이 정녕 '벌거벗은' 삶 자체임을 실감하지 않을 수 없다.

「초아」가 마지막에 배치된 것에 어떤 필연성을 감지하게 되는 건 왜일까. 딱히 패배했다고 말하기 어려운 초아의 역사가 어쩐지 가장 막막하게 느껴지는 건, 초아에게는 무엇이 '없는가'를 묻게 되기 때문이다. 이 질문을 잠시 멈춘 채 초아에게 있는 것을 꼽아보자. 먼저 '나'의 엄마와 초아의 엄마 사이의 자매애가 있고 또 그들에겐 유산상속 포기각서로 잃은 기회를 만회하려고 개발 소문이 도는 농지를 사두는, 어설프나마 계획이라는 것이 있다. 또 일가에 파란을 일으킨 명문대 학력이 있고 입학하기 위해 상경한 자신에게 방 한칸을 내어준 이종사촌 '나'가 있다. 그런데도 초아가 헤쳐나가야 하는 세상에서 이런 것들은 충분한 '제 앞가림'도 못 되어서 어제도 오늘도 이런저런 오명을 무릅쓰며 '자수성가'의 종종걸음을 쳐야 한다. 어느 세대에게는 '꼰대'의 자격을 넉넉히 보장했던 그 종종걸음이 초아의 심성에 아무 영향도 미치지 말았어야 한다는 요구는 부당하다. 이해득실의 판단이 아닌 어떤 정당함의 감각, 어떤 가치의 감각이 스며들 여유가 있었겠는지 물을 일이다. 아니, 차라리 그런 감각들이 초아가 살아갈 시대의 문턱을 넘을 역량이 있었는지 물어야 하는지도 모른다. 그런데도 초아는 집주인의 횡포를 말없이 이해하며 '나'와 함께 화장실을 청소해주었고 추풍령 휴게소에서 마주친 어수룩한 노인의 걱정을 달래줄 줄 안다. "괜찮아요. 젊어서는 다 그렇게 시작하는 거죠"(303면)는 분명 빌려 쓴 말일 테지만, 젊어서 그렇게 시작하고 또 시작하는 초아의 삶이 어디로 향할 것인가 하는 질문으로 퍼져나간다. 이 어쩔 수 없는 고군분투, 어찌된 일인지 더 힘들어져버린 이 고군분투를 김금희의 소설은 계속해서 지켜볼 것이다. 지금, 그 지켜봄에서 발견되고 발생할 것들보다 더 절실한 '사건'도 없을 듯싶다.

黃靜雅 | 문학평론가

우리는 그것을 책무라고 부른다

네번째 소설집에 묶은 단편들을 모두 사십대에 썼다는 사실을 지금에야 깨닫는다. 생물학적 나이야 그리 중요하지 않다고 다들 위안 삼아 말하지만 실제 맞이한 사십대는 전혀 그렇지 않았다. 많은 변화들이 있었으며 그것은 대부분 봄도 여름도 아닌, 가을에 가까운 마음이었다. 그러면 내가 서 있는 지금은 8월의 끝자락쯤 될까, 혹은 후하게 쳐준다면 장마가 막 끝나갈 7월 중순쯤, 무엇이든 이제 나는 적어도 어떤 봄과 여름에 대해서는 말할 준비가 충분히 된 것 같다.

책으로 묶는 작업을 하면서 다시 읽어보니 이별한 누군가와 재회하는 내용이 많다는 생각이 들었다. 상실은 내가 처음 글을 쓰려고 했을 때부터 나를 붙들고 있던 문제이지만 다시 만나는 것이라니, 그것은 얼핏 상처의 치유나 관계의 회복처럼 읽을 수도 있겠지만 그보다는 결손의 확인에 가까워 보였다. 뚜벅뚜벅 걸어가 장막을 확 젖혀 어느 무대를 매섭게 쏘아보는 듯한, 하지만 거기에서도 어떤 환하고 무른 기억들이 쏟아져나와 그것이 지닌 에너지에 문득 손을 떨구고 마는. 그 모든 것들을 무사히 소설로 쓸 수 있어서 기쁘다. 이렇게 또 한고비를 넘는다.

소설을 묶고 다듬어 세상에 내놓을 수 있게 도와준 창비의 박지영 편집자에게 감사를 전한다. 변함없는 지지를 보내주는 가족들에게도 고마움을 전한다. 늘 일을 줄이라고 하시는 부모님, 원하는 만큼 가깝고 살가운 존재로 곁에 있어드리지 못해 죄송한 마음이 든다. 하지만 나는 언제나 그 방향을 향해 서 있다고, 내 마음이 가장 따뜻하게 일렁이는 때가 바로 그 편을 향해 있는 순간이라고 말하고 싶다.

12년 전, 온전히 나의 어떤 갈구로 시작된 글쓰기가 여기에 이르게 된 건 독자분들 덕분이다. 읽어주는 분들 덕분에 더 쓰거나 혹은 덜 쓸 수 있었다. 그 절묘한 균형감을 찾기 위해 분투하는 것이 사실상 소설 쓰기의 기저라는 생각을 이제야 한다. 그것은 곧 내가 무엇을 위해 쓰려고 하는가에 대한 실천적 응답이라는. '우리는 페퍼로니에서 왔어'라는 제목은 정말 어느 피자가게에서 점심을 먹고 나온 날 떠올렸다. 망원의 그 식당에서 나와 걷는 동안 나는 페퍼로니 대신 다른 말들도 한번 넣어보았다. 종암동에 특별한 인연이 없는데도 우리는 종암동에서 왔어, 라는 문장도 생각해보았다. 그외에 스스로 붙여 누군가가 자기 자신을 설명할 수 있는 여러 단어들을. 그러다 처음에 생각한 대로, 좀 엉뚱하고 이상하기는 하지만 페퍼로니로 다시 안착되었고 이제는 그 문장 뒤에 다른 하나도 붙여두고 싶다. 우리는 페퍼로니에서 왔어, 그리고 아무도 그곳으로 돌아가지 않기로 선택했지. 그렇게 해서 어떤 인생의 책무를 이행하고 있는 우리 자신에게 가능한 무른 마음을 갖는 여름이길 빈다.

봄비를 들으며 보내는 4월의 마지막 밤

김금희

| 수록작품 발표지면 |

우리가 가능했던 여름 …『문학동네』 2019년 가을호

크리스마스에는 … 2020부산비엔날레 발표작

마지막 이기성 … 문장 웹진 2019년 2월호

우리는 페퍼로니에서 왔어 …『창작과비평』 2020년 여름호

기괴의 탄생 …『자음과모음』 2019년 여름호

깊이와 기울기 …『너의 빛나는 그 눈이 말하는 것은』(창비 2019)

초아 …『한국문학』 2021년 상반기호

우리는 페퍼로니에서 왔어

초판 1쇄 발행 • 2021년 5월 10일
초판 3쇄 발행 • 2021년 6월 20일

지은이 / 김금희
펴낸이 / 강일우
책임편집 / 박지영
조판 / 박지현
펴낸곳 / (주)창비
등록 / 1986년 8월 5일 제85호
주소 / 10881 경기도 파주시 회동길 184
전화 / 031-955-3333
팩시밀리 / 영업 031-955-3399 · 편집 031-955-3400
홈페이지 / www.changbi.com
전자우편 / lit@changbi.com

ⓒ 김금희 2021
ISBN 978-364-3841-8 03810